惹你生气，有点开心

晒豆酱 · 著

II

长江出版社 CHANGJIANGPRESS　漫娱图书

"张钊！加油！"

苏晓原知道好多人在看自己，可是他只看着跑道："张跑跑！加油啊！你最棒！"

张钊听到了，脸上控制不住浮现出笑容。他好想回头，仔细看看苏晓原穿那身衣服到底什么样啊，一定像个谦谦公子，像古装连续剧里走出来的，让人移不开眼睛。

本线无人售票

目 录
MU LU

我知道你不好意思说，那这样吧，你就敲三下手机屏幕，我这头听见了就行……

算了，算了，我还是挂了吧。

话还没说完，声音断了，苏晓原喂了几次都没有回音。

再看手机，还在通话中啊，可那边确实一点动静都没有了。

喂，喂，听得见吗？

苏晓原又问了几次，询问无果，大概是掉线了。

他想着训练营的信号可能不好，这才动了食指敲了敲，哒哒哒。

哎，这就对了！

等我回去找你玩！拜拜！

张钊憋着不出声，专门等他的哒哒哒！

张钊你！

苏晓原气得从床上弹起来，可这回电话是真挂断了……

这人简直胡搅蛮缠！可好像……也挺好的……

风里雨里，钊哥等你

不是！绝对不是！我从没这样想过你。

01

苏腐腐

Su Yue Yue

CHAPTER

　　他是长跑健将，他是个小瘸子，可友情才不管这套，横冲直撞就过来了。苏晓原很珍惜，他不敢让张钊知道真相。

　　看完电影，两人一起回家，一路上苏晓原的心情都很低落，张钊感觉到他忽然的疏远，问了几次，没有得到回应就也不吭声了。到了家门口，苏晓原扔下一句"明天见"就进了楼洞，全然忘记明天是周六，期中考试之后休息。

　　回到家，妈妈还没回来，一定又是上夜班了。小运不在客厅，卧室传出一阵阵英语朗读的男声，看来是在做听力。

　　一天的兴奋、紧张、激动和失落过后，留给苏晓原的，只剩下空荡荡的难受。他再也不想装什么平衡，放开了走路，一瘸又一拐，撇着外八字的右脚走进洗手间，然后脱了裤子。

　　校裤脱掉，是两条干净的腿。左腿明显要粗一圈，脚腕子也是，右腿的小腿肌肉明显萎缩过，细得好笑。脚踝凹陷，掰不正了才外八字。

　　往上是大臀肌，右臀比左边瘪进去一些，像个没吹饱气的篮球，怎么都弹不起来。

　　这就是自己的腿，真实的双腿。苏晓原看着镜子里的自己，小运说的没有错，自己是个瘸子，怎么装，迟早都会被人知道吧。

　　伪装平衡很累人，不管是心理上还是身体上，苏晓原摸着右大腿根儿，用尽全力地掐它一把，狠狠地掐出红印子来。

都赖它！直到掐到疼麻了，他一屁股坐在地上，回忆曾经站不起来的时候，自己是怎样咬着牙在矫正器械上走路的。

真是奇怪，每一天都有这么多人进行肌肉注射，为什么偏偏就是自己这么倒霉呢？这个问题苏晓原从小就没想明白过，可他的卑怯不允许自己瞎想，而是穿好裤子，像什么都没发生，一次又一次体面地站起来。

熬过去就会好，苏晓原小时候对自己这么说。今天他同样这么劝自己。

可他真的……真的好想和张钊他们一起奔跑啊。

周六和周日两天，苏晓原守着手机，一条微信都没有收到。

周一早上，苏运收拾好书包准备下楼，突然发现床头最显眼的地方挂了个金闪闪的东西："嚯……这什么啊，奖牌？"

"你别动！"苏晓原攥着发红的鼻子，两个夜里，就靠它陪着自己睡觉。

"这有什么不能动的，不就是块儿废铁吗？"苏运大咧咧地拿起来看，"哟，和区一中第35届运动会高三男……"

"我说了你别动。"苏晓原第一回从弟弟手里拿东西，从前都是因为亏欠给出去，"我的。"

"你的？"苏运盯着他。

苏晓原握着它："对，就是我的。"

"5000米，你走都走不了那么远吧？"苏运笑着说，"上回你说的那个能跑5000米的班长，借你玩儿几天的吧，赶紧给人还回去。"

还回去？苏晓原六神无主地下了电梯，奖牌就在裤兜里。要还回去吗？按理说是应该还回去的吧。

接连两夜没睡好，苏晓原的眼睛直发酸。他走出楼洞，高挑的男生就站在下坡老地方，旁边是小绿，荧光绿色的死飞，地上是小豹子运动包。

他在等自己。

张钊回去想了两天，也没想明白怎么就忽然惹得苏晓原不高兴了。但周一一大早，还是来等苏晓原一起走，他不想就这样失去这个朋友。

"发什么愣啊，上车。"张钊装作若无其事。

苏晓原犹豫了一下，还是坐了上去。

张钊回头，看到他红红的眼皮，像进了沙子马上就要揉破了："你，你到底怎么了啊？你别吓唬我啊。"

"我没事。"苏晓原闷闷地说。张钊也不知道再说什么好了。

快到学校的时候，张钊按着车铃，心神不宁地说："我就想问你一句话，你……你是不是嫌我成绩差，不想和我们玩了？"

苏晓原急了，心里酸得发疼："不是！绝对不是！我从没这样想过你。"

"那你还……给我，还有何安他们……补课吗？"

苏晓原心里难受得不行，明明配不上的人是自己啊："……能，我真没嫌过你们成绩不好，你别想歪了，是我自己的问题。"

"那行，往后你还是去我家复习吧，省得你弟欺负你。我晚上训练完送你回家。"

苏晓原捏着裤兜里的奖牌，不舍得再拒绝，也真不舍得还回去。

陶文昌在高三 9 班的门口等半天了，瞧见张钊一把揪住："钊哥你红了！"

"啊？"张钊吓得一躲，"你别激动，踩了我的跑鞋你给我擦啊！"

"真的，你红了。"陶文昌架着他去男厕所换衣服，一脸贼笑憋不住了。

张钊把他往旁边推了推："别碰我啊昌哥，身上有汗。你能不能好好说话，说人话。"

"你知道早上多少小姑娘问你在不在吗？"陶文昌来得早，"光我就看见仨，一个高二俩高一的！你这是要红啊！"

"啊？"张钊真没想到跑个 5000 米破校纪录还带这种附加效果。

陶文昌恨不得把他摁水龙头底下洗洗，让他醒醒："可不是嘛。上回你参赛还是高一呢，当时的高二高三早毕业了，这帮小姑娘根本不知道你。从前就看田径队里一个祝杰，这回全知道了，高手一般都低调。"

"唉，这都……不重要，我又不急着找女朋友。"

"什么不重要，你不是一直嚷嚷没姑娘喜欢你嘛！"

到了中午，张钊给苏晓原热完饭就跑了，只剩下仨人拼桌。陶文昌直接把张钊的午饭打开："吃，何安你多吃，晓原你也吃啊，钊哥说中午不回来了。"

"不回来？"何安把最大的鸡腿给了苏晓原，"他干吗去了？"

陶文昌说："和高二学妹溜出去吃饭了吧。"

苏晓原淡淡道："其实张钊长得挺招女生喜欢的呢，他……"

"挺帅的是吧？"陶文昌摇了摇头，"他现在是低调了，你可没见他高一什么德行。而且那时他确实能跑，一个上午的训练量顶别人一天的。"

"真的啊？"苏晓原笑了，想象高一时候的张钊什么模样，"张钊他行，他跑得特快，还稳，还有耐力。"

陶文昌的笑却突然冷了："是，天生的长跑预备役，唉，不练可惜啊。"

苏晓原还在想象高一的张钊，一定比现在张扬多了，没准儿晒得更黑一些。可他喜欢张钊的肤色，一看就是操场上练着的人。他也不烦张钊耍帅，因为张钊有帅的资本，他跑起来，整个操场都是他的。

他就是为跑而生的人。

可这么好的条件为什么不练了呢？苏晓原想不明白，问了一下陶文昌，结果问题被直接跳过去了。这是不能说吗？苏晓原有眼力见儿，不多嘴，只低头吃菜。

天气冷了，张钊穿着长袖运动服，绕着操场一圈圈地跑。入冬后操场清静许多，除了一帮必须吃苦中苦的体特生，少有人来锻炼。

北风顺着开领往后背里蹿，张钊赶紧拉好拉链。

从很小的时候他就记得老妈经常训练他，比如这块巧克力下午5点之前不可以吃，不听话要做家务，听话的结果是再奖励一块。直到长大张钊懂了，老妈肯定是训练自己延迟满足那套呢，真是邪门儿了。

以他的亲身经验而言，这套根本就是啥用没有！小孩子不懂什么延迟训练，小孩子想要的时候立刻得到心里才不会再惦记。一下子满足了，就没有过分的奢望和填不满的无穷欲望。他就是一个延迟训练的反面例子，因为总得忍着，老妈又总拿零食训练他，导致自己长大之后对甜食的渴望一发不可收拾。

要不是爱跑步，张钊绝对是个大胖子。耐性嘛，倒是训练出一点儿来，上小学的时候不像同龄人那么多动，但百分之九十九的耐性是通过体育磨炼出来的。每每想起老妈拿着巧克力谆谆教导的样子，张钊就能感觉到内心深处堆积的抵触感，悄没声儿地蔓延开。

说白了就是，挺烦她的，也挺烦老爸的，整个一妻管严，话都不敢说。偶尔偷着买一回零食还必须藏好，告诉自己晚上等老妈睡着之后去哪儿拿，偷偷吃。

中午午休的时候，天空飘起了雪，下午雪势转小，很快化成了水。

苏晓原腿脚不方便，一下雪就懒得动，躲在教室里上自习。可这一天不去张钊家里，他还怪想凯撒的。

大姨从不让他和宠物接触，总说猫狗有传染病，不干净，还会咬人。这是苏晓原长到现在第一回摸到狗，那种毛茸茸又暖和的手感叫他欲罢不能。

而且他总觉得凯撒像主人，酷酷的劲儿像张钊。跑起来也像，根本拴不住它。

"何安你训练呢？"苏晓原绕着跑道外圈溜达，经过了铅球队。今天他穿的羽绒服，远看像个雪人宝宝，在衣裤单薄的高大体特生中格外显眼。

何安上身只穿一件短袖，仍旧累得冒汗："是，你怎么出来了，鼻炎刚好。"

"班里闷得慌，我出来溜达溜达，你练你的。"苏晓原笑着说，现在他可喜欢接触体特生了。他们是野，学习也不好，看着不靠谱，但实际是一群热心肠，比钩心斗角的尖子班好出不知道多少。

"那我练着了啊！"何安跑过去了，练的是什么项目苏晓原也看不懂，两个人拉着一根粗大的麻绳，互相甩，把麻绳甩成了大波浪。

再往前走，路过的是跨栏和跳高。苏晓原天天听陶文昌讲，自然认得这帮拉腿筋的男生在干吗。真的是辛苦，韧带完全拉开的酸疼苏晓原想都不敢想。

谁要是这么摁自己，自己怕是要活生生疼死。

操场最北边就是他最熟悉的长跑队，张钊虽然没有回队，可他的包就在这儿。苏晓原本想给他放几块糖的，却发现一个不认识的姑娘，站在小豹子运动包的正前方。

她个子不矮，苏晓原甚至看出她和自己差不多高了。她头发短短的，很像电影《这个杀手不太冷》的玛蒂尔达。从校服上看，是高一的学妹。

"你……等人吗？"苏晓原假装客套，他也不会和女孩子搭讪，要是昌子在就好了。

"哦，是，我等人呢。"女孩儿倒是不客气。地上一整排的运动包，她往张钊的包前头一站，好像顺理成章。

苏晓原看她手里有瓶饮料，大概是给张钊的："你等谁啊？"

女孩儿丝毫不见外，倒显得苏晓原稍微怯怯："等张钊啊，就那头跑步的。"她看向操场对角，"那个！折返跑第4组了，跑了半天也不过来。"

张钊当然不敢过来，他看见自己包前头有姑娘，吓得跑操场对角来练技术。结果刚系紧鞋带，他一抬头，哎哟这不对劲吧，那白白的一个球儿不是苏晓原的羽绒服吗？

"他……他折返跑一般练完6组才回来。"苏晓原也站着不走。

"哦，那我再等等他吧。"女孩儿的目光一直没离开张钊，她突然转过来问，"咦，你这么了解他项目，你是他同学吧？"

"嗯，同学，不太熟。"苏晓原起初担心学妹害羞，人家倒是挺大方的，"你手里的饮料也是给张钊的？"

女孩儿拿的是一瓶热饮，一边捂手一边等人："是啊，下雪天太冷了……你对张钊了解吗？"

苏晓原想说我特别了解他，了解他每周的训练安排，还了解他的作息规律。可他话一出口，却变成了"不算很了解，我俩不熟……"。

"真的？"女孩儿笑起来的感觉很像张钊，也是一猛子往前冲的脾气。

"真的。"苏晓原想把肚子里的话一股脑儿都扔出来，说完赶紧离开，免得难过，"不过我听说他人特别好，还有他好像……不喝常规的饮料。我听他们体特生聊天，都喝一种功能饮料。有时候吃些零食维持血糖。我还听说他挺爱吃零食的。"

"这我都知道，他体特嘛。"女孩儿的热情直来直去，不招人烦，"我也是体特，我懂。"

"你也是体特啊？"怪不得呢，苏晓原瞧她就很像运动员，举手投足都好利落，"你练什么的啊？"

"高一女生田径队的，蒋岚，队长。"

啊，田径队队长。苏晓原又仿佛喝了酸酸乳，人家也是田径队，也是队长，这才和张钊般配嘛。原先他还想多交代几句，现在不用说了，人家肯定懂。

"你真厉害，你跑什么的啊？"苏晓原继续问道。

蒋岚站了那么久手都冻僵了，哈了一口气，答道："我也5000，之前只觉得张钊长得特帅，运动会那天才知道他是练长跑的。你知道我们队里都叫他什么吗？"

长跑永动机，苏晓原当然知道，但他说："这个我还真不知道，我俩不熟。"

"都叫他长跑永动机。"蒋岚提起喜欢的男孩子毫不怯场，"运动会那天给我迷得啊，都走不动了。你说他怎么这么能跑啊，最后冲刺那三圈儿你看了吗？步距还保持得贼稳，永动机，真是永动机……"

当然看了，看得可揪心了。苏晓原尴尬地摸着兜里的大虾酥，笑笑："我还真没注意，他们说他人特别好……还有，我听说田径队跑完步之后肚子饿，你往后记得给他准备啊。我看他们都把吃的放包旁边，垫张纸巾就行。"

蒋岚看看脚下："这儿吗？行，我知道了，往后我给他准备好。你叫什么啊？"

"我……苏晓原，你，加油！"苏晓原倒着往后溜，还给人家助威。是时候该退场了，运动包前头只能站一个人。

蒋岚真不错，和张钊一样的性格，一样的爱好，能陪着他疯跑。

他边想边退着往后走，突然被人一把抓住，力气超大。

张钊都吓了一跳："你别逆着跑道走啊，亏我跑得快！"

苏晓原从轻微的惊吓状态缓过来，一看是张钊，急着要推开，却叫右腿的情况绊住，不仅没推开，整个人还要往后倒。

"推我干吗啊？"

苏晓原试图逃跑："你别闹了，快松手。"

蒋岚在旁边看呆了，这叫不熟？这摆明了是熟到不行。

张钊压根儿就没注意到蒋岚，钩着苏晓原的脖子拎起包就要走。

"哎！张钊！"蒋岚急忙叫住他们。

张钊转过头看着她，没再嬉皮笑脸，眉眼显得有些冷："对不起，好意谢了，但我不需要。走了。"

"钊哥人品好吗？" "挺好的。"
"钊哥帅吗？" "……帅。"

02

新班级
Xin Banji

CHAPTER

"你不是跑步吗，干吗突然过来撞我？"苏晓原埋怨。

"撞你？"张钊苦笑，背心贴在绷紧的腹肌上，形状很漂亮，"你见哪个人敢在跑道上倒着走路的？知道操场干什么的吗？给人跑步用的，田径队在外圈练变速跑呢。"

变速跑？苏晓原回忆，刚才好像是看见一队穿运动背心的跑过去了。

"你就不识好人心吧，这时候都是训练的，过了弯道就得拼命加速。"张钊回味着他身上软软的触感，挺叫他好奇，"春哥掐表呢，跑道上挡着路了那帮人真不让你，就你这小身板儿，直接撞飞。还怪我，也不说声谢谢。"

"谢谢啊，我还以为……"苏晓原主动错开目光。

"还以为我故意跑过来撞你啊？不识好人心。"

"那你不早说清楚，我又不知道，蒋岚她……"

"别提她啊。"张钊嘴上说得轻松，心里吓得够呛。变速跑撞伤人都是轻的，又不是没有过。

"苏晓原，你最近到底怎么回事啊？你实话跟我说，是不是嫌我成绩差，人品又不好？"

"我不是这意思，再说我没嫌过你成绩差，更没觉得你人品不好。"

"是吗？"张钊揉了一把他的头发，"钊哥人品好吗？"

"挺好的。"他鼻炎还没好利落，有些鼻音。

"钊哥帅吗？"张钊盯着他，若有所思。

"……帅。"

"那你别扭个什么劲！"张钊无奈了，"抬头。"

"不抬。"苏晓原不动，眼睫毛快速忽闪起来。

苏晓原不肯，他不怕张钊怎么样，他怕的是自己忍不住。嘴巴不说，可崇拜一个人的眼神骗不了人。苏晓原揪着裤子的兜，怀疑自己忍痛的防御力被张钊破坏掉了。从小自己最能忍，骨关节的疼、针刺扎穴位的疼、活动脚腕子的疼，这些他都忍得下来。

如果说每个人都是从种子发芽破土，接受风吹日晒、雨洒雪盖长大的，那他就是刚冒芽就被人狠狠碾着踩过一脚的那株。真的是疼，疼得他夜里总是幻想这条腿干脆废了，没感觉多好。

可苏晓原就是有一股韧劲，从他凭着自己的力量冒冒失失站起来那天，就不准备再倒下，不准备再被人指点着笑话。

两个人一对比，苏晓原的性格更像个坚忍硬朗的大人。张钊反而鲁莽不少，他什么都不怕失去，只知道一味往前冲。

根本不知道自己想拉着疯跑的男生，连走路都是装出来的。

没多久，就到了新年班会这天。

高三9班的成绩一如既往的差，稳坐全年级最末，除了一枝独秀苏晓原。班会这天，大家倒是比平时积极多了，但和其他8个班相比教室还是寒酸。

别的班班费收得多，9班的班费过完运动会只剩下一百来块。不再收班费是张钊的意思，他知道班里有几个条件不太行的，五十块虽然只是他一顿饭钱，可在人家手里意义不一样。

到了新年这天，别的班张灯结彩，还有把K歌设备弄来的，凸显班级土豪性质。9班独自在拐弯这头，班里只将桌椅摆成凹字，留出一块空间来聊天。

对，就是聊天。班委会买足零食和饮料，大家伙儿足足聊了半天。不设话题，不设界限，纯聊。

别的班都安排了大项目，什么抽签换礼物、挨个儿上讲台说高考目标。9班聊这个太过敏感，还不如开开心心聊上一顿，暂时忘记高考，其乐融融。再说，新年联欢折腾得最厉害的要数高一、高二。这就像运动会一样，高三学生并不太热衷搞这些，能放一天假比什么都实在。

毕竟摆在他们眼前的还有作业，体育生成绩再差也不敢太堕落。张钊就是，没遇上苏晓原之前他只想考大专，现在他想考个本科，三本就行。

1月2号这天高三照常上课，15号期末考试，还有两周。

上课铃打响20分钟，后门开了个小缝儿，苏晓原也学会走后门这一套，抱着沉甸甸的书包，弯着腰往里溜。

"干吗去了啊？"

"我……"苏晓原开始绞手指头。

"先别我我我的了，给。"张钊从运动包里拿出个小礼盒，窄窄一条，拿着也不压手。

很没面子，第一回给苏晓原买礼物，真不应该礼轻情意重。

苏晓原心里沉重极了："送我的啊？"

"是，新年礼物。"张钊想说这礼物太轻我后悔了，但也不能说我就拿出来给你看看啊，于是又问，"那个，你……你想不想换手机啊？"

苏晓原今天一进教室便被韩雯叫走了，现在脑袋里一片空白，就和他第一天到9班报到一样，茫然了。

"我不换手机啊，我手机用得好好的。"苏晓原把手机拿出来，干干净净的，像新的一样。良好的学习习惯也渗透进生活中，不像张钊，手机屏幕上满是指印，还不戴壳子。

"那等你手机坏了那天，记得告诉我啊。"

"我手机干吗坏了啊？"苏晓原放下讨论对象，用指头戳了下小礼盒，"丑丑的。"

"什么？"张钊被他萌得一激灵。

"我说包装纸，你干吗选这种图案啊，我密集恐惧症都要犯了。"苏晓原假装对上面密密麻麻的圈圈不满意，却笑得抿不住嘴，"这个真是送我的啊？"

张钊还是觉得拿不出手："我也不知道你喜欢什么，瞎买的。你看看好不好看。"

"好看，我喜欢。"苏晓原叫他这份傻傻的心意感动了，不拆包装也喜欢。他接过来掂了一下，非常轻。

"打开看看。"

苏晓原小心拆开包装纸上的胶带："你瞧你，贴个胶带都不会，歪歪扭扭的。"

"我没干过这个啊，我要真贴漂亮了那才有问题呢。"张钊看他拆礼物，等得急死了，怕他真不喜欢，又怕礼物拿出来不贵重。

包装纸盒里是一个深蓝色绒面的长方形礼盒，苏晓原又拆了一根缎带，郑重地打开了它。

一支钢笔。红色漆面烙有几只金色仙鹤，振翅欲飞，中国风。

"你不是学习好嘛，我看你那支钢笔有年头了。"张钊踩着脚下的篮球，不敢看右边，"本来我想买个最好的，没货，真不是我不舍得啊。但这支也是限量款了，你要不喜欢咱俩一起去换，你自己挑个喜欢的。"

苏晓原一直都知道张钊是个热心肠，却没想到他的心还细，连自己的钢笔都注意过："我喜欢啊，往后我就用这个……谢谢啊。"

"真的？"张钊顿时充满电力，"你可别骗我。要不你把旧钢笔扔了吧，往后你的笔我承包了。"

"那可不行。"苏晓原赶紧护住笔袋，"这是我中考之后大姨父送的，奖励我考上实验高中的礼物。"

一听大姨父，张钊就知道让苏晓原扔旧钢笔是不可能的："行行行，不扔，但你每天都用我的啊，我坐你旁边监督。对了，刚才老韩找你干吗啊？"

一支钢笔带来的喜悦盖过了刚才的沮丧，苏晓原都把这一茬忘了："找我……"

"怎么了啊？"张钊知道他磨叽，但头一回看他这么磨叽。

"班长，我可能……"苏晓原握着新钢笔，像握着所有舍不得，"我可能下学期要转班了。"

张钊蒙了。

"韩老师说，年级组长讨论开会了，所有科目的老师都同意我去 1 班。"这事理应高兴，可苏晓原实在高兴不起来，尽管每回上课他都会感叹老师讲的知识点太过简单，可他不想走。

心里的彷徨和抗拒不是一两句能形容的，比开学时心情还复杂。因为那时候他不认识张钊、何安和昌子，包括薛业。

张钊醒了："什么时候？"

"期末之前说还在 9 班上，期末考试之后有几个班要开辅导课，我就过去了。"苏晓原拧开笔盖，从桌斗里找出钢笔水瓶子，将钢笔吸饱墨水，在草稿纸上写了个张钊的名字。

"哦，这个啊……"张钊难受得没话说，"好事儿，是好事儿啊，你干吗愁眉苦脸的……"

苏晓原还以为自己装得好，却不知道整张脸都垮了，摆明是心里揪成一团地难受。

"可我不想去了。"这是实话，即便知道自己没得选，"我不喜欢转班，不想重新融入集体一回。咱们班虽然成绩差，可我和大家伙儿都熟了，联欢会那天大家都熟了啊，我还答应陈文婷下学期一起出黑板报呢……我不想去。"

"你别不高兴，其实……其实你这成绩早就该去1班了。9班不是你该在的地方。"

"可我和大家伙儿熟了啊。"苏晓原最怕只身一人去新环境，又要从没人理的阶段开始。

"可你在9班上不好课啊。"张钊实事求是地说，哪怕巴不得把人扣下，"老师为了迁就我们，上课难度和1班能比吗？你不要拿成绩开玩笑，赌气也得去。大不了我们仨每节下课找你去，有我呢，谁也欺负不了你。"

"那……"

"先别想了，上课。"老师在黑板上写字，张钊赶紧揉他头发一把，"好好上课，先把期末过了再说。"

苏晓原被他摁着揉一下，这才开始做笔记。老师讲了什么知识点，张钊一个没记住，大脑全被转班两个字控制了，他想不了别的。

中午吃饭，何安也傻了："什么，转班？"

陶文昌是唯一的理智在线人："你这么大反应干吗，晓原这成绩早就该转了。要我是老王，第一回月考之后就把人拐到自己班里去。"

"什么拐不拐的，赶紧吃饭。"张钊的心智还没逃过转班的控制。苏晓原要转到1班去了，他会被人排挤吗？会被邱晨他们欺负吗？再写黑板报会不会被擦？

老王会不会给他脸色看？学习压力会不会太大？

各种问号挤成一团，摧残着张钊的脑神经。如果让他来形容，这种感觉是从未体验过的痛苦。

一个18岁的大男孩儿说自己痛苦，如果是别人张钊一定会觉得此人矫情。可痛在自己心坎儿里了，他才发觉真的是苦，吃什么都苦。

"你们吃啊，我出去一趟。"张钊不知道怎么做才能缓解，但这个班暂时是待不下去了，这个学校他看一眼都烦。

"早点儿回来啊。"陶文昌古怪地看他跑出去了，没拦着。只有何安神经大条，问他好几遍钊哥怎么了。

午休时苏晓原才回来，张钊居然不在。他习惯性去看何安、陶文昌的座位，也是空的，大概都在篮球场上。认识的人都不在，苏晓原也像被抽了一根神经，不想在学校里待了。

没被全班孤立过的人不会理解这个滋味，直到今天，他都没忘全班用冷暴力筑起的那道墙，做梦都是。和同学说话永远得不到回应，抛出去的每一个问题都不会有答案。只要自己站起来走路就会被嘲笑，上操、上体育课，从没有男生和自己站一排，更别提春游秋游。

要是哪天同学们心情好了，跟自己说句话，苏晓原能开心好几天。

可张钊……干吗去了啊，什么时候回来？真是的，都知道自己要转班了……苏晓原坐在自己的位置上，如同被赶到一座孤岛。只消一想又要重新接触新同学他就坐不住，干脆往左边挪挪，反正也没人看见。

就这么不声不响地，他坐了张钊的位置。

张钊……和别人不一样。苏晓原缩在第二组的最后一个，像无人认领的小可怜儿，等着上课预备铃响起来。

张钊冲进来的时候英语老师都来了："你怎么又坐我位子了？"

苏晓原不好意思说自己不想挪窝："你先上课，我下课换回来行吗？"

太好了，张钊可算回来了，苏晓原感觉刚才的自己很没出息。

"行啊，我是怕你拿东西不方便。"张钊出了一身汗，刚坐下就上课了。他也不知道苏晓原的英语笔记本是哪个，干脆全托着，让他拿完再放回去。

"谢谢啊。"苏晓原心口又酸又甜，他软绵绵地趴在张钊的桌子上，看他画得乱七八糟的立体几何图案，"你刚才干吗去了啊，半天不回来。"

"回家了一趟，我记得家里还有个垫子呢……"他说着弯下腰，从运动包里扯出一块垫子来，"也是从前别人用的，你……你要不要啊？"

雪青色，和小绿的后座垫子是一个料，叫太阳一照有反光。只不过这个更大些，是个正方形，刚好放课椅上用。

针脚特别宽，一看就是不会用针的人做的，两次下针的距离相隔五六厘米。

"给我的啊？"苏晓原拿手摸了一下。骗人，不像有人用过，料子新新的。

"嗯，给你用吧，我家没地方收。"张钊直接给他，明明是送东西，倒送出几分骄傲来，"你上课，我眯瞪一会儿，老韩来了叫我。"

忙活一中午，钊哥累了。

苏晓原揪着坐垫一角，料子滑溜溜的，可看着又绒呼呼，特别好看。他又不傻，到底用没用过一看就知道。再说这里头的填充料都是膨着的，摆明了是刚塞进去，还没被压过。

这个他确实需要，右边屁股凹进去一些，肉少，坐久了容易麻，哪怕是坐着，重心也要偏向左边。趁英语老师不注意，他赶快把坐垫塞到屁股底下，这下舒服了，像妈妈给他在家准备好的靠垫，像大姨亲手给他缝的那个软垫子。

张钊大概是真累了，脸朝外睡着。脖子上有汗，运动衣后背也全湿透了，大概是骑车骑的。

苏晓原愣愣地盯着他的后背看："你怎么知道我缺个垫子啊？"

张钊刚要睡着，眯着眼睛转过来看他："你坐我旁边，我能不知道吗？上课就数你能捣鼓，一会儿都不老实。"

苏晓原心里一暖："那你吃没吃午饭啊？"

"没吃，你有吃的啊？"

"嗯，我中午没回家，跑出去买东西了。"苏晓原莫名地慌张，"给，都给你的。"

一口袋都是大虾酥。

张钊一瞧这个糖："你没回家就买这个去了？"

苏晓原的声音低了又低，他用手指头夹出一颗来，放到了张钊的桌子上："大超市才有，我怕上课迟到就提前去了。你留着吃……下学期转班，其实……我心里也不好受。"

"你也没吃饭吧……下课咱俩去小卖部？"

"也行，先上课，我……我要做笔记了啊。"

张钊继续趴下睡觉。不一会儿他扒开糖纸，将糖一口卷在舌头上。糖入口即化，酥得心颤。

可是……唉，仙鹤要转班了，往后这可怎么办啊？张钊感受到了一股惆怅。

接连惆怅了两周，张钊最不愿意面对的期末考试终于来了。

从前他最盼着期末，成绩无所谓，考完就放假解脱。这次倒是不盼，每天掰着手指头数数，眼看着苏晓原复习考点，然后时光嗖一下子就加速了，转眼，考完了。

"好不容易考完了，你不跟我们吃顿饭去啊？"张钊问。

苏晓原的书包放在脚边，考完了，按理说应该轻松一天，可心情怎么都轻松不起来："你们仨去吃吧，我妈知道我和小运期末，特意请了两天假在家做饭，我也想多陪陪她。"

"哦，这样啊。"张钊心里安生一些，"陪阿姨也对，阿姨老上夜班是辛苦。我妈就不会做饭，难吃得要命。小时候给我做煲仔饭结果腊肠没熟，我直接食物中毒了。"

"食物中毒？"苏晓原哭笑不得。

张钊点了点头。正下大雪，苏晓原头顶一层白，像戴了一顶白帽子，可爱得没话说。

"是啊，我妈干什么都不行，除了脾气大，烦死了。你冷不冷啊？冷的话赶紧上去吧，鼻炎刚好。"张钊催促他。

苏晓原用了甩头发，第一回见这样大的雪。他没说实话，妈妈是请假了，但没有做好饭等他回去吃。真正的原因就是这场大雪。

下过雪的路面不好保持平衡，只凭着左腿的力量无法伪装，光是走路都能看出一点点跛。更别说踩到冻冰的地方，本身平衡能力就差，稍不留神就会摔大屁墩儿。

所以下雪的时候苏晓原不外出，在家窝着，看看书也挺好。

"那我上楼了啊……这个给你。"他看张钊的手冻得通红，想把手套给他。

张钊不接："不用，我火力旺，冻一会儿太正常了。我都冒汗呢，真的。"

"你胡说，哪儿有大雪天冒汗的。"苏晓原看着别人踩雪，心里一惊一乍，"你昨天都没穿秋裤，今天穿了没有？"

张钊极其无奈地蹲下，挽了校服裤腿，底下是浅色的保暖秋裤。

"你让穿就穿呗……你怎么跟我妈似的，一到冬天就催我穿秋裤。"

"不穿冻坏了怎么办，你还得跑步呢。"苏晓原不看到秋裤誓不罢休，"蒋岚说队里好多人佩服你，还说你是天生跑步的体质。那我上楼了啊，你到何安家给我发个微信。下雪路滑，骑车不许看手机。"

"不看，我骑车可注意安全了，毕竟我现在是个穿秋裤的男人。"张钊赶紧揉了一把苏晓原的脑袋，目送着他进电梯。不知道为什么，总觉得今天的他走路颠得厉害。

到底怎么回事啊？

雪天不好骑车，张钊把小绿停在三中校门口，等着里头的学生放假。

半天他才瞧见曾经一起冬训的哥们儿往外跑，张钊吐槽："你再慢点儿，我就让雪埋了！"

来的人也是体育生，手里一沓卷子："没辙，班主任训话啊，说什么下半年有多紧迫。这个给你，拿好了啊，我去办公室顺出来的，多了没有。"

"谢谢谢谢，要不说咱俩铁呢。"张钊和祝杰的本质差别大概就是他人缘好，他甩给对方一包零食，"这给你，凑合啊。"

对面伸手一收："你要卷子干吗啊？"

张钊没回答，又道了声谢就抬腿上车，顶着雪往下一所高中前进，直到晚上 8 点才到何安家。

"喂，昌子人呢？"一来就瞧见只剩一个大个儿。

"帮我把院儿扫出来之后走了。"何安穿着他爸淘汰的羽绒服，脚上是一双棉鞋，运动鞋不舍得穿出来，"朋友又来找了，晚上不一定能回来呢。"

"什么人啊这是。自打他交了这朋友之后手头都紧了，冬训的鞋都没换，我看还是夏训时候那双。"

巧了，何安也是这种想法："钊哥啊，你说咱和昌子那朋友不认识，这么说无凭无据，可我为什么总觉得……"

"总觉得昌子叫人安排了，对吧？"张钊边接话边给苏晓原发微信报平安。

"啊，对。"何安总结半天，话还是叫张钊说了，"上回说要抹脸的，那么贵，幸亏你帮他。"

张钊哪儿懂这个，多亏小光哥有存货："没辙，你看他俩那么好，咱们也不好开口劝啊……不想这个了，铲子给我，我帮你挖！"

何安家是在一个小院最里头，每年下雪都要扫。否则冻上冰了，爸妈上台阶不方便。

"今年的雪有些大啊，我刚扫过一回，底下硬邦邦的……"

"让你买大粒儿盐，你买了没有？"

"买了……"何安没舍得花钱，只买了沙子。

"瞧你那样就知道没买。"张钊拿铁铲子往下剁，手心热得发麻，"这钱不能省，万一你爸妈摔了更得花钱。"

何安紧着摆手："真不用，你看我……自己这么大个儿壮劳力，能用体力搞定的事犯不着花钱。东边胡同还找我扫雪呢，两户人都挺好，给我算钱的。"

"那能给你多少，你还是照顾好家里再说吧。"张钊继续剁地，脚底下的冰"咔嚓咔嚓"碎开了，"今年冬训怎么着？"

这个事何安不敢说："就还在一中呗。"

"别啊，哈市冬训营，你明年再冲一把。"张钊一脚踩住铁铲，往上起冰。每年这个时候他和昌子都要来帮何安，鬼知道是谁家的下水道跑水，总能跑进何安家的水泥地缝里。不及时清理，他家这几个台阶都保不住，全得让冰拱起来。

何安不说话了。

"你不会是……"张钊有不好的预感，他想说你不会是不打算冬训了吧，结果回头看到何安的棉鞋冒出絮来。于是再生气也不说了，否则自己的话就跟何不食肉糜一样，啥说服力都没有。

还招人恶心。

"明天你干吗去啊？"何安往台阶上洒沙子，防滑。

"唉，瞎溜达呗。"张钊帮他把沙子铺平，"你呢？"

"我这不是放假了嘛，帮我爸扫扫去。"这是何安每年寒假的必备项目，早上跟着爸妈一起上工，扫大街。

"那行，明天要是下午没事了，我和昌子来找你。"张钊拢了一把沙子，把台阶裂出来的空隙填满。但他知道这都是杯水车薪，只要明天下水道一通水，沙子还是会被冲走，冰还是会冻上。

这个家还是和往年一样，万家灯火欢闹喧嚣撼动不了它分毫。屋里的人没做错什么，老实本分地干活，却一年一年毫无改变的能力。

雪一直断断续续地飘，直到两天之后才停。早上，苏晓原的手机闹钟一振，吵醒的不只自己，还有弟弟。

"7点上闹钟，你让不让人睡觉啊！"苏运两周之后才有冲刺班，好不容易放假，他嘟嘟囔囔一通翻过去继续睡。苏晓原连声道歉，悄没声儿地提着书包和校服去客厅穿。

妈妈买的秋裤有些短，大概是儿子常年不在身边，买裤子的时候没量好尺寸，穿在苏晓原腿上像个黑色紧身裤，绷着的，更能看出两条腿的粗细不一样。

就连露出来的脚腕子都不一样粗，右脚还摆不正。

他穿好毛衣，又套了两双厚袜子。陈琴又是夜班，知道大儿子今天开始加课，备好早点放在冰箱里。可苏晓原怕微波炉吵着弟弟，只喝了一口凉粥，拿了两个凉包子就下楼了。

一出楼洞，两天不见的小绿还在老地方。

"给，热豆浆。"张钊冻得脖子直疼，"风大，到学校再喝啊。还有这个也给你，先放书包里吧。"

"这是什么啊……卷子？这不是咱们学校的吧！"

"嗯，三中、五中和八中的，重点班普通班都有，你钊哥人脉广。"张钊把他书包接过来，背在胸前，"正好你也做做，体验一下别的市重点的题型。你可别一高兴就熬夜给写完了啊。"

苏晓原感动得一塌糊涂，一感动，下车就把自己围巾给摘了："这个，给，我家还有一条。要是风把脖子吹煽了……跑步疼。"

"不急，我陪你把桌椅搬过去，顺便看看1班环境。"张钊掩饰着各种不放心，但他不想让人看出来，那样就不酷了。到了9班他把苏晓原的椅子倒扣在桌面上，两只手一使劲，整套搬起来，显得自己老神在在的。

这多酷啊，不能在仙鹤面前丢人。

"1 班要是有人欺负你就说啊，我们仨揍他。"张钊脚步沉重，多希望老韩现在出来说苏晓原还留在 9 班。可他知道这样不行，苏晓原和他们不一样，他原本就该是 1 班的学生。

掉在 9 班里只是机缘巧合，是真朋友就不能拦着他飞。

"没人欺负我，你放心。"苏晓原在后头跟着，喝了凉粥肚子里不舒服，赶紧用热豆浆压一压，"你吃饭没有啊？我带了两个大包子，就是没热呢，你一会儿去校医室热热吃。"

张钊戴着苏晓原的白围巾，趾高气扬，看 1 班哪一位都不太顺眼。苏晓原赶紧把包子塞给他，刚好学习委员邱晨路过，挺有礼貌地叫人帮忙抬桌子。

邱晨看他还不走，过来嘲讽："这不是张钊嘛，怎么，还怕我们欺负他？"

"你欺负他试试。"张钊向来和这种学生沟通不了，"那什么，你把汤澍叫出来。"

"你找她干吗？"邱晨心中警铃大作，刚要轰人，不巧汤澍打完热水回来了。

张钊伸腿拦在 1 班门口，道："小汤你过来一趟，我有事求你。"

"求我？"汤澍不记得自己和张钊有交集，"求我干吗？"

"就是吧……"张钊拽着汤澍的校服往楼道走，"这个给你，重点学校的期末卷子，还有八十分校的。"

他给苏晓原的那份是原版，这是复印的。

"不会吧，你哪儿弄来的？"汤澍翻几下看了个大概，才明白这是真要求自己，"还没开口先给好处，你到底求我什么啊？"

张钊红着脸，像跟汤澍表白一样："就是……我们班苏晓原今天不是过来了嘛，他说座位表排出来你是他同桌。那小子认生，到新环境肯定不适应，你能不能多照顾照顾他，别让他落单了，帮他尽快融入集体。"

"啊？！"

苏晓原的新座位在第 1 组第 3 排，同桌是汤澍。1 班的教室他并不陌生，每月月考都在这屋。大半个班的面孔都见过，基本上占满了年级前 35 名。

他还没整理好习题册，汤澍拿着几沓卷子进来，看上去一头雾水。

"张钊走了吗？"苏晓原问着，还向门口看。

"别看了，走了。"汤澍搞不懂这两人是怎么当上兄弟的，"给我几套卷子，拜托让我照顾你，没头没尾说了一通。欸，这卷子你要不要，挺有看头的呢。"

苏晓原坐着张钊给的垫子，没想到他还给汤澍留了一套："哦⋯⋯这个啊，我也有，他昨天就给我了。要不咱俩今天晚自习开始做，明天交换打分？"

"行，大题咱俩一起找老王看。"接连三次汤澍都没考过苏晓原，再不服气也服气了，"往后你有什么练习册想着我啊，别光自己进步。"

苏晓原闻到一股沐浴露的香味，和张钊身上的汗味完全不一样："嗯，那⋯⋯谢谢你照顾我啊，有好卷子我想着你。"

高中放了寒假，大学也同样放假了。可杨光还赖在宿舍里，不想回家。再有十天就是春节，哥哥们要从瑞士回来了，五天之后宿舍也要轰人，可他真不愿意一个人在家待着。盥洗台有水渍，他顺手拿了抹布擦起来，不知不觉擦到了老三放洗漱用品的小箱子。

男生宿舍嘛，里头一般都是牙刷牙膏洗面奶剃须刀，可老三不一样，杨光知道里头还有面膜、精华、晚霜、颈霜……还有润唇膏，自己送的。

"谁用厕所呢？"张扬睡醒了，拧了一把门把手。

三哥！杨光吓了一跳："我，我在里头接电话呢，怕把你吵醒了……是你弟的电话，他说想要营养品。"

"又要营养品？他真以为自己奥运冠军呢！"张扬打着哈欠，顶一头金色乱发，"别给他打折啊，就说我发话了，该怎么算钱怎么算钱。"

"你弟弟我肯定打折。"杨光知道他进来找什么，转手递给他漱口水，"三哥……我这几天一直想问，你是不是不高兴啊？"

张扬没回答，漱口水在嘴里翻滚。

"你要是不高兴可以说，别憋着。"杨光又给他打开唇膏，等他漱完口用，"你别憋在心里，我哥从前总说谁欺负我了就告诉他，憋着容易生病。要真有人找你不痛快，你跟我说，我替你收拾他。"

"就你？"张扬抹完润唇膏收好放了回去，"你惹我不痛快了，你收拾你自己吧。"

"我没有啊。"杨光在他身后跟着，看他又爬回上铺，只好把下巴搁在老三的褥子上，"三哥，你说吧，谁欺负你了。"

张扬看他，就像看一只刚成年的小金毛，摇着尾巴哄主人开心："没有人，去，接着复习去，今年考四级呢。"

"我不复习了，你不说……"杨光急得胡说八道，"你不说我不报名考四级了，反正我也考不过去。"

"你这孩子没出息吧！"张扬揉着他的小圆寸，"也没什么，春节之后高中同学聚会，我不太想去。"

杨光舒服得想闭眼："不去就不去呗……又不是什么特重要

的人。"

"可大家都起哄让我去,不去不行。"张扬大概能猜出来为什么起哄,那帮臭小子。

杨光的眼睛一下瞪大:"那我陪你去,他们没说不能带人吧? 你带我去吧,我不乱说话就跟着你蹭饭。要万一说错话了你瞪我。"

张扬怕那帮人说什么难听的:"算了吧,你还是……"

"你让我跟着去吧,我一句话都不说还不行吗?"杨光拼命眨巴眼,每回他求哥哥的时候就这样,绝对管用,"我就闷头吃饭,行吗? 三哥你带着我吧,我不给你丢人……"

"行吧行吧,服你了。"张扬收回刚才的想法,这小金毛根本没成年,叫他根本拒绝不了。

一周很快过去,苏晓原逐渐适应了 1 班的教学进度,也找回不少实验高中的感觉。

相比之下一中的氛围还算轻松,没有每月淘汰制的月考。下课可以使用手机,没人向老王打小报告。各科老师的教学进度比 9 班快许多,可要和实验高中相比还是慢一截。

唯独能觉出明显差距的是作业量和难度。从前 11 点之前能写完,现在经常要熬到凌晨 1 点。唯一期盼的开心事,大概就是还可以和张钊一块儿上下学,有时候跑去 9 班和张钊、何安他们一块儿吃饭。

苏晓原晚 9 点准时出来,和张钊在叶师傅炒面门口碰头。

"班上有人欺负你没?"

"没有,汤澍可好了,怕我和男生相处不来,中午吃饭都拉一圈女生。可她们聊什么我都听不懂。"

"嗯,那就行……她们聊什么啊?"

"她们可逗了。"苏晓原第一回交到女生朋友,赶快和张钊分享,"她们聊化妆,聊怎么化得叫人看不出来,有意思吧? 我们还聊高考志愿,她们告诉我去年北城一本的提档线低，今年的题可能会难一些，重点线大概 600 往上了，还有……"

苏晓原脚下一滑，没再往下说。

"还有什么啊？没事，说吧。"张钊赶忙回身扶他。

"我不是故意说这些啊，其实高考志愿也没什么好聊的，无聊死了。"苏晓原用手指钩着后座，轻轻往后拉他，"我真不是故意的。"

张钊毫不顾忌："我懂，再说咱俩本身就不是一个圈里的学生啊。你来 9 班只是个意外，我真不难受。"

可苏晓原心里难受，不想叫张钊以为自己看不起他："我大姨说过行行出状元，你将来肯定也厉害。再说……再说学习好也没太大用，重点大学每年的毕业生多了，不见得各个都有好工作。而且……"

"好啦，你钊哥又不生气。"张钊平时总把"你看不起我学习差"挂嘴边，真到这份儿上反而不开玩笑了，"你有时间解释这个，不如抓紧时间给我辅导功课。"

张钊有点不舍得他走，可仙鹤的时间浪费不起："行了，快上楼写作业吧，瞧你黑眼圈都出来了。"

"嗯。"苏晓原继续碾脚下不存在的小石子。

张钊也不走，俩人在楼下最黑的地方一起低头碾石子，相隔一米，谁也不抬头看谁。

"那我走了啊。"最后还是苏晓原开的口。

"上去吧，我给你挡着楼洞。"张钊尽量让自己笑得好看些，等他一进电梯，脸上的阳光微笑瞬间结冻，垮得很彻底。

环路一边，何安正在帮爸妈扫街道，他爸休息的时候，环卫的大衣他偷偷穿上。晚上路面没车，何安一眼看到张钊的荧光绿出现在 100 米之外，速度还不慢。

"你不要命了吧！"何安赶紧拦他，"没车也不能这么骑吧？"

张钊思考了一路，完全没注意速度："何安，我问你，你想不想冲一把！"

"什么，冲什么？"何安没听明白。

"哈市那个封闭集训营，14 天，大年初一就从北城站走！你去不去！"张钊一把把他的大扫把扔开，"扫地没出路，这回你冲不冲？"

何安看着大扫把飞出老远，没有吭声。他怎么不想冲，可冲成绩，要钱。

"算了吧钊哥，我练不练就这样了。"

"少废话，我问你想不想！"张钊一把摁住他，"训练费兄弟给你出，咱俩……一起！"

张钊只盯着他看，眼睛里闪亮亮的，映着一广场的白雪。

03

冬训营
Dongxunying

CHAPTER

冬训营

CHAPTER 03

"什么，你俩一起去哈市？"陶文昌给何安买了一口袋节能灯泡来，"这是好事儿啊！你终于想通了！"

外头有人在偷着放爆竹，今天是除夕。

张钏正在拾掇何安的箱子，灰尘"噗噗噗"往上扬："还没告诉别人呢，你瞎嚷嚷什么啊。"

"我高兴啊！"陶文昌一个箭步冲过来，"何安也是，这都多少年的训练服了，还留着呢。欸，你俩去哪个啊，是不是体特圈传闻练死过人的那个？"

"练死人了我还能带着何安去？昌哥你正常一点儿行吗，我害怕。"张钏拿何安的运动背心抡他，"就那个保国二冲市三的训练营。"

"那听说比练死人的还苦呢，你自己找罪受别带着兄弟啊。"陶文昌嘴上嫌弃何安的家当，手底下还是很小心。别人家好歹能用上个衣柜，何安家的面积有限，他没有柜子，一直用着这个大木箱。

"我不带着他，他真能扫一寒假的大街！"张钏刚说完，小院里有人点了鞭炮。也许是点火位置距离何安家门口太近，有些火药没烧完的鞭炮打到了玻璃上，像有人拿弹球砸玻璃。

只因为何安家门口的雪叫兄弟们扫得太干净了，其他地方的雪快要堆过半米。

俩人每年除夕都来这里，何安爸妈春节加班，儿子赶在放炮之前会送一趟饺子。同为兄弟，不忍心别家灯火辉煌，他一个人自己吃年夜饭。

"食宿费要不咱俩平摊吧？"陶文昌等鞭炮响完了说。

"你？你还有钱平摊啊？"张钊勉强收拾出几身还能穿的，何安冬训的装备也得添置，"交个朋友变提款机了，春节不是跟你要了个什么包，现在你比我穷吧。"

陶文昌面色紧绷，沉默了。

同一时间，苏晓原家倒是热闹。

"来，小运帮妈把这个放桌子上去。"大儿子好久没回北城过春节，陈琴特意跟姐夫学了做鸭血粉丝，"还有这个，你最爱吃的拔丝白薯。"

"谢谢妈！"苏运往外端菜，忙得前后跑，"哟哟，烫死了……哥你倒是清闲啊，往桌前一坐就等着吃，腿脚不方便就是好啊。"

"小运，怎么和哥哥说话呢！"陈琴听见了赶快从厨房出来，"妈让他歇着的，往后这话不准在家里说啊！"

"知道了知道了，大年三十我这不是说秃噜嘴嘛。"苏运从不在意这些个词，"哥，我嘴瓢了啊，别在意。不过大姨和大姨父是不是把你养得太娇气了，你在南城他们也不说？"

苏晓原只负责摆碗筷，淡淡一笑："不怎么说……小运这是你的碗，给。"

"妈给咱俩换碗了？"苏运赶快拿过来看，"妈不是说家里没新碗的时候旧碗不能扔吗，说过年不吉利容易丢饭碗。"

苏晓原听愣了，他在南城长大，不知道北城还有这个说法，像犯了大错："昨天晚上我想帮妈洗碗来着，给摔了。"

"嚯，大春节的摔碗，你可够行的。"苏运看他就知道从小什么家务都没做过，"大姨他们给你打电话了吧，没催着你赶快回去？"

"你又瞎说什么呢？"陈琴在里头忙也不安生，"大过年摔碗叫岁岁平安，再说咱家也该添置些了。来，坐下吃饭，你俩还想吃什么妈明天再给做。"

"别，妈你想吃什么，我明儿给你做。"苏运从小陪妈妈姥姥守岁，知道她爱吃什么，先给夹了一块咕咾肉。

有妈坐镇，苏运说话客气了许多，俩人先跟妈妈汇报了寒假进度，说着明年的志愿。

"什么破玩意儿，我换台了啊。"苏运拿起遥控器。他喜欢篮球，一调台正好在放一场篮球联赛转播，陈琴却不轻不重地咳了一声，他只好悻悻地换台。

陈琴是怕篮球比赛刺激大儿子，这是家里不成文的规定，不许看运动节目，不许聊这类话题。孩子是自己没照顾好才扎坏腿的，陈琴日日夜夜饱受折磨，总想起原原小时候哭着要抱抱，哭得上气不接下气地打嗝，说妈妈我脚脚疼。

"刚才那台讲的什么啊，妈不懂，给妈讲讲。"手心手背都是心头肉，没让孩子看篮球，陈琴赶紧给苏运夹大饺子。

"没什么，就是表演节目呢。"

苏晓原觉得有点尴尬，正巧手机一振救了他："妈，我进屋接个电话。"

苏晓原溜回屋，按了通话："喂，你刚才怎么不回我微信啊？"

"我骑车呢啊，你不是说骑车不许看手机嘛。"张钊扶着小绿，抬头往上看，"吃饭没有？"

"正吃着呢。你……你吃了没有啊，不是说今晚上和昌子在何安家……"

"你先听我说，我明天……我明天收拾行李，要走了。"张钊拼命地看那扇窗户，"跟何安一起，去哈市，冬训。"

什么？冬训？苏晓原叫这两字吓着了，反应过来之后是欣喜若狂："真的？真的啊！你又练了？"

"嗯，我张钊，说到做到……不是嘴上随便说说。咱俩，的确不一样，这是事实。你上你的全国重点，我可以走我的体育。不想让你觉得……我只会瞎吹牛。一共走十四天，开学那天我正好回来。这俩礼拜……就不和你一块儿走了，走路记着看脚下，别老低头发微信……也不知道给谁发呢。"

"啊？你怎么走那么多天啊？"

"就俩礼拜，特快，你一眨眼我就回来了。"张钊吸了一口冷空气，真冷。

苏晓原走到日历前头，往后数到张钊回来的那天，在日期上画了个大大的圆圈："你要是去训练，不会伤着腿吧？"

张钊的腿可不能受伤，那是将来大学生运动员的腿。

"明天晚上……你去车站送我吗？"为了说这句话，张钊特意喝了一口江大白。

苏晓原在凌晨 4 点多醒了一次，梦里都是张钊问自己去不去火车站送他，然后自己斩钉截铁地说我去不了。睡睡醒醒，最后他被外头的一声炮仗声彻底吵醒。

他看了看手机，是张钊一个小时之前发过来的微信：

"我哥家的钥匙放你家信箱里了，我儿子的狗粮分成了 14 包。中午我收拾好行李去找何安，你替我照顾凯撒两个礼拜行吗？"

苏晓原想着这时候张钊一定在补觉，就没回。他也想补觉，闭着眼睛拼命睡，可光线穿透眼皮直到完全变亮也没睡着，干脆起床给妈和小运做早饭去。

家里安静得仿佛没有人，苏晓原烧好一锅水，等着水开下饺子。

小运会做很多菜，妈爱吃的他都会。苏晓原在这点上比不过弟弟，他从小被大姨一家养在温室里，做过的家务活只有刷碗。

偶尔刷个碗，大姨还会拦着："你只顾着学习就行了，家里有大人呢。"

可弟弟不是这样长大的，他从很小就肩负起一个大人的责任，充当家里唯一的小男子汉。自己这个哥哥着实没为妈妈做过什么。

想着，苏晓原拿起拖把，跛着右腿开始擦地。擦到窗边他愕然发现停了好几天的大雪又下起来了。

北城的大雪是实实在在压下来的，很少见到雪里带雨。

张钊天亮才闭眼，这一觉睡到下午才醒，何安已经在门外等他了。

"来这么早啊？大年初一，给你拜年了啊！"他打着哈欠开门，差点儿把狗放出去，"欸欸回来，今天我要出远门就不带你下楼了，回来！"

何安是来接他的，进屋东瞧西看，就他一个人："钊哥，昌子没来啊？他真跟你置气了啊？"

"我哪儿知道，等他什么时候想清楚再说吧。"张钊的东西不少，十四天，足足整理出一个大箱子和一个随身行李箱。

"钊哥……"何安围着他的箱子转了好几圈，支吾着，从怀里拿出个牛皮纸袋来，"这个是我爸妈让带着的。他俩说你的话没错，我现在帮家里头等于是耽误自己。他俩还说这钱不能你出，让我……"

"我现在火大，别找我跟你急！"张钊一把将纸袋扔床上，不轻，大概训练费全给带来了。

何安蹲着帮他收拾："你看不起我家是不是，我爸说这钱家里省得出来。"

"没看不起，这钱你留着下学期换装备吧，还有……"张钊心里烦得慌，"明年上大学得花钱吧，你兼职一暑假能赚多少？留着吧，大学用钱的地方不少。"

"别啊，我不能老收你和昌子的人情。"何安信誓旦旦，"我爸说，家里条件再差也不该总把我拴着，这钱迟早我得还你。"

张钊拿出好几卷新裤衩和新袜子来："行啊，等你上大学了，想还我多少都行。吃饭了没有？"

"没，我爸妈说家里下饺子，等着你过去一起吃。吃完咱俩直接去火车站。"

俩人收拾完差不多下午3点，张钊一直没敢看手机，怕苏晓原再拒绝自己一次。凯撒一直在旁边疯玩，直到看主人拉着行李箱要走才发觉不对劲，呜呜着跟到了门口。

张钊也舍不得它："你在家听话啊，我走俩礼拜就回来，给你带红肠行不行？夏天给你买马迭尔冰棍行不行？"

凯撒叼着球往主人脚底下扔，想用这种方式来挽留。

"不玩了，我得出门一趟。夏天给你买马迭尔，榴梿味儿的，咱们吃冰冰。"

苏晓原赶到张钊这里的时候是下午 5 点，专门等人走了才来，生怕撞上。信箱里的备用钥匙也不知道是什么时候放进去的，钥匙链上有个银色小牌子，烙着门牌号。

刚进屋，他就被来自汪星的神秘势力压制了，直接被扑到地上。

"啊！等等，等会儿啊……"苏晓原不讨厌狗，只是大姨从不让他接触动物，不知道怎么哄它，"凯撒等等，你等等啊我先放东西，凯撒乖，凯撒……坐！"

哈士奇虽然淘气可听得懂口令，一下坐成小学生的样子，舌头呼呼伸出来。

苏晓原这才站起来，一看不得了，满屋子都是衣服，乱得像垃圾场。苏晓原无奈地叹了口气，跛着脚收拾起来。

把衣服一件件叠完也到了遛狗的时候。张钊在家里写了好些纸条，苏晓原按照指示去玄关找狗链和小挎包，再给凯撒戴好。出了门凯撒乖得要命，不扑也不叫，一看就有家教。

这就很好办了，苏晓原不怕麻烦，他是发愁自己拉不住一只奔跑的哈士奇。好在凯撒不闹腾，平时瞎跑只因为主人不拴，真有狗链了并没有横冲直撞。

一出电梯，苏晓原完全被狗带着走。凯撒在这个小区长大，直接往树林里跑。他小步跟着追，实在跟不上了才拽一把链子。

这根本不是遛狗，简直是遛他呢。

"慢点啊，凯撒你听话，我不是你主人我跟不上你的……"苏晓原好歹拉住了，凯撒蹲下开始撅屁股，看起来像要便便，他赶紧扯小挎包里的塑料袋预备着。

如果苏晓原从小接触过狗，就能看出来这根本不是便便姿势，而是准备冲刺。但是他不懂，还在掏塑料袋呢，凯撒像枚鱼雷直冲出去，拽得他腕子上狠狠疼了一下，狗链脱手了！

苏晓原不顾形象地追上去，瘸着一只腿的样子像跑崴脚又岔气儿："凯撒！凯撒！你……回来！"

这要是追不上，直接跑出小区丢了，他拿什么赔给张钊啊！

好在凯撒跑得并不快，不像是无头苍蝇乱跑，而是有目标地俯冲。苏晓原简直要吓哭了，他怎么追得上啊，只能眼睁睁看它扑了人。

一个男人正在座椅上休息，看着儿童乐园里的小孩子，好端端的直接叫哈士奇扑了后背，差点歪在地上。

"凯撒！坐！坐！"苏晓原追得精疲力尽，腿已经跑软了。这比跑出去还恐怖，是不是咬人了？要真是咬着了，不仅赔钱，还要带人家打狂犬疫苗吧？

狂奔的二哈立马不动了，倒不是听从了苏晓原的命令，而是它扑到了目标。

撒了一地的炸鸡翅。它还没吃饭，饿了，这会儿低头只顾扫荡战利品。

"不好意思，真不好意思……对不起啊，我没拴住它。怪我，都怪我……"苏晓原赶快把人搀起来，检查他身上有没有伤口。声音颤抖还有哭腔，是害怕，可又有种无畏的担当，毕竟这是张钊的狗，也和自己的狗差不多，真出了事苏晓原愿意担着，哪怕是赔钱。

扶起来的是一个男人，穿浅粉色羽绒马甲，高领毛衣，好像特别不怕冷。苏晓原先替他掸膝盖上的土，才发现他只穿了一双普通的球鞋，是帆布鞋。

只是冬天穿这个鞋，不冷吗？

"对不起啊，都是我的错，我没拴住。出什么事我负责。"苏晓原怕他摔坏了，"还把您的炸鸡给打翻了，多少钱我赔给您，我愿意赔，真的太对不起了……"

"没事儿，我没事儿，是我刚才走神来着。"那人半天才开口，大冬天连手套都没戴，"只是我特别怕狗，从小就怕，你把大狗先拉远一些，好不好？"

嗯？苏晓原被他的说话方式惊着了："哦……哦，行，没问题，我先把它拴远点再过来。您别动啊，我马上就过来。"

远处是人造草坪，有个夏天使用的吸蚊灯。苏晓原拉着闯祸的凯撒过去，张钊的狗他也不舍得打，只好摸了摸脑袋以示惩罚。直到这一刻，犯罪嫌疑狗的嘴里还在嚼鸡骨头，真是吃得一丁点儿都不剩。

"不好意思，我帮我朋友看的狗，没遛过它，可出了事我负责。"苏晓原是瘸着走过来的，懒得再装什么，"您看看这些东西多少钱，我愿意赔偿。还有……要是摔着您了，我……我带您去医院检查。"

"不用，我没摔着，我就是从小怕狗。刚才它跑过来那一下子，吓得我这儿……"男人指了一下心脏，一把嗓子很好听，可又不像个成年人的语气，"这儿都不跳了，可你把它拴好了我又不怕了。"

"对……对不起啊，您怎么称呼？我……您家还有谁在，我先给您送回去吧。"

"称呼啊，哦……哦，我叫刘香，文刀刘，禾曰香，你叫什么啊？"刘香傻，早把自己被扑那一下子给忘了，"你是瘸子吗？我看你的腿是瘸着的，是不是也摔着了啊？我大哥有车，你要是去医院的话，我叫他送你。"

瘸子？这话要是从别人嘴里说出来，苏晓原大概要难受很久。可眼前这个叫刘香的男人不一样，他说出来类似于童言无忌，倒让人放下了戒心。

"是有毛病，不碍事。我姓苏……"苏晓原确实跑得累，在他旁边坐下，"你家……没人陪着你啊，就你一个人？"

自己走出来会不会有安全问题啊？苏晓原干脆不走了，怕他是走丢了或者和家里人走散了，兴许有人会来找他。

可刘香认死理，这人明明是跛着走，怎么还不碍事呢？

"姓苏的话，那我叫你小苏吧。"刘香自动忽略掉别人的问题，只关心自己想问的，"可是为什么腿有毛病啊？刚才你拉着大狗往那头走的时候，身子都歪了，要真有大毛病你得去医院。"

"我……"

"你得看病，我跟你说啊。"刘香着急，"你不要怕医院，我以前干护工的，好多人对医院有那个……偏见。"

苏晓原没料到他说话的逻辑这么清晰，看来自己刚才判断失误，他完全有能力在外面独自行动："我对医院没有偏见，我就是……不爱去。"

"小苏你这样儿不行。"刘香从前干过 10 年护工，最怕的就是病人不听医嘱，乱吃药，还当真又碰上一个，"医院是治病救人的地方，虽然手术什么的都挺疼的，可是疼完你就好了啊。我以前见过好些病人，疼起来的时候还骂人呢……可治好之后，会给医生送大锦旗。"

"我没有偏见啊，我也不怕疼。"苏晓原哭笑不得，从没遇上过这么较真的人，干脆什么都说了，"我这条腿是……瘸的，治不好了。"

他看出刘香的理解能力不是特别好，话说得很慢。又可怜他，一个人孤孤单单坐在这里，没有人陪着，一整盒炸鸡还叫凯撒给吃了。

刘香不气馁，再接再厉地劝他："为什么治不好了啊，瘸子也可以治好。从前我家有人就骨折了，瘸了好长时间呢，大哥他都要拄拐才行。后来就好了，现在走路……可快了！"

"……可我不是骨折啊。"苏晓原再次哭笑不得，要不是和刘香面对面说话，真的看不出来他智力有问题，"我是小时候打针，你懂吧？打针，扎坏了。"

"嗯，我懂，我还会拔针头呢。"刘香喜欢聊天，声音也不小，"病人打点滴睡着了，点滴液打完，还会回血呢。护士姐姐来不及过来的时候，我也能帮着拔。"

苏晓原指了指右边的屁股蛋儿："我不是点滴，我是打这里了。结果扎到什么神经了……我这是神经损伤，肌肉萎缩，没伤到骨头。小时候还矫正过足下垂什么的，能站起来已经很不容易了。"

"神经损伤啊……"刘香愣了，他能理解的病症全部都是见过的，这个没听过，"那你往后走路都得瘸着了？"

"嗯，可我能装得叫人看不出来，你信不信啊？"苏晓原笑着站起来，好好走了几步路，"是不是好多了？我跟你说啊……我装这个可厉害了，从小学 5 年级之后就开始这么走路，没人看得出来。"

刘香哎呀了一声："要真是这么走，我也看不出来呢。那你平时这样走路累不累啊？大哥从前拄拐还累呢，整个人挂我肩膀上，我得扶着他。"

苏晓原摸着座椅坐下，很不愿意地承认了："累，很累，我也不想这么走。特别是夏天，走一会儿我就累得出汗。但我更不想叫人看出来……叫人笑话。"

"你又没做什么坏事，别人干吗笑话你啊。"刘香思想简单，可被笑话的感觉他能懂，小时候在外面说错话他也叫人笑话过，"我妈说过，我这种情况很容易被人笑话的。他们要是笑话我，是他们不对，不是我不对。你妈没跟你说过？"

"啊？"苏晓原抬起头，他没有刘香活得通透，提起妈妈来还是个孩子模样，"我妈……我妈她……"

不是陈琴不说，而是这个儿子把自己伪装得太好，太逞强，强到大人觉得不用再安慰了。

"你妈这人怎么这样儿呢？"刘香急了，"你知道吗，我小时候脑子有点儿那个，傻，可我不是傻子，是轻微智障。我妈从来不说我是傻子，她带我治病，也不怕别人笑话。后来我就好了，别人笑话我我也不怕，妈说过，他们笑话我，是他们不对。"

刘香的表情带有一丝不属于他这个年龄的天真，再配上严肃铿锵的语气，不显严肃，倒是有些可笑。

可苏晓原没有笑，这话没人告诉过他。大姨和大姨父的爱是用一己之力设立出屏障，保护他这个小瘸子，屏蔽掉所有能刺激他的信息。就连妈妈也是，家里家外不许提腿、跑步、运动这些词。其实这也是一种爱，甚至是溺爱，不能说不对，只能说每个人爱的方式不一样。

"你自己一个人住，还是和你说的大哥住啊？"苏晓原暂时有些蒙，一直以来他只想着不让别人笑话，可刘香和自己的思维方式是逆着的，真的是蒙了，"要不你等我一会儿，我先把大狗送回家，再送你回去。你一个人……"

"爸爸！"从游乐设施边跑过来的孩子群里有一个叫他，转眼到了眼前。

苏晓原以为恍惚听错了话。这个小孩儿叫刘香什么？叫爸爸？所以说……刘香不仅结婚了，还有个儿子？

"我不是自己住啊，这个是我儿子。"刘香把孩子拉过来，"蛋蛋，这是小苏哥哥，给小苏哥哥鞠躬问好啊。"

蛋蛋很聪明，从满地鸡骨头判断出来肯定有事情。但他什么都不说，只是很礼貌地鞠了一躬："小苏哥哥你好，我叫刘明知，这是我的爸爸。"

可他一起身就变成小大人，转过脸询问刘香："爸爸，你的炸鸡呢？你不是说留着等我一起回家吃吗，你在外面偷吃炸鸡了，对不对？"

完了，完蛋了。苏晓原真想不到这孩子聪明成这样。

刘香早把炸鸡给忘了："哎呀，这个是……这个是刚才来了一只大狗，扑了爸爸一下，炸鸡……炸鸡被大狗吃了，所以咱们回家就没得吃了。你要是想吃，爸爸再陪你去买一趟吧。"

"不用，我不吃，那都是垃圾食品。"蛋蛋一边说，一边从刘香的双肩背包里找手机，用一脸"我什么都明白、你不要欺负我是小孩子"的表情对苏晓原说，"小苏哥哥，刚才我爸爸是不是被你的哈士奇扑倒了啊？"

苏晓原赶紧赔不是："是，都是我的错，我没拉好。你的炸鸡多少钱我赔给你。"

"蛋蛋你别急，我没磕着。"刘香怕儿子给大哥打电话，大哥多忙啊，不能总因为自己照顾不好自己，就往回跑，"小苏哥哥是个瘸子，所以才没拉住大狗，你别打电话，不然大哥他该着急了。"

苏晓原不知道该哭还是该笑。

蛋蛋刚要按通话，突然一愣，看了一眼苏晓原的腿。他还小，可说话办事很有条理，一看就是家里早就教过遇到这种事情怎么办。

"是这样啊……"但他毕竟还是个孩子，只有一个空架子，想不到那么多，"那我不打电话了，小苏哥哥，请问你有微信吗？"

"有有有……"苏晓原点头如捣蒜，"你要加吗？"

"要的，因为我不知道爸爸受没受伤。"蛋蛋找出扫一扫，俩人加了微信，"这是我爸爸的微信，要是晚上爸爸觉得哪儿不舒服了，我会通过这个联系你。炸鸡的钱不用还了，其实我也不愿意爸爸总吃垃圾食品，可他管不住……"

刘香拽了拽儿子，觉得没面子了："蛋蛋，你不能在外面这么说爸爸，爸爸什么总吃了呢，爸爸一周吃一次。"

"嗯嗯嗯，一周吃一次。"蛋蛋蹲下给刘香掸掸裤子，伸出小手拉住了大人，"那我们就回家了啊，小苏哥哥再见。还有……你自己也小心些，哈士奇跑得太快了，拜拜！"

"拜拜！"苏晓原送走这对父子，默默拉起了凯撒。

凯撒知道自己惹了祸，从未有过地乖，背着"飞机耳"看苏晓原的脸色。

"你总看我干吗啊，知道自己犯错了，是吧？"苏晓原对凯撒下不去手，装作要打，最后只是轻轻碰了下鼻子，"你也是，跑步和张钊一样快，知不知道……知不知道我是个小瘸子啊？"

凯撒撒欢儿似的跃了下前爪，大尾巴一个劲猛摇。

"唉，你不知道，他也不知道……你快拉便便吧，然后咱们回家吃饭。"苏晓原说。刚说完，一片雪花掉在了他的鼻子上。

啊？又要下大雪了？也不知道张钊怎么样了。

北城火车站永远混乱且拥挤，张钊站在正门广场上，远看像一座雪雕。

"钊哥……"何安看了看时间，还剩 1 个小时就要检票了，"走吧，还得过安检呢。"

"这大雪是窦娥冤了吗？"张钊像狗那样甩甩头，雪片大到飞进嘴巴里，"天气预报没说下大雪吧。"

何安搓着两只冻坏的耳朵，穿的是爸妈新买的羽绒服："没记得有啊，今年冬天忒冷了……这还是北城呢，哈市那边不知道冻成什么样……钊哥，咱们走吧。"

"钊哥，昌子也没来送咱俩，是不是……"何安说，兄弟情没了他心酸，"是不是你俩有误会，要不然……等回来你和他解释一下，就说……"

"说啥啊，我不就……"张钊看了下正在扫雪的环卫工人，雪势真大，转眼堆到足三里的高度。

何安陪他等了 1 个小时，眼看天色一点点黑了，他们是晚上 9 点 15 分的火车："钊哥，其实他们不来也对，这么晚的雪天容易出危险……"

"我怎么没想到呢！"张钊彻底抖了下肩膀，一层雪唰地没了，"走走走，咱俩快进去吧，别误了安检……"

手机响了，是何安的手机。

张钶心里一沉，还以为会有最后的希望。何安仔细一瞧，唉，是个不认识的号码，本来不想接的，可又怕是爸妈单位的来电。

"喂？"何安冻得打了个喷嚏。

"何安，我！我在火车站呢，你们……你们在哪儿呢！"苏晓原摔得满地打出溜儿，雪太大了，他在火车站门口跑了好几个地方都没看到人。

"苏晓原？"何安定住了，"你怎么会有我手机号啊？"

苏晓原边走边滑，到最后扶着石柱不敢动了："张钶给我留的紧急联系人上写的……张钶……张钶他和你在一起吗？他手机是不是关机了！"

"钶哥啊，和我在一起呢……他刚才还和我在一起呢，钶哥……钶哥你跑哪儿去啊！"何安光顾着接电话，没看到张钶在听到苏晓原三个字的时候，就看见了他。

瘦，太空服，红白蓝色的鞋，走路一颠一颠的，站也站不稳当，可他真来了。

张钶一走神差点滑了一跤，爬起来就跑。这一刻，跑步于他不仅仅是热爱，更是最大步的欢乐。他看见他了，靠着柱子不敢动，自己这就过去。

"苏晓原！"来了！张钶猛吞一口冷空气，来了！

苏晓原找反了方向，却认出了张钶的嗓音。声音洪亮吐字清晰，在熙熙攘攘的广场上格外好认。

张钶看他脚底下是瓷砖地，先喊了一声别动，然后滑着步冲到了他眼前。

"你跑这么快干吗，摔了怎么办！"苏晓原知道他能跑，又怕他太能跑，上来就是一顿埋怨，"都要去冬训了再摔坏了，我看你怎么拿成绩！"

"我这不是没摔嘛……"摔是没摔，张钊直接撞到了石柱子，还撞得心花怒放，"下这么大雪，你怎么出来了？"

苏晓原直接给了他一拳，拳头不大可力道不小："那你给我留什么紧急联系人，留什么早餐券，留什么期末试卷！"

"我这不是正在死磕成绩……"张钊忙了好几天，几乎把朝阳区能用上的兄弟人脉都求遍了，挨个儿去找人要的期末试卷。

回家自己剪小纸条，贴在答题的地方，这样复印出来就是一份没做过的卷子了。

"留联系人电话是怕我不在你有事儿找不到人帮忙，我哥电话你记好了，找他就行。我知道你弟在家挤对你，怕你不吃早点就往外跑……"张钊絮絮叨叨的劲儿一上来，真是个北城大男孩儿属性，话痨似的，"学校旁边的便利店有早餐车，你记得拿上再去学校，早餐券我都买好了，不用浪费。医务室也开着，我和葛叔儿打好招呼了，中午你去用微波炉吧，两分钟就够了啊，时间长了容易烫，不好拿。还有，一中有体育生寒假训练，昌子肯定在，有人欺负你就找他。"

虽说张钊跟昌子闹了一点口角，昌子这会儿都还没来送他们，但在钊哥看来那都不是事儿，那家伙过后电话也会追来。至于他怎么结交校外的朋友，该说的他都说了，且等他自己想开吧。所以这会儿，仙鹤要有事儿，那找兄弟准没错。

苏晓原没说话，刚才自己的一通乱跑想起来怪可笑的，也怪后怕的，要让他看见自己一走一瘸就完蛋了。

张钊只盯着他看，眼睛里闪亮亮的，映着一广场的白雪。

"我没想到你真来……行了，下这么大雪你快回吧，头发都半湿了。"

次日，张钊和何安不到天亮就醒了，虽然不是第一回来哈市，可这回比任何一次都兴奋。火车昨晚 9 点 21 分从北城出发，经历了 10 个小时之后，于早上 7 点 30 分准时停在了哈市站。

出了车站，张钊看着久违的哈市火车站标志性的大钟，跟何安一起冷得打了个大寒战。

东方小巴黎，我又杀回来了！

哈市，张钊一点儿都不陌生。他第一次来的时候是初一的夏天，才知道这地方的冰激凌可以按斤卖。他喜欢这座城市，既有凛冬的威严又有异国的风情，关键是好吃的还多，人也热情。

上回来是高一寒假，这一回他身边多了何安，行李箱里多了三斤半大虾酥、八袋老奶奶花生米、四听饮料。

出了火车站，张钊先带何安去找冬训营的大巴车，老远就看到一辆豪华大巴，周围已经等了不少人。

那些人都和他们一样，是东南西北慕名而来的体育生，入目是一件比一件厚的羽绒服和一双接一双裹在各色运动长裤之下的长腿。

"就这儿了，等着吧。"张钊 1 米 85 的身高在体特圈里一直算不上最高，可穿上牛仔裤之后两条腿好像长得没边儿，还非要站队尾。

冬训营不是旅游团，10 辆大巴，每辆安排满 40 个人就可以发车了。张钊抱着他的运动包美滋滋睡了一路，直到被何安一把晃醒，到了。

"请各位同学按次序下车，带上行李去集训大厅集合。"

张钊看了一眼窗外，肯定开出了市区，完全不认识。雪，到处都是雪，但曾经惨痛的教训提醒着张钊，千万别轻易和哈市人打雪仗。

他们直接拿雪埋人啊！

"钊哥……"何安看着四周的环境，在心里感叹真牛，训练场都是室内的，"这次冬训营不少钱吧，回家我还是把钱给你吧。"

"别，等你上了大学跑兼职还我吧。"张钊跟着大部队进了集训大厅，"随便你干一个暑假就……我天！秦大练！"

"啊？"何安被他一嗓子吼吓一跳，"谁！"

秦兴国，哈市冬训基地教练第一把手，人称秦大练。曾经带过张钊两届冬训，现在他穿着红黑教练服站在大厅中央，脖子上挂着一枚哨子，一看就不好惹。

他个儿头不算太高，刚好 1 米 75，比这帮小伙子矮不少，光头，总戴着一顶鸭舌帽。可谁都知道他下手重，练人的时候一点儿面子不给留，别说女生，男生都怕他。

"怎么是他啊……"张钊见着他直接大腿酸疼，"怎么把他给调过来了，快快快，把糖给我。"

何安听得一头雾水，只听大厅中央吹了一把哨子，刺耳之后响起一个嘹亮又粗犷的男中音。

"所有学员，行李箱放面前打开，站好排列！"秦兴国双脚与肩同宽，扫视着这帮臭小子。

完了，张钊在他手底下折过好几回，PSP、巧克力，就连口香糖都被没收过。这会儿他也没辙了，认命似的打开随身行李箱，与何安同排，站在队尾等待审查。

秦兴国像个兵营里的教官，走过每一个箱子，总能找到几样不该出现在这里的东西。这帮臭小子，一半是没冲上国二的，一半是明年想拿名次拼一把的，可在他眼里都不成器，且得练呢。

其实他心里明镜儿似的，体特生的路真不好走，要放弃这帮孩子早放弃了，就是差一点儿爬不上去又不甘心的才来。冬训营不便宜，包食宿，说白了这帮小子的问题大多在思想上，而不是能力不够。

真能力不够的，绝对不会还想着高三下半学期再搏一把，早回归正轨去补文化课了。

"多大了还自己带枕头！你几岁啊？扔了！""什么，不戴耳机睡不着觉？不睡正好，接着练！""蛋白粉也往训练营带？扔，上不了国二不差这一桶！"

四十个孩子，每个行李箱里都有往外扔的东西。副教练跟在秦兴国身后，推着超市购物车，一边捡东西，一边记编号，好等闭营仪式之后还回去。

到了何安面前，秦大练拿手翻了一把："你带这么多钱干吗？"里头是一沓人民币，目测有两三千块。

何安傻了，他都不知道自己箱子里有钱："我……我不知道啊，我爸妈给装的。他们……他们不会用微信钱包，我真不知道塞钱了！"

"先让副练收着吧，人多，再丢了。"秦兴国的眼神在何安身上转了一圈，嗯，想走体育的苦孩子，装备也不新。冬训营是一卡制，昂贵的全费用包括了食宿，每个学员都有一张卡用来刷。爸妈估计也不清楚，怕孩子吃不饱。

"嘿嘿，秦大练好。"到张钊面前了，他先鞠躬又哈腰，"我，我又来了。"

"看见了，你一进来就认出你。这两年个头见长啊，蹿这么高了。"秦兴国蹲下翻张钊箱子，"你说你，早不使劲儿，非等着最后这一哆嗦。"

张钊想打迷惑战术，上前攀亲戚："是，您看您和我这么久交情了，至于这么翻我箱子嘛。我从前被您扔出去的东西还少啊？都长记性了。"

"爪子！拿开！"秦兴国不吃他这套。

"秦大练你心里摸摸正……"

"摸个屁！"搞体育的很少不骂人，秦兴国已经很控制了，"手拿开。"

"别啊……"张钊悻悻地站了起来，眼看着三斤半的大虾酥和八包老奶奶花生米被曝光，幸好饮料半路喝了。

秦兴国恨铁不成钢，摇头又叹气："钊子，不是我骂你，你能不能长长出息？那年，翻墙出去买巧克力，是你吧？站食堂里不睡觉给游戏机充电，是你吧？你搞这一行能不能把零食戒了，扔了！"

"别别别……"张钊舍不得，像割肉似的护着塑料袋，"我不吃行吗，求求您了，我一颗都不吃，您让我留着吧，这是我……这是我的吉祥物。"

"咋地，别让我动手！"秦兴国见不得他这德行，一米八几的大小伙子，一口袋糖。

张钊绝望地看了一眼何安，知道没招了，赶紧打开口袋掏出两块，剥了糖纸就往嘴里塞："那你等我吃一口啊……你一定让副练收好啊，我走之前还我！三斤半，一两都不能少！"

要不是这么多人，秦兴国真想拿脚踹他："嚯，能耐，起立！"

"到！"张钊站直，嚼着糖往下吞。

"你们啊，都记好了！"秦兴国确定张钊的箱子里没零食了，大步流星走到队列正前方，"既然来了就该知道，体考留给你们的机会不多了，别白呼这套！14天，吃得苦中苦，方为人上人，你们可以选择现在就滚，大巴车直接送回哈市火车站，也可以选择入住，每天6点起床，11点准时熄灯！听清了没有！"

"听清了！"

"那就开整！现在副练送你们回宿舍楼，下午1点之前尽快熟悉训练环境。下午！"秦兴国吹了一把哨，"抗阻力训练馆集合！换好你们的装备，带上累趴下的决心，听清了没有！"

"听清了！"张钊悲壮地喊，心疼自己被没收的零食。

你们要知道跑步到最后是疼，风吹
到脸上也是疼！

04

北体大
Beitida

CHAPTER

一直快到中午，苏晓原才接到张钊的电话："喂，你怎么不回我微信啊，光说自己到了就没影了。"

张钊正在餐厅风卷残云，饭是真难吃，少盐少油但营养均衡："刚和何安弄好宿舍，我俩刚好一个屋。忘了跟你说……咳咳，早上开营宣誓仪式然后体能测试，刚坐下吃口饭。"

"啊？"苏晓原拿着小勺在饭盒里戳来戳去，"这么紧张啊？"

"还行吧，这就好比你那个实验高中，我反正习惯了。"张钊不爱吃青菜，这会儿西蓝花也吃了，"你去热饭没有啊？"

苏晓原往嘴里送了一口热米饭："嗯，葛校医说你打过招呼了……你心真细。"

"一般般吧，葛叔儿人挺好的，你别怵，他就是没个笑脸，不可怕。"张钊也往嘴里塞米饭，"不说了啊，我们教练过来了。"

苏晓原在张钊家里复习完，正准备回去。但目前看来……有些难。

"凯撒乖啊，哥哥明天再来，你……你听话，乖，乖。"告别过程已经持续十分钟，可苏晓原仍旧没能离开一步，"明天，明天哥哥一放学就来，行不行？明天咱们吃狗蛋糕，行不行？"

这一点他佩服张钊，连夜留下一整页 A4 纸的注意事项。哈士奇肠胃弱，容易拉稀，湿粮竟然是张钊亲手做的，一包包捏成小窝头放好，冻在冰箱里。

要是不注意，他差点以为是留给人吃的。

张钊这个人……真不一样。苏晓原从小生活在温室里，别人都说这不能干、那不能干，拼命帮他避开危险和难走的路，恨不得一点冷风不让吹，养得像一株小玫瑰。可张钊是热烈的风，转着弯教自己往外跑，让他撒开手也想试试。

我带你一起跑吧，这像个咒语在晓原耳边鼓噪。张钊是个不懂事的大孩子，可又真挚可爱。

突然手机响了，是张钊。

"喂！"铃声只响一下他就接了。

"你在干吗呢？自己上下学是不是很孤独啊！"张钊整个人瘫在床上，终于知道为什么宿舍不弄上下铺，练完一天抗阻力，废了。

"你正经点！再瞎说我挂电话了啊！"

"别别别，咱俩聊正经的。"

"你……刚训练完啊，累不？"

"歇了一会儿了，下午抗阻力然后吃饭，吃完饭练个人项目，又等了一会儿何安。"张钊翻个身都费劲儿，秦大练还是从前的秦大练，毫无人性。

还特看不起自己爱吃零食。

"什么叫抗阻力啊？"苏晓原抱着凯撒，对体育生的训练好奇，"你放心，凯撒挺好的，就是老缠着我不让走。"

张钊怀疑他家狗要篡位，从床上弹坐起来："你别搭理它，你该回家赶紧回。抗阻力就是老一套，先热身 3000 米，互相帮忙抻拉肌肉，然后拉轮胎 30 米乘 3，皮筋拉腿一脚 20 个乘 3，仰卧举腿 20 个乘 3，再……"

苏晓原根本听不懂，却听得津津有味，体育生的生活对他来说有一种别样的吸引力，电话那头却突然没声音了："怎么了？喂？张钊？你睡着了吗？"

"没有。"张钊四仰八叉躺回床上，一身出过大汗的酸臭味，"我是怕说这些你听不懂，嫌我烦了。"

"没嫌你烦，我喜欢听你聊运动。听你说，我好像也参与一回。"苏晓原还没听够，打开了免提，"凯撒也听着呢，你一说话它就歪脑袋，你再多说说吧。"

"我看见它歪脑袋了，还和你一起上沙发，回去踹死它！"张钊永远只动嘴，对狗下不去狠手。

苏晓原知道屋里有监控。茶几上有个机器人型的宠物摄像头，刚才张钊的电话一进来，机器人的眼睛就亮了，还随着自己转了个方向，从盯着狗窝变成盯着沙发。

张钊一手打电话，一手拿着手机贴脸上看："你朝我挥挥手呗，我的腿都练成残废了。"

"呸呸呸！什么残废，这个词不许说！再说我真生气了啊！"苏晓原听不得这个，生怕张钊立什么 flag，"你们宿舍环境好吗？白天累，晚上可别休息不好。"

"你放心，俩人一间宿舍，独立洗手间，环境挺好的。就是累，好死不死碰上从前教练了，谁都不盯着专门练我……"

"那教练是为了你好，你得听话。11 点就熄灯了，你怎么还不去洗漱啊？"

"马上就去，对了，我给你准备了一个礼物，就当感谢你帮我喂狗。在我枕头下边，你去拿。"

苏晓原有点不好意思："什么礼物啊？喂狗也不费事，你别老给我买东西，咱们都是高中生，花的是家里的钱。"

"不花钱的。"

苏晓原兴冲冲地去摸枕头，一摸就摸到了，一个硬邦邦的方盒子，分量感很熟悉。

肯定是奖牌。苏晓原打开盒子，这一块刻着和区一中第 30 届运动会初一男子组 1500 米冠军。

奖牌已经开始掉颜色了，从纯金色褪成玫瑰金，但是一丝磨痕都没有，可见保存得精心。

"这是我……第一块奖牌，也就是因为这次 1500 夺冠才叫春哥注意，把我拎进校队里。你帮我收好了，往后我再往上拼，跑下来的奖牌……都给你！"

"我要你奖牌做什么……我不要。"苏晓原说。左右这是卧室，机器人看不见，他大着胆子给自己戴上，兴奋得像自己领了奖，再踮起脚尖满屋找镜子看，又傻又呆的。

他想，那年才上初一的张钊肯定没自己现在高呢，顶着一张谁也不服的臭脸跑完了比赛，站上领奖台的时候估计还嫌刚才表现不够好。

"你戴上我的奖牌干吗啊？"张钊突然说。

什么！苏晓原惊了，急着摘下来装盒子里，一时手忙脚乱："你……你无赖，好端端在卧室里安摄像头！"

太丢人了，嘴上说不要，身体却很诚实，背着人家自己戴上了，还一脸傻笑。

"不关我的事啊，摄像头在电脑旁边呢，我哥安的。他怕我往家里带乱七八糟的人，又怕我拆他家具，祸害他的衣服。"

苏晓原第一时间捕捉到关键字，问："你！你还往家里带过谁啊？"

"没有带过啊。"张钊陷入回忆，"就何安、陶文昌，没人了。苍天做证，我要是往家里带过别人，明天……明天小绿就被人扎轮胎！"

书房里的荧光绿死飞要是能成精说话，一定会喊出一句你有病。

"不跟你聊了，成天瞎说八道。"苏晓原是自己脸上挂不住了，"我得赶紧走，你和何安赶紧睡，明天早上是不是 6 点起床啊？"

张钊不舍得关手机："嗯，你早上记得拿早餐啊，走路别老发微信。"

"我没老发微信，你跑步一定注意安全，别崴脚了。"苏晓原真的太担心这个了，偏偏张钊还总不在乎，"还有那些不吉利的话，再说我真生气了。"

"知道，你钊哥还能崴脚吗？新鲜。"张钊看了一眼时间，"快挂吧。"

挂掉电话，苏晓原看着手里的奖牌，突然有了想要运动的冲动。这是他从没想过也没敢想过的事，但因为张钊，他真的想试试。

6 点起床打铃，5 点 40 分手机闹钟准时响起，张钊翻了个身，痛不欲生。

半天抗阻力训练下来，浑身的关节仿佛被秦大练拆了又亲手安装过，张钊一把关掉闹钟，平躺在床上看窗外。

天色一点儿要亮起来的迹象都没有，黑咕隆咚的。玻璃窗外仿佛起了一层不对称的冰花，张钊揉着发酸的腹肌坐起来，仔细看看，是冰花，像个不对称的海螺花纹雕在玻璃上，真是好久没见过这东西了。

"钊哥，几点了啊？"何安也是一脸的痛不欲生。

"还有十几分钟，醒醒吧。"张钊光着膀子下床找暖壶，"要说过冬还是得来东北，外头天寒地冻，屋里一点儿不受罪。怎么样，今天还起得来吗？"

何安已经起来了，这么难得的冬训机会，想要他起不来除非打断了腿："行，没问题！"

"那就行。"张钊打了两杯热水，"给，起床这口热水叫救命水，我妈特爱研究养生，每天逼我起床先喝热水，烦死她了。"

"谢谢钊哥。"何安接过了水杯。

"你别多想，没听昨天秦大练说吗，好多人过不去国二是心态上出了毛病，你就属于这种。"张钊拍了拍何安的宽肩，"你老觉得自己差别人一截，上了场先泄气。这可不行，你得拿出一上场我砸死你的干劲儿来！"

何安哭笑不得："钊哥，我扔的是铅球，砸死人我得坐牢。"

"我就说这么个意思，你自己体会。"张钊不太会劝兄弟，"昌子……给你发微信没有？"

"发了，问咱俩到了没有，还问我这边安排得怎么样。"何安握着老爸单位发的环卫水杯，"我说都挺好的，主教练是秦大练。"

"嗯。"张钊喝了一口水，等着 6 点整的起床铃。

何安张了张嘴，不知道怎么开这个口："钊哥，咱仨从初二开始训练就成了兄弟，有什么话……说开就行。"

"我说开了啊！他接受不了我也不逼他。"张钊还想再说，震耳欲聋的起床铃在楼道响起，每个宿舍门口都有小扩音器。

整层 20 间宿舍一起叫早的阵势，相当于一次火警演习。同时一起响的还有张钊的手机。

"不对吧，我刚才把闹钟关了啊……"张钊迷迷瞪瞪地过去，不是闹钟，是有人给自己打电话。

"喂，喂喂喂！"张钊惊喜道，"你这么早就起了！"

苏晓原躲在被窝里，鼻子还有些不通气："我……我怕你早上醒不来，起了吗？"

张钊刚想说早起来了，一开口却成了："啊……没有，困死我了……我得再睡一会儿。"

"钊哥你别睡了，快起床！"苏晓原怕吵醒弟弟，又往被窝里钻了钻，就差缩成一个球，"我都听见你那边打铃了，快起来！你快去！我……我先挂了啊，我弟还睡着呢。"苏晓原挂断电话，刚好弟弟翻了个身。

小运要中考了，复习起来比自己还拼，每晚必做一套模拟卷才睡，就连上厕所都听着英文听力。苏晓原看在眼里，这是在和自己较劲呢。

较劲就较劲吧，认真读书也不算坏事。只不过这下苏晓原彻底睡不着了，天还黑着。哈市……多冷的地方啊，这么早出去跑步确实辛苦。

自己和张钊是 8 月份认识的，正是盛夏。张钊在他心里就是夏天，是扑在脸上热烘烘的风，是总在耳边絮絮叨叨的同桌，是操场上口哨、笑骂声最响亮的那个男生，是呼哧呼哧跑步喘气的节奏，每跑一步都是流汗的声音。

他是校服永远不干净的那个人，有汗味，总在楼梯拐角吹风。桌斗也不整洁，一把一把地吃零食。

苏晓原找了个靠垫，偷摸拧开下铺的床头灯，拿起枕边厚厚的政治复习精选。

6 点 20 分，训练营几百个冬训生整装待发，齐齐站在刺骨凛冽的东北风里。

秦兴国穿卫衣和长裤，脚上一双球鞋，腰上一个腰包，戴一顶鸭舌帽，脖子上挂着一枚黑色哨子："各班班长报数！起不来的都不用叫了！"

"一班应到人数 40，实到 39，报告完毕！""二班应到人数 40，实到 37，报告完毕！""三班……"

队长挨个儿报数过去，天上还挂着一个弯弯的月亮。

"好！"秦大练吹了一声集合哨，"刚才没入队的现在站到操场外侧，自成一队！集合完的队伍绕场热身，4000 米，5 圈！慢跑，拉伸！听懂了没有！"

"听懂了！"

秦兴国用余光瞥着迟到的那一队，看向整齐的队首："知道你们为什么拿不到名次吗？就因为总有人比你们早！就因为总有排名靠前的人比你们苦！就因为，在你们呼呼大睡的时候，总有别人在操场上练着！想走体育这条路，你们要吃苦，要受伤，要流血流汗，要知道跑步到最后是疼，风吹到脸上也是疼！现在回答，6 点算早吗？"

"不算！"

"确实不算！隔壁，是哈市青年游泳队大基地，小运动员 5 点半就下水了！没人喊一句冷！"秦兴国也跟着一起吹冷风，"你们怕冷，废话！是人都怕冷！可今天你们记好，只要你们还是运动员，还是体特生！操场上，就没有冷和累！只有你行，还是不行！现在告诉我，你们到底行还是不行！"

"行！"

"很好！"秦兴国专门走到领跑的位置，吹响了集训哨，"如果你们不行，别说我没给你们机会！现在立马转身，回宿舍！宿舍有温暖的被窝和早饭，没必要在操场喝风！现在，能跟上我的就一起跑，记住，体育生这条路只有终点是灿烂的，是辉煌的！过程是一路的血泪！现在再告诉我一次，你们能不能跑！"

"能！"张钊和何安并排站在一班的队首。

起风了，张钊顶着风迈出一大步，突然想起昌子给他听过的一首歌。"在一瞬间有一百万种可能，该向前走还是继续等，这冬夜里有百万个不确定，渐入深夜或期盼天明。"

他选择向前奔跑，选择期盼天明。因为只有向前跑才能跑到那个人身边，用自己唯一擅长的弥补文化课的差距。遇上苏晓原之前，张钊没想过自己还会回来，可既然回来了，他就咬住了不放弃！

晚上，苏晓原赶到张钊家的时候刚好 6 点，凯撒已经在门口等着。

"凯撒坐啊，别动，咱们先吃饭。"苏晓原怕弄脏了校服，从厨房找出一件新围裙。真的是新，商标都没拆，一看就知道这家人从不做饭。

凯撒很聪明，早已适应由陌生的苏晓原接替主人投喂自己，它跟着跑进厨房，然后找了个不碍事的角落坐下了，尾巴狂扫似的摇摆着。

苏晓原按照嘱咐做湿粮，先把狗蛋糕加热，数着粒放狗粮，再和营养品一起搅拌。这是张钊的狗，自己饿着也不能饿它。他刚把狗食盆放在地上，大堂对讲机居然响了。

奇怪，谁会这时候上来？张钊的哥来了？苏晓原不是户主，可不接太没礼貌，就颠颠地过去开了通话："您好，找哪位？"

"您好，这边是送蛋烘糕的，是……您朋友订的，请开下门。"

"啊？哦……欸欸，开了。"苏晓原一头雾水，张钊、张扬两兄弟都不在，谁会订了蛋烘糕？可几分钟之后，门铃响了，还真是送到这家的。

"谢谢您啊！慢走！"苏晓原穿着围裙开了门，接进来一大口袋。全是热乎的，香喷喷的。他还没吃饭，这一闻立马饿了。

外卖袋上订着下单配送地址和张钊的手机号，备注那一栏写得很长：麻烦您务必趁热送，家里没人就放门口小箱子里。风里雨里，五星好评等你！

凯撒闻到香味立马跑了出来，乖乖坐在苏晓原面前摇尾巴。

它已经懂了，只要自己听话，这个人迟早要拿好吃的出来。狗随主人，吃准了他会心软。

张钊这个男生心真细，训练那么累还惦记自己……

蛋烘糕很香，苏晓原也没吃过，从十几个独立包装袋里随便挑出一个来，打开的时候还在冒热气。

真的是趁热送的。

一个蛋烘糕就像一个大号饺子，蛋皮是香滑的松饼。苏晓原拿到鼻子边闻一闻，闻不出来什么馅儿，掰开一看才发现是香芋配珍珠，很符合张钊的口味。

也不知道训练营的饮食怎么样，张钊最爱吃零食了，要是吃不饱，还好回宿舍有大虾酥。苏晓原自己吃一半，给了凯撒一半，再掰开一个，内馅是奶油肉松。

唉，这也是张钊喜欢吃的啊，那么大的人了，看见零食就眼睛放光，吃一块巧克力能高兴一下午。

想着想着手机就亮了，苏晓原赶紧接："喂……你怎么这时候用手机啊？"

张钊躲在洗手间里，已经累飘了："开饭之前回来换衣服，问问你蛋烘糕到了没？"

"收到了。今天……今天你累不累啊？"

"累，累得我都要放弃了，晚上就想打包行李回北城。太苦了，练不下去了。"

苏晓原当真了，拿着蛋烘糕满屋子溜达。他也去不了哈市，只能干着急："那不行啊，你怎么这么不能吃苦……其实就苦 14 天，你看第 2 天不都过了嘛，再过 12 天就回来了，你……何安呢？你看何安多坚强。你不好好训练，我就，我就生气了。"

"我好好练了啊，真的。"张钊干脆地说。他有话憋不住，如果每个人都能对应一种乐器，他一直认定自己是唢呐。不吹的时候朴朴素素，飙起高音的时候能压过一支管弦乐队，彪悍得吓死人。可他现在不敢任着性子来了，鲁莽劲儿收起来只剩下单纯。

"我真好好练了，你知道吗，营里厉害的人多得是，我现在最后悔的就两件事。一个是高二没好好跑步，一个是初中文化课成绩就不行了。但你别担心，你钊哥别的本事没有，拼跑步是天生的。见识了顶级选手我心里才有底。我就怕……"

"怕什么啊？"

"我怕你认为体特生只是四肢发达头脑简单。"张钊扯了一把湿透的衣领，全都是汗，他还没这样自卑过，"其实……体育也是一个金字塔，不是只锻炼就行，只有拼得最凶狠又最聪明的运动员才能登顶。"

"我知道啊，我没嫌过你。"苏晓原一直都知道，体育和每个学术圈是相通的，"我也没嫌你学习不好，我……"

"我能吃苦！肯定能练下去！"

苏晓原挺感动，"嗯"了一声，又说："你的蛋烘糕我吃着呢，好吃，等你回来我也给你买。"

张钊的声音立马变正经了："那你趁热吃！"

"我得好好搞体育，毕竟你这么优秀，我成绩不好可不行。"张钊大着胆子胡咧咧。

"你胡说。"苏晓原像被人掐了一把，张钊这么坦诚，可他都不知道自己有严重缺陷，将来要是真相大白他该多失望啊。

挂了电话，苏晓原抱着凯撒蹭了蹭。手机这时候又响起来，是微信。

刘香？

他点开语音，却不是大人的声音，是小孩子在一本正经地说话："请问是小苏哥哥吗？我有一件事情要请你帮忙，有没有打扰你啊？哦对，我是蛋蛋。"

训练基地这边，张钊刚从洗手间出来，晚饭的开餐铃就响完了。何安从床上一跃而起，俩人跑出去排队，等秦大练训话完毕之后终于进了食堂。

"给，这个给你！"晚餐的碳水化合物不多，是粗粮，张钊怕何安不够吃，把自己那份给了他，"多吃啊。"

何安确实饿，脖子上一片黄，全是拿碘酒抹的："谢谢钊哥……你也吃，我够！"

"你现在得多吃，增肌。"张钊不忍心看他脖子底下，"往后你长点心，又不是头一回来哈市，叫铅球给冻傻了吧！"

"我知道，就是秦大练早上那一通喊话给我喊振奋了，跑完步上田赛场没留神。"何安虽然是个腼腆的壮汉，可心思比张钊细腻，也比较自卑。

脖子上那一块伤在铅球体育生里并不少见，哈市冷，铅球在外头冻一夜，拿起来往脖子底下夹肯定和皮肤粘上。何安早上是太激动了，戴着手套直接把铅球往外推，就没留这个神。结果就是，铅球出去了，脖子底下那一整块的皮也跟着飞出去了，撕好大一块。

"说我什么呢！"秦兴国拿着不锈钢饭盒到处溜达，"我可听见了啊！"

张钊赶紧起身让座，又叫教练一脚踹坐下了："……您跟我有多大仇啊，我这条腿可是吃饭娶媳妇儿的家伙，踹废了您赔？"

"现在知道努力了，高二干吗去了？"秦兴国对学员丝毫不带客气，"今天的能力训练还行吗？"

"行，您没看我跑得多行啊！"张钊其实最讨厌这个，他练长跑的，能力训练是 100 一组、150 四组、200 一组、300 三组……这样往上叠加，最后慢跑调整的时候小腿肚子快抽筋了。

秦兴国啧了一声："你啊，缺练，这一年落下不少。可看你这劲头倒是和高一那年差不多，怎么，别告诉我是为了对象才回来的。"

"大练。"张钊放下饭勺，信誓旦旦，用东北口音说道，"俺是为了对象才回来的。"

"臭小子，没出息是吧！"秦兴国猛踹一把张钊的凳子，差点儿把凳子踹飞，"一年不训练，精力全谈恋爱了是吧！"

"不是不是，不信您问何安，我跟你开玩笑的。"张钊笑成一个傻小子。

秦兴国心里的感想比较复杂，钊子高三了，他文化课还真拎不起来，听到没早恋也就放心了。

"别瞎胡闹了，你能考上大学吗？"

张钊笃定地点头："俺能啊。"

"就你？考什么大学？"秦兴国问。

"大练，我想考北体大。"张钊定了定神，好像这是个遥不可及的梦。

"我得赶紧努力，我同桌学习特好，他以后肯定是全国重点。您可没见过他考试，弱不禁风的，但拿起笔，他就是1考场里的一霸，谁也撼不动他，考数学都不眨眼。"张钊的紧迫感立马上来了，"教练，我现在也想上进，我想走运动员这条路，虽然这一年我比赛断了，可我基础训练还在，努力一把，考北体大的提招，然后当大学生运动员。"

"嚯，牛啊，心气儿不错。"秦大练看出这小子真动心了，也是给他提个醒，"先跟你说，大学生运动员，竞技体育，没有轻松一说，你这几年豁得出去吗？"

"豁出去，拼了！"

隔日是个周六，苏晓原带着张钊的奖牌上学去了。奖牌放在书包最里层，他总想拿出来看看，1500米，5000米，真远啊，跑得那么快，那双腿真长，真结实，真好。苏晓原打心眼里羡慕。

可自己是个瘸子……苏晓原始终迈不过去这道坎。晚上他喂完凯撒却没坐下写作业，准备先帮一个小朋友的忙。

虽然帮这个忙会耽误两个小时复习，可毕竟凯撒吓着过刘香，又吃了人家的炸鸡，苏晓原心软，不帮觉得太不合适了。

现在他抱着一口袋热热的蛋烘糕，凯撒跟在他旁边，东嗅嗅，西闻闻。

"小苏哥哥，我在这儿呢！"蛋蛋像个成熟的大人，约好晚上7点就是7点，笔直站在儿童乐园旁边。

"对不起啊，我晚了几分钟。"苏晓原发现是两个小孩子和刘香，干脆不装了，一步一瘸地走过去，"不好意思，哥哥没你时间观念好，迟到了。"

刘香抱着一个密封饭盒，透过透明盖看全是寿司："小苏你别着急，你都瘸了，走这么快不容易恢复。昨天蛋蛋联系完，才告诉我，我不知道他找你。大哥说不能让你白帮忙，我做了寿司，蛋蛋和小葡萄都爱吃，我就想给你拿来。"

蛋蛋咳嗽了一下，咳嗽完一脸郑重地介绍："爸爸，不都说好了吗，让我先说话……小苏哥哥你好，这位是我的好朋友，叫小葡萄。他的科学课老师留了家庭作业，要和小动物做近距离接触，然后写一篇100字小作文。我家只有一只乌龟，还咬人，就想到你了。不过他胆子很小，请你拴好这只大狗好吗？"

苏晓原想起刘香也怕狗，立马拽住了狗链："你放心，哥哥一定把大狗拴好。其实它挺乖的，握手啊坐下的都会，它主人教的……"

"呀，是大狼狗！"一个小朋友扑了过来，丝毫不像蛋蛋说的那样，胆子很小。

"小心啊！"幸好蛋蛋行动快，先一步抓住了小朋友。

"小心！"苏晓原的腿脚还没一个小孩子快，他赶紧蹲下，拦住张钊不安分的狗，"哎呀，这个不是大狼狗，是哈士奇。它挺乖的，可是它容易激动，哥哥教你慢慢接触，好吗？"

小葡萄没摸到狗，乖乖地点了点头："那我怎么和它慢慢接触啊？"

蛋蛋胸有成竹，站出来做示范："不用小苏哥哥，我来！你得这样儿，先伸手，让它闻你的手背。我爹说了，狗靠鼻子认人，你得让它熟悉你的味道才行。你刚才那么扑过去肯定要挨咬的。"

苏晓原护着凯撒回道："我们不咬，我们凯撒不咬人，我朋友把它管得可好了。来……你们过来吧，让它闻闻。"

小葡萄把两只手一起伸过来："呀，它舌头真长，我用不用先洗手啊，我刚才玩儿土了有细菌。"

"不用，我带着消毒纸巾呢……你看它尾巴摇着才能摸，尾巴不摇了你就赶紧跑。"蛋蛋带着小葡萄一步步靠近，"然后你得等它接受你，再摸。"

小葡萄眼巴巴看着苏晓原问："小苏哥哥，它接受我了吗？我想摸摸。"

苏晓原从挎包里翻出个鸭子嘴罩给凯撒戴上:"凯撒乖啊,咱们让小朋友摸摸,戴这个委屈你一下,回家哥哥给你吃糕糕……来吧,摸吧。"

"呀,它变小鸭嘴了!"小葡萄当真不怕狗,直接扑上来抱,吓得苏晓原不敢撒手,生怕凯撒一冲动把孩子撞了。

蛋蛋回身给苏晓原鞠了个躬:"小苏哥哥谢谢你,要不然……你把凯撒拴跷跷板那边吧,我看着它。"

"行,那你看住了凯撒,它听得懂口令,坐下、起立、趴下、握手这些它都会,凯撒……凯撒可聪明了。"

"行,你和我爸爸歇着去吧。"蛋蛋拉起小朋友跟着,又悄悄地说,"我爸爸可怕狗了,多小的狗他都怕……小苏哥哥,你去陪陪他说话行吗?"

"行啊,正好我有好多蛋烘糕,你们一会儿过来吃啊。"苏晓原把凯撒拴好,过来找刘香。刘香看上去比小孩子还乖,自己找了个最远的座椅坐。正月这么冷,可他就穿羽绒马甲,真不怕冷。

"你不冷啊?"苏晓原搓着手问。

刘香拿手机给孩子拍照呢,笑笑地说:"我不冷,你家的大狗真好看,像……像狼。"

"是吧,我也觉得凯撒养得好,它跑起来可快了,一般人追不上。"苏晓原一脸骄傲,"其实它可乖了,做饭的时候只要让它坐下,它一声都不叫。"

"啊?"刘香歪了歪脑袋,没有接话。

苏晓原思考着他歪脑袋的意思,这是……没听懂?

"它可乖了,做饭的时候……"他试着放慢了语速,"我只要让它坐下,它一声都不叫。"

这下刘香的思路跟上了,头不歪了,眼睛也笑起来了:"那它是真的乖，我家蛋蛋就不行，有时候他踢足球累了，回家就喊饿。我做饭慢一点，他就嚷嚷。然后我大哥听见了就出来说他，不许他催我。"

原来是这样，苏晓原掌握到诀窍，刘香并没有那么聪明，语速太快了他听不明白。

"你大哥对你真好。"苏晓原羡慕了，"我也有个弟弟。"

刘香一边看孩子一边笑："我大哥他可好啦，他说蛋蛋给你添麻烦，让我带这些给你。"他推过来一盒满当当的寿司，"这还是帮蛋蛋做家庭作业的时候我学会的。有一回老师留的作业，每个家长要做一次午餐，下周孩子们中午吃。"刘香话里话外都是明白人，知道自己的缺陷又不避讳，相处起来很舒服："我怕狗，从小就怕狗追我，你家的狗真乖，是怎么养的啊？"

"也不是我的狗，是我同学的，他养得好。我同学可好了，他是个运动员。"

"运动员？"刘香顿了一下，思考运动员是干吗的，"他是练什么运动的啊？"

"长跑，5000米长跑，他跑步特快，5000米跑16分钟。要不是别人打扰他肯定还能更快！我听同班说，初三那年学校门口有抢手机的，他刚好在训练，他又是队长，带着田径队一口气追了小偷几公里。他们说追上的时候小偷站都站不起来，直喊'你别追了'。"

"啊，小偷？他可真厉害。"

"是，学校升旗仪式还念表扬信呢。他就是看着吊儿郎当，其实……又善良又热心肠。他还骑死飞呢，斜背个运动大包，嘴里经常叼着个塑料袋，是给我做的烤冷面。"

"蛋蛋也爱跑步，小葡萄喜欢上数学课，还上奥数呢。你知道奥数吗？他才小学，可奥数的题我都看不懂。"

"没事啦，奥数的题我也有看不懂的。"苏晓原安慰刘香，可他有种感觉，刘香压根儿不需要别人安慰。他虽然不聪明，可他的人生扎得稳稳的，别人影响不了他，比自己还稳当。

"你是帮你同学遛大狗吗？"

"嗯，他去冬训……冬训就是冬天训练，在哈市。你看，这些蛋烘糕还是他给我买的呢。"

刘香看了看大口袋，买的真不少呢："你同学对你真好，你俩一定是最好的朋友吧。"

"是，我们俩关系好。"苏晓原突然消沉下来，垂着脸看脚面，"可惜我是个瘸子，不敢叫他知道。"

刘香没有接话，只是歪着头看，好像等着他继续往下说。

苏晓原无奈地笑了，刘香估计是不能理解自己的吧："我是个瘸子，他是个长跑健将。我总觉得自卑。"

"嗯，瘸子……我懂，可是然后呢？"刘香用一句话推翻了苏晓原的假想，他不仅懂，而且还懂这份欲言又止，"瘸子又不是你的错，就像我。我小时候脑子有点那个，傻，可妈说这不是我的错，只是有病。你这个也是病。"

苏晓原震惊了，刘香看得比他还清楚，但他还是忍不住失落："可我是瘸了，这辈子都瘸了，治不了的。我们一起玩的时候我心里总是想着这件事。又想叫他知道，又不敢叫他知道。他们兄弟几个全都是运动员，都是真心诚意对我，我却不敢，不敢和他们交心，怕他们看出来我的缺陷。"

"可是……瘸子又不是错啊。大哥就说，傻不是我的错。"

正说着，两个小孩跑了过来，苏晓原把蛋糕分给孩子们："好不好吃啊？"

小葡萄刚擦完手，啊呜咬了一大口，瞧着红红的豆沙馅儿直笑："好吃，像爸爸做的芙芙蕾！"

蛋蛋先给刘香拿了一个，立马纠正："说了多少次了，是舒——芙——蕾！"

"呀，这个是什么啊？"小葡萄哪个都想吃，又咬了一口问刘香，得到答案之后直接捧给了蛋蛋，"这个是酸豆角，你吃，软软的，像芙芙蕾！"

"是舒芙蕾！"蛋蛋很无奈地咬了一口，转身正儿八经地谢了苏晓原。

帮小朋友完成作业后，苏晓原送凯撒回到张钊家，快 8 点半了。凯撒玩得累了，进屋先喝了点儿水，喝完直接进了狗窝趴下休息。

浅色的大理石地板上印了两排泥巴爪印，苏晓原拿拖把从门口拖起。他没干过家务活，动作慢又不协调，更不会用挤压式拖把，结果越拖越花，满地发大水。

凯撒都看愣了，在它眼中，这个数学能考 148 分的高智商两脚兽可能是在玩儿水。

苏晓原没辙了，只能拿干抹布去。刘香的话一遍又一遍在他耳边响起："瘸子又怎么了，瘸子又不怪你。"

电话打断了他的思绪，一接起来，就听到张钊的声音急火火的："苏晓原，你怎么瘸了！"

张钊刚下篮球场，看家里的监控，正巧看着苏晓原支棱着瘦成一小条的身体在拖地。他拖一下，歪一下身子，两个肩膀的落差很明显。

苏晓原吓得差点滑倒。他太大意了！和刘香相处一晚放松了警惕，把小机器人给忘了！

"怎么了啊？"张钊看他不动，以为伤得很厉害，"是不是崴着脚了啊？不会有人欺负你吧？我给昌子打电话？"

"不用，不用……"苏晓原扶着餐桌坐下，假意捶捶膝盖，"我……遛狗的时候崴脚了，活动活动脚腕就行。你看，刚才还疼呢，活动几下就好了。"

"真的？你可别蒙我啊！"张钊半信半疑，小仙鹤又不会撒谎，连摄像头都不敢看，分明有事，"骗我呢吧，崴脚了你捶膝盖干吗？你脚腕子长那么高啊！"

"啊？没有啊，我真的是……崴脚了。你看我现在不就好了嘛，我给你走两步。"苏晓原扶着餐桌又站起来，"走两步挺好的吧，大跳就算了，你看，我这不是好了嘛。"

张钊根本不信，就他刚才歪的样子，不像崴脚那么简单，肯定疼得厉害："我知道了，你骗我呢。"

苏晓原有点绝望，完了，这下绝对瞒不住了："我没有……"

"你绝对骗我，苏晓原，你当我傻是吧？"张钊捧着手机如同捧着一尊观音，"是不是凯撒瞎跑把你给摔了！摔坏了没有？"

刚趴下的凯撒听到主人愤怒的吼声，立马抬起了头，满脸狐疑地歪了歪脑袋。

啊？苏晓原绝望紧张的心情立马松懈了，还好，还好，张钊确实是傻，吓死他了。

可张钊一直都说自己行，这瞬间苏
晓原觉得自己没准儿真能行！

05

自行车
Zixingche

$V=H^3$

$I=\dfrac{\varepsilon}{R+r}$

CHAPTER

自行车

CHAPTER 05

"啊，被你发现了……"苏晓原脸蛋微红，"下楼没当心，被凯撒绊了一跤，不过不碍事。"

"它一点儿都不听话！"张钊冲着手机屏幕吼，"今晚别让它吃饭了，回窝里好好反省去！"

苏晓原觉得有点对不起凯撒："你别生气啊，是我自己没看清路，凯撒可懂事了，我叫它停就停，真不给我找麻烦。院里小孩都喜欢它，你就别骂它了。"

"唉，我是怕它给你添乱，本来让你帮忙喂狗就够麻烦你了。摔破了没有啊？"

"没有没有，我穿得厚。你穿秋裤了没？"

"穿了穿了。好了好了，我不生气，还是给它吃饭吧，它喜欢吃鸡胸肉干，冰箱里的密封袋里有。人可不能吃啊。"

"嚯，什么东西啊，还至于找个盒子装。"苏运刚洗完澡，看苏晓原张罗着一盒零零碎碎的小玩意，一半好奇一半嫌弃，"像个收破烂的似的。"

苏晓原正拿胳膊挡着："这是我的东西，你别瞎看。"

苏运一愣，真没见过哥哥这么据理力争，从前都是一张好欺负的脸："至于嘛，收拾出来什么破烂儿当宝贝。"

"破烂儿？"苏晓原不确定地问，也不知道哪里来的勇气和怒气，

嘿嘿~

顶着弟弟的目光站了起来，"小运，你马上就升高中了，说话不能再这么不讲理。别人的东西不管好不好，你得学会尊重。"

"尊重？我挺尊重的啊。"苏运不以为然，倒是发现最近自己哥哥长能耐了，"你最近倒是挺狂，晚上也不回家吃饭了。听妈说你是去同学家一起复习，不会又是编的吧？"

"当然不是编的，我现在有朋友。"苏晓原把张钊的东西收好，放到衣柜最下层。

苏运专门哪壶不开提哪壶，话风和嘴不饶人的亲爹如出一辙："你还能有朋友？他们知道你瘸了吗，没敢告诉人家吧？"

苏晓原一下不动了，他确实不敢和别人说，不敢说我两条腿长得不一样，右脚有缺陷，跑步会歪肩膀，屁股一边大一边小。

"我就知道，你那些朋友啊都是虚的。"苏运边用手去够上铺的睡衣边说，"哥，我劝你啊以后多结交些残疾人当朋友，大家都一样也就不用掖着藏着了。"

"小运啊。"苏晓原转过身，他第一回用郑重的语气和弟弟说话，不再让着他，"我是个瘸子，可瘸了又不是我的错，你老这么刺激我有意思吗？"

"什么？"苏运还以为耳朵出毛病了，他可从没听哥哥承认自己瘸。

苏晓原调整了一下呼吸，才发现这么多年他一直在自欺欺人。自己就是个瘸子，装得再好也是真瘸了，可偏偏自己不面对，只想着怎么装。

就连家里人也跟着营造这场自欺欺人的骗局，瘸、腿、身高、长个儿、跑步、运动……大姨家一概不提，好像只要不碰这些词，自己就是个完美的好孩子。可事实不是啊，自己就是瘸了，可这又不是自己的错，为什么还要承受被人耻笑的痛苦？

刘香说得对，自己只是生病，治不好而已。嘲笑病人的人才是错的。

"有些话我从前不说，是自己没想明白。我……是，我确实是个瘸子，是，我一走路就跛脚，小时候叫同学笑话，尿床上起不来，右脚到现在都伸不直，可你总这么戳我痛处真的不好，也挺没有意思的。我知道你怎么想，妈一直偏心，可那也是因为她内疚，不是只爱我不爱你。小运，你今年该上高中了，能不能学着体谅别人，别叫我和妈总得迁就你？"苏晓原站在高出自己半个头的亲弟弟面前，第一次承认弟弟早就长大了。

他早不是小孩子了，该懂人情世故、黑白是非了。

苏运接不上话，大概是没料到苏晓原肯当面承认自己是个瘸子。

"还有，我出去复习，是怕打扰你晚上写作业。我让着你，一方面因为我是你哥哥，身为兄长我愿意让着你。一方面……因为不想让咱妈难过。"说到底苏晓原还是心疼妈妈，"我这条腿出了事，妈到现在都没原谅自己。你能不能看在她上夜班供咱俩读书的辛苦上懂懂事？"

"我……"苏运头一回让亲哥噎得没话说，"你以为就你心疼她？我比你心疼多了！"

"我知道，这些年你照顾妈，所以我心甘情愿让着你，可让着你不代表我……我好欺负。"苏晓原的语气虚了一下，毕竟他真的很好欺负，"我那些兄弟，就算知道我是个瘸子也不会笑话我，这些话往后我也会跟妈说，瘸了一条腿不是我的错，也不是她的错。谁因为这点看不起我才是有毛病。"

"就你？歇了吧，跑个步骑个车都不行。"苏运转身出了屋，也可能是被亲哥突如其来的气势弄尴尬了，急着躲了出去。

第二天，苏运破天荒没吃早饭就上学去了，陈琴看着小儿子的碗筷一下没动过，门又"哐当"一声撞上，什么都没有问。

苏晓原知道两兄弟闹脾气骗不了家里人，他歪着身子站了起来："妈，小运他……"

"没事，他也不小了，不吃就不吃吧。"陈琴的工作是会计，春节前忙到家都不沾，头发忘了染，花白一大半，"今天中午你回家吃饭吧，妈给你做好了留着。"

"行，妈你放心，我好好劝他。"苏晓原说。到底是亲兄弟，小运再闹脾气也是家里人。

中午放学，苏晓原听妈妈的话按时到家，却发现陈琴没有走："咦，妈你没走？我还以为你上班了呢。"

陈琴放下了手里的饭勺叫儿子过来坐，桌上已经摆好四菜一汤："原原，你和妈说实话，是不是弟弟欺负你了？"

原原，多少年妈都不这么叫了，苏晓原立马乖乖坐好，像小时候等着妈给盛饭那样，捧着圆圆的碗。

"没欺负。"他不想给陈琴添麻烦，"小运现在在叛逆期，等再过几年就好了。"

"那孩子也是早熟，心重，他怎么想妈还能不知道？"陈琴先给大儿子盛了一碗汤，"外头凉，先喝热的暖暖胃。你们俩啊要是折中些就好了，你性子再硬一些，妈就不担心有人欺负你。"

苏晓原捧着汤碗吹了吹，碗里是妈妈最拿手的番茄牛尾汤："妈，我都长大了，早就没人能欺负我了。"

陈琴盛饭的勺子一停，她转过来看看儿子，突然一笑："是啊，一不留神就19岁了呢，我们原原真是个大孩子。小运他啊……妈会去说他的，你别操心这么多，只顾高考就行。家里家外有妈在呢。"

"妈，你坐，我也想跟你聊聊。"苏晓原从不和母亲谈论腿这个话题，他知道，这是妈心里的大痛，是心病。

"来，咱母子聊聊。"陈琴说这话的时候已经微微鼻酸，"你去南城的时候还小，所以妈老觉得你没长大。那天给你买秋裤还发愁呢，我家小原原到底穿哪个号合适，我这个当妈的真是不尽责。"

苏晓原拉起妈妈的手，像个男人一样提起了这个家最避讳的话题："妈，你尽责了，我和小运能长大全靠你。虽然我是大姨家里养大的，可我知道每年你都给钱。大姨父也经常和我说长大要孝敬你，我们……都知道你不容易。还有啊，我这条腿都过去这么久了，你就不拿这个折磨自己了，好不好？"

陈琴听着，很恨自己。

原原从小爱学习，聪明极了，幼儿园老师最喜欢他。3岁刚上小班，老师就说这孩子认字记字快得很，不到中班就能自己读幼儿书籍，做大班的算术册，还说小原原必须好好培养，兴许是个小神童呢。可陈琴那时刚怀上第二个孩子，手头比较紧张，该给孩子花的钱没有花，总想着省。

如果能重来，时间可以倒流，陈琴宁愿那一针扎自己腿上。

那一针扎下去，打针从来不哭的原原哇一声哭了。可孩子当时太小，说也说不清楚怎么个疼法，陈琴只记得那天原原疼到不肯自己走路，一直哭，要妈妈抱。可问他哪里疼，他只会说脚脚疼，再下地只敢歪着脚走。

隔天她带着孩子去诊所问，医生说是药水的作用或者下针不够快，扎深了造成的。小孩子嘛都娇气，疼痛感几天就消失了。

可从那天起，原原就再也没好好走过路，被一支针头断送了未来。她再也看不到原原学小飞机跑步了。她的原原，瘸了。

孩子总是哭着喊疼，怎么揉都没有用，陈琴后来才听医生说坐骨神经从脊椎末端一直延伸到脚踝部位，那是种沿着臀、腿、脚的放射性疼痛，大人都扛不下来，更别说孩子。孩子打针打坏了，陈琴想告诊所的护士，可一个女人，要上班赚钱，要躲着家暴的丈夫，要带着两个孩子随时准备搬家，无论精力还是时间都不够，最终陈琴也只能接受和解。可原原这条腿是好不了了，赔偿多少钱都没有用。

所以，她最恨的人真不是前夫，是自己。

"妈，你别哭啊。"苏晓原没想到自己把妈妈惹哭了，用手背慌张地帮她擦，"哎呀……妈你哭什么啊，我都长这么大了，不就一条腿嘛。再说我们班到现在都没人看出来，怎么样，你大儿子是不是很厉害？"

陈琴也不愿意当着孩子的面流眼泪，赶紧擦了一把："不好，都是妈不好，妈妈没尽到责任，妈有罪。"

"什么啊，妈你胡说。"苏晓原庆幸自己今天把话说开，原来母亲的内疚竟埋得这么深，"你儿子今年再过生日就 19 岁啦，咱们别老纠结腿不腿的，行吗？"

"可是你这条腿是妈……"

"是，是你带着我去打的针，可你怎么不想，为什么当时带我看病的人不是爸爸，也不是奶奶啊？他们当时都干吗去了？"苏晓原很少提这两个人，这些年他们也好像从他生命中消失了，"我难道就是你一个人生的啊，他们呢？他们知道你怀着小运也不帮忙，要我说啊，我这条腿瘸了他们责任更大。"

陈琴摇了摇头，还是最恨自己。原原后来没上幼儿园，每天说的最多的话就是脚脚疼，都是因为自己啊。她站起来，想给儿子添碗热饭，可手却总拿不稳碗。

"妈，我说这么多，其实就是想劝你……放下吧。"苏晓原接过妈妈手里的碗，歪着身子站了起来，如同小时候一次次摔倒再站起来，又瘦又坚定，"这话我早该说了，咱家人别自我折磨了好吗，该放下了。大姨他们疼我，你也疼我，我没因为瘸了条腿就缺了什么啊。再说……瘸了又不是我的错，也不该是你的错，不就是走路不方便嘛。"

"可妈一做梦都是你小时候喊疼，妈放不下这个。"陈琴别过脸去，又偷偷抹眼泪。别说她，是个母亲都忘不了这种疼法。孩子想站站不起来，当妈的多想把自己的腿换给他。

苏晓原给陈琴添了一碗饭，利利索索地站在她面前："可我现在不疼了啊，你看，我站得多好。大姨和你想法一样，在家从不提这个事，可我觉得没什么啊，我马上就考大学了，再遭不住这些事将来怎么赚钱养你啊。往后咱家该怎么聊天就怎么聊，小运喜欢聊运动就让他说，别什么都围着我转。其实……好多事不怪小运，妈你确实太偏心了。"

陈琴嗯了几下，弯腰帮儿子紧一紧鞋带："脚还疼不疼了？"她看了一眼更觉难受，右腿肌肉萎缩不少，从脚腕子就能看出来。

"早不疼了。"苏晓原又变回小原原，笑出小酒窝来，在妈妈面前永远没长大，"妈，我真的不疼了，而且我昨晚上网查过，兴许我还能骑车呢。"

"不行！"陈琴立马拒绝，一半心疼一半严厉，"那不是你能学的，听妈的话，你只要好好读书就行。"

苏晓原是想学，可他也了解母亲，这个心结一时半会儿解不开的，这是她十年来的心病："那……我不学了。可你得答应我啊，往后别再拿这个事怪自己，我都不怪了……这个不怪谁，真不怪谁，就连给我打针的小护士都不怪。你说她是故意的吗？肯定不是，她也想当个好护士啊。只能说，这就是我命里的苦，我呢，先把苦吃完了，往后都是甜甜的。"

"你啊，尽胡说。"陈琴最后含着一把泪被孩子逗笑了，"也不知道你随谁，从小最会说话。"

"那肯定是随你。"苏晓原一直这样觉得，"妈你知道吗，我现在想起爸打人的样子……都害怕，到现在，我看见别人打架还害怕呢。可你那时候多勇敢啊，敢和他拼命，否则他肯定连小运一起打。"

"唉，这些就不提了。"陈琴摇摇手，"来，吃饭，吃完饭下午还有课呢。"

"可我就是随你啊，那么多人劝你别离婚，你还不是勇敢地离了。要不然咱们仨指不定过什么担惊受怕的日子。妈你看我，虽然两条腿不一样吧，可我也勇敢站起来了，所以我随你。"苏晓原终于把堆积多年的话说完了。

"傻小子，快吃。"陈琴给自己盛了汤，俩人一起坐下，"多吃啊。"

"妈你也吃……这汤好喝，我得多喝几碗，下午还有英语考试呢，上回月考我英语 141 分。"苏晓原露出一脸小馋猫相，"这几天小运可能心情不好，妈你多陪陪他。他是我弟弟我最了解，心不坏。我是兄长，比他懂事是应该的。"

"嗯，妈听你的。"陈琴心里有很大震动，小原原是真的长大了，再多的苦也没能阻拦他长成可以独当一面的大孩子。

冬训营的宿舍里，张钊累得瘫在床上，算着还有几天才能回北城，突然手机响了。

"喂，怎么了？"张钊起得猛，腹肌酸得像撕裂一样。

苏晓原放学后又来了，正在张钊屋里，满地都是旧衣服："也没事……就问问你，好些运动服都存旧了，我作业写完了没事干，要不要……扔洗衣机里啊？"

"别，别了，你别干活，我运动服好些都没洗过，脏不拉几臭烘烘的，你复习要紧。"

"3 套文综卷子都做完了，我正好歇歇眼睛。"苏晓原学习起来特别拼，一坐下就是几个小时，钢笔从吸饱水能直接写到没水。现在他拿起一件衣服，嗯，是脏，没洗过，汗味儿不小。

"怪不得凯撒扒你柜子，臭死了。"

"我……"张钊没说话，小仙鹤是什么人呢，满身清新冒肥皂泡儿的，自己浑身臭汗，"我……我这不是没人管嘛。体特都这么脏，又不是我一个……你别动，我回家自己洗还不行吗？"

苏晓原拿了两个大袋子，像分垃圾似的，一边收拾一边抿嘴笑："反正就是往洗衣机里一扔，放些洗衣粉什么的。"

苏晓原收拾出一大包，又问："欸，你趴着干吗？肚子疼啊。"

"不是，我……训练太累了。"张钊承认。

"那你好好休息，别一下子太拼命。"苏晓原看了看张钊的袜子，好些凑不成一双，"你回来买些袜子吧，哪有运动员像你似的，袜子都不成对，出去训练叫人笑话。”

"好好好，我自己买……"张钊对这件事很在意，"你别嫌我脏啊，我知道自己和你不是一个世界……"

"你再瞎说我生气了啊！"苏晓原不喜欢他妄自菲薄，把目光转到小绿上，"对了，小绿的车钥匙你放哪儿了啊？"

"啊？你不是不会骑吗？"

"我不会……可我能学啊，我试试。"苏晓原摸了一把小绿的车座，重新燃起了想跑的冲动，"你说我能行吗？"

"行啊，骑自行车又没什么难的，肯定能行。"张钊说。

肯定能行？大姨说骑不了，妈和小运也说骑不了，可张钊一直都说自己行，这瞬间苏晓原觉得自己没准儿真能行！

自己肯定没问题。

隔日，一个阳光明媚又没课的下午，苏晓原推着小绿下楼了。

车是张钊的车，死飞，真酷。苏晓原再怎样说也是个男孩儿，喜欢这些酷酷的东西，把车铃拨拉得"叮当"响。

"凯撒你自己坐着，乖一会儿啊，哥哥学个自行车！"苏晓原给哈士奇拴好链子，又系在一旁双人座椅的扶手上，最后拿出一张400字作文纸来，上面满当当写着如何骑一辆自行车。

"上车先检查车闸，左脚蹬地，右脚踩车镫子，松车闸，踩右脚，左脚暂时不离地，保持平衡，双手握紧且放松……"苏晓原在小绿旁边蹲成一小团，怎么读怎么觉得这个教程有问题，"凯撒，什么叫双手握紧且放松啊？这……这不是病句吗？"

张钊骑车不仔细，小绿经常落满了泥点和油渍。现在它焕然一新，被新主人擦得熠熠生辉。

"反正就试试嘛，摔了就摔了，我又不怕疼。"苏晓原确实很能忍，因为小时候疼得太厉害，生生将一个小孩子的疼痛阈值拉得非常高。8岁下火针的时候他不仅不喊疼，还会安慰大姨，就连医生都好奇一个孩子怎么能受得了，针扎下去，可爱的小脸上只有麻木。

现在也是，苏晓原知道跑步自己肯定是没戏，但骑车是他渴望已久的运动，这回是说什么都要学了。

这仿佛是一个里程碑，要是能学会骑车，将来自己就能学会开车，说不准还能学学滑板呢。运动一直都是苏晓原的梦，现在这辆小绿不仅是交通工具，更是帮他圆梦的小钥匙。

"试就试！大不了就是摔，又不是没摔过。"也不知哪儿来的勇气，苏晓原真就坐上了调矮的车座。哎呀，这车座不太舒服，这么窄一小条，屁股硌得怪难受的。

他哪里知道死飞骑起来重心要靠前，也不懂学自行车不能直接上死飞，反正傻傻地坐上去了。这一坐上去，苏晓原先涌出一股从没有过的痛快。

原来瘸了一条腿也不碍着骑自行车啊，这不是好好的，坐上来了！

"检查车闸，捏紧，左脚踩地，右脚踩脚镫子……"苏晓原絮絮叨叨地重复着，生怕错过一步，"左脚先不离地，右脚踩脚蹬，松开车闸，握紧且放松……"

小绿猛地一蹿，直接冲出半米。苏晓原吓愣了赶紧捏闸，右脚不敢着地，还好左脚始终没有悬空。

这是……骑动了？骑动了！苏晓原开心得想叫唤几声，回身直冲凯撒摇手："动了！你看见没有啊，刚才那是我自己骑的！"

凯撒歪着头看，哼哼了两声表示鼓励。

这下苏晓原可来劲了，刚才捏车闸的力道还有些怯，现在手心出汗也敢使劲儿了，打算再试一把。这一蹬，小绿又蹿出去半米的距离，可车轱辘太细，只能维持半米的平衡。但他不气馁，把攻破数学的认真劲头拿到了实践中，只要左脚暂时不离地，车身歪倒之前踩住就万无一失。

就这样，他像一个重新学步的孩子，半米半米地往前蹭，往前蹿。虽然只能维持这么短的距离，可这对他而言不亚于上了月球。因为从没人敢告诉他，你将来能骑自行车。

但张钊说他行，网上也有人说瘸腿不影响骑车，只要落地的时候用左腿就好。苏晓原就用半米平衡绕着凯撒蹿了好几圈，骑得他浑身发热，只想脱羽绒服。

下车的时候他故意学张钊，像个幼稚的小男孩儿，左腿站好右腿抬起来，哎呀，自己真酷！

"凯撒乖，帮哥哥看着羽绒服啊，我再骑几圈。"苏晓原把衣服放座椅上，给凯撒倒了半碗水，"你别急，等哥哥今天学会了骑车，明天骑车遛你去。咱们不在院子里跑了，绕着小区跑，别急啊。"

凯撒吧嗒吧嗒喝着水，脑袋左歪一下右歪一下，好像真的能懂。

这回挑战一米平衡吧，苏晓原发现骑自行车是上瘾的，心里痒痒劲儿一上来，他连作业都不想写了，只想骑一下午。这回他再捏紧车闸就不紧张了，仗着自己的经验，还想把左脚也放上脚镫子。

应该没问题吧，只要平衡维持不好的时候用左脚落地。苏晓原有一瞬间的退缩。可他吸了吸鼻子，用一种自己已经上道了的自信，放开了车闸。

张扬今天回家，进屋先吓了一跳："妈啊，家里收拾这么干净，我弟是花钱请小时工了吧？"

落地窗前支起了晾衣架，铺着、挂着、吊着的全都是运动服。五颜六色，乍一看姹紫嫣红。光白袜子就二三十双，勉强凑成一对对的，洗得白白的。

张扬又瞧了一眼凯撒的窝："凯撒哪儿去了？"

"是不是苏晓原遛去了啊？"杨光手里拎着两个大纸盒子，是狗罐头，"正好，等凯撒回来我喂它狗罐头，嘿嘿。"

"就知道嘿嘿。"张扬拉了一张椅子坐下，坐姿很野，"我弟也是粗心，眼看还有两天就回来了他把腿摔了，真够够的。"

"啊？腿摔了啊？"杨光也拉了一张椅子，很规矩地坐对面，"那影响他训练吗？"

"说是不影响，就是膝盖磕破一条大口子。"家里突然这么干净，张扬都不适应了，"唉，我一开始不同意他走体特这条路，太累，又是吃身体老本钱的一行。可他偏偏喜欢运动，不爱坐教室里。你说，一个大学生运动员能跑几年，还国家二级呢，哪个查查身体不是二级伤残？他身上都是旧伤，就非要干，服了。"

"唉，这个吧……是他自己选的路，三哥你就别操心了。老实讲，我要是有他那么能耐……我也走体育。"

"甫介，你还是老实着吧，有个风吹草动你哥哥不把我撕了。"张扬也是最近才知道小光家里有钱，一直以为他是穷小子。不过这也不怪自己，杨光这倒霉孩子太节衣缩食、省吃俭用，除了写作业就是在宿舍里填快递单子，吃饭都不舍得叫两个肉菜，也没有富二代的恶习和交际圈。

就是这成绩实在拎不起来，和堂弟一模一样，张扬都想花钱给他弄个家教了。

杨光低着头，目光却灼热："三哥你是不是特别关心我啊，怕我受伤。"

"我怕你哥哥打我。不过我弟也是真能吃苦了，何安说他膝盖的伤得养，可他不听劝，口子刚结疤就裂开，做一圈技巧训练下来纱布都红了。我真是服他，回来得揍一顿，否则他不知道天高地厚真以为自己能上天。你也是，过马路长眼睛，别一个劲儿往前蹿。"

"三哥你别气，我往后指定不受伤了。"杨光晃着身子说。

张扬长吁一口气，真的是发愁。小光那个小疤瘌怎么来的他知道，听说直接给撞飞了呢，锁骨都折了。唉，俩孩子哪个都不省心。

"对了，有事我还没问你呢。"张扬突然想起来了，"你家那个什么石的……"

"纪雨石，特别能打，还帅。"杨光瞬间化身迷弟，"他和我哥一个高中的。"

"嗯嗯，纪雨石，他上回怎么说你从小没爸没妈啊？"张扬当时只觉得这话里有话，结果忘了问，"你爸妈到底干什么的，小时候不管你？"

杨光咽了口唾沫，有些自卑。

街坊都拿这个事戳他脊梁骨骂，虽然不是什么见不得人的事，可杨光记住了那种被人指指点点的感觉。所以一上小学他就开始编谎话，说爸妈都在国外工作呢，一年才能回来一次。

也不是虚荣，只是一个小孩子的自我欺骗。就连他自己有时候都信了，好像爸妈都还要自己，只是忙得回不来。

"我爸妈……做生意的。"杨光接着骗，怕三哥这么高的气性看不起自己，嫌他身世丧气，"他们在国外，所以出差的时间比较长，一年就回来一次。"

"哦，那也……挺不负责任啊。"张扬听着心疼，这孩子，跟着哥哥长大，又有冻疮又有鼻炎，怪不得性格杵窝子。

杨光知道张扬疼他，赶紧挪近了问："三哥啊，你往后能不能去哪儿都带着我啊。我跟我哥长大的，身边没人了我发怵。你带着我吧，我不给你找麻烦。"

正说着门开了，跑进来的先是凯撒，然后是推着小绿的一瘸一拐的苏晓原。

"晓原你这是咋啦？你干吗去了？"张扬站起来，然后是杨光，都看呆了。

苏晓原没想到家里有人，瘸着就回来了，这下倒是好，装都不用装了："我……我想下楼学骑自行车，然后……张钊的车太快，我冲林子里给摔了。"

下巴一块红。蓝色校裤全都是土，右膝盖的土格外多，一看就是整个车往右边砸，直接把人压在了底下。

唉，看来这学自行车，还是挺难的。苏晓原无奈地笑了一下，嘶，真疼。

晚上，张钊刚吃完饭，一边给膝盖换药一边叨叨："我为什么总有种心神不安的感觉呢，何安你有吗？"

何安正在床边练习推球姿势："啊？我……没有啊。钊哥你这腿要不然歇两天吧，两天就行，等疤结上。"

"结上了才麻烦呢。"体特生与伤痛为伍，张钊早习惯了，还站起来蹦跶了两下，"不碍事，等回北城再养吧，不就是伤口裂一下……不行，我心里不踏实，你先去洗手间待会儿，我打电话！"

"啊？我……你打电话我干吗去厕所啊？"

苏晓原回家的时候先把陈琴吓了一跳，大儿子好好上学去，回来就挂了彩。就连苏运都吓着了，第一反应是亲哥被谁给打了。

苏晓原只好一个劲解释，是自己走路不当心摔在了楼梯上。校裤右腿的膝盖处直接磕出大洞，好在有秋裤，不然肯定要流血。

但下巴上的伤真不轻，虽然伤口处理过，用白色纱布和胶布固定住，可本身又圆又小的脸蛋让他看起来更可怜了。

"喂！"苏运平时是欺负哥哥，可毕竟血浓于水，伤这么重他不能不管，"你真不是叫学校里的人给打了啊？"

"真的不是，我走路不稳当，楼梯上有水就滑了一跤。"苏晓原赶紧躲到屋里去复习，生怕弟弟和妈妈发现他掌心还有伤，那就瞒不住了。

只是掌心破了一大片，写作业时不时就得停下来吹吹。可苏晓原心里不认输，他不怕疼，摔一下子还高兴呢。这不是走路摔的，这是自己骑车的时候摔的，好像这样一摔，他和所有男孩儿都一样了，大家都是这么学会自行车的。

"喂？苏晓原，我哥说你摔着了？都瘸了？怎么回事啊到底？是不是又是凯撒干的？这傻狗，我回去教训它！"

应付完妈妈和弟弟，没想到还要应付张钊，苏晓原无奈了："不是不是，真的不是它！我在你家楼下偷着骑自行车来着，没想到你的车蹿太快，我又保持不了平衡，就给摔了。"

"你！你想学等我回去教你啊，再说小绿是死飞，谁用死飞学骑车！这不是找摔呢嘛！"

"我又不知道不能用死飞，我第一次学自行车。"

"那你就不能等等啊！我明天就回去了，送你一辆自行车都行！我不是告诉过你嘛，死飞的后轮和车镫子是一体的，不会空转，只会往前蹿，你……"

"对不起啊，我不懂。"苏晓原瞧着他气急败坏的劲儿，小声地说，"不过小绿没摔坏，我看过了。"

张钊气得脑袋冒烟儿："小绿摔坏了就坏了，我又没怪你，还疼不疼？"

"不疼了不疼了。"

"真的假的？"张钊不信。

苏晓原很会忍痛，只要能忍他都说不疼。他一直懂事，知道妈妈、大姨工作辛苦，很不容易，所以能忍就忍，不想叫大人们担心，也不想增添长辈的愧悔；苏运是弟弟，在他面前要表现出兄长的样子；他没有什么亲近的朋友，腿上的事更不会对着外人轻易言说。

可是张钊他们几个体育生，像火一样真诚热情，横冲直撞，还没等他反应过来，就把他拉进了他们的圈子，认了他这个朋友，毫无保留地与他来往。

现在，面对张钊这一腔炽热的关切，苏晓原忽然觉得好累，假装健康好累，藏着心事好累，也好疼，一针扎坏了腿，怎么可能不疼？他忽然就不想装也不想忍了。

"假的，我疼，可疼了，下巴磕破好大一块儿。"

"你！你气死我算了！你肯定怕你妈担心也没和家里说吧？谁给你包扎的？明早我给我哥打电话，让他带你去正经医院看看吧？"

"别别别，这个就是你哥帮我擦的，你家什么药都有，你哥说因为你总受伤。还有……我手也磕了，一写字就疼。"

"苏晓原同学！你怎么这么没数啊你？亏你还是学霸呢？脑子不好使还是怎么的？"

"我，我想着等你回来之前学会了，然后，和你、何安、昌子一起骑车出去玩。你哥还告诉我，你脑袋上的疤根本不是打架弄的，是你集训的时候太拼命，深蹲蛙跳磕的。我听完……心里也不太好受，你别说我了行不？"

"我，我说你了吗？我还不是担心你……"张钊一点脾气都没了，苏晓原这种四两拨千斤的说法让他甘拜下风，"怕你摔坏了。"

"真没事。那你脑袋上到底怎么磕的啊？"

"唉……就那年我跑步姿势有问题，得多练习下盘力量，然后又跟教练不对付，"张钊挠着后脑勺，"他说我指定练不成，我就来气啊，深蹲蛙跳最后实在没劲儿了，没起来，正好又是个上坡……"

苏晓原听得心惊胆战，搞体育这么危险的啊！

"但你放心，你钊哥就算受伤也没认输，顶着一脑袋血，爬也爬完了全程。"张钊补充道。

"你干吗这么拼啊，多疼啊。"

"不疼，早就不疼了。"张钊逞了一把英雄，得意地问，"我厉害吧！喂，你真的没事吧，别逞能，不行还是得上医院。"

"真没事，不过，钊哥，"苏晓原手心冒汗，最后狠了狠心，"我，我现在一走路膝盖就疼，所以变成个……小瘸子了。你回来之后，不嫌弃我走路跛脚吧？"

"这有什么嫌弃的，养养就好了。"

"那要是……万一我养不好呢，走路老得瘸着呢。"苏晓原的小脸绷得很严肃。

"那就……我们背着你呗，我、何安、昌子，这么多人呢，还怕带不动你一个小瘸子啊，这有什么难的。小瘸子，赶紧养伤，等我回去教你骑车。"

苏晓原如释重负，笑得很含蓄。可嘴角挑得特别俏皮，酒窝从没这样深过。

以后谁要是欺负你，你找我来，
揍不死他。

06

电梯里
Diantili

$V=H^3$

$I=\dfrac{E}{R+r}$

CHAPTER

　　和区一中的下半学期悄无声息地开始了，各年级按部就班到校。高一的学生准备迎接高二，高二的这一批进入收尾阶段，成为准高三。而高三这一批，则有更繁重的课业压力，准备迎接 3 月中旬的一模，就连 9 班也开了补课。可所有这些加起来都没有一中田径队的消息骇人，贴吧和朋友圈小范围传疯了。

　　前任队长张钊，归队。

　　苏晓原没亲眼看见这个过程，但他等张钊下练的时候遇上了蒋岚。

　　据蒋岚说，张钊那天拎着包去了田径队的训练场，那感觉就像方世玉重回红花会，周围人都盯着他看。张钊摆臭脸，也没说话，直接往春哥面前站。春哥眼皮都不抬，说 5000 米能跑进 16 分就滚回来训练，不能就滚蛋。

　　结果张钊原地热身，摘了腿上的创可贴，成了当天操场上的一颗彗星，所有人都给他让跑道。15 分 49 秒，刷新了校纪录。

　　下午第二节课过后体特生按照惯例去训练。现在是 3 月初，4 月初是最后争取二级运动员的正规比赛，5 月初开始全国体招，谁都不敢松懈。

　　晨训两小时，下午训练两小时，晚自习后训练一个小时，既已选择，注定拼搏。回队，这对张钊自己来说都挺梦幻的，没想到能跑 15 分 49 秒。体育这条路是他亲手放弃过的，可重新站上起跑线的刹那，他心里满当当想的只有如何拿回来。5000米热身，3800米计时，1600米追逐再加400米全速，最后绕操场5圈慢跑放松肌肉，张钊感觉两条大长腿已经飞了。

反正就是感觉不到了，但身子还在地上。

"队长牛啊！"老队友拍拍他肩膀，"怎么，还是想跑步吧？"

张钊呼呼喘着气，一屁股坐下，不远处是负重跳换步的高一学弟："别瞎叫啊，成绩一般，不走体育我上不了好大学啊。"

"哟呵，牛！"老队友蹲下打探消息，"想报哪儿？"

张钊满脸挂汗，像憋了个秘密："考北体大！"

"牛，不过话说回来，你和祝杰现在究竟谁当家啊，春哥让你俩谁领跑？"

"我才不管呢，我跑我自己的。"

俩人正你一句我一句说着，祝杰从挺老远走过来，直接累蹲下了："你坐我包上了。"

张钊还真没注意，往后扭头一看，离他运动包还有一拳距离呢："谁坐上了，你长眼睛了吗？"

祝杰一把将运动包拽过来，闷头在包里找水。运动会上俩人的联手合作，那算是体特生的运动精神。可下了场俩人半斤八两，谁嘴上都不饶人。

"怎么你又回来了？"祝杰咕咚咕咚地喝水，脖子昂得老高，喉结一上一下。

"我回来还得先跟你打报告是吧？"张钊自认为自己不算记仇的人，可祝杰就有这种本事，能让人特别讨厌他，"找不对付直接说。"

"我可没说，你别拱我火。"祝杰也不知道哪儿来这么大气，满操场看了一遍，没有薛业。

前队长和现队长呛火，这已经是田径队里公开的事，谁也不愿意过来蹚浑水。张钊实在是累得站不起来才懒得计较。

"薛业人呢？"祝杰又找了一圈，还是没有，"就知道偷懒。"

要平时，张钊也就不搭理了，可他今天偏偏烦躁，就看不得他瞎嘚瑟："你嘴巴干净点儿啊，人家薛业又不是给你打杂的，真当自己多大本事，训不训也轮不到你管。"

"呵，是吗？"祝杰扶着地才站起来，膝盖骨发酸，张钊归队，他心里也憋了一把火，反正俩人就是谁也看不上谁，"你自己问问他轮不轮得到我管。他自己愿意，管他的闲事干啥？"

"你说谁呢！"张钊瞬间爆了。这是最容易动手的年龄，气盛，运动之后的荷尔蒙还鼓噪着。祝杰太找打了，今儿他必须得教训。

"我说薛业轮得到你管啊？你算老几！"祝杰也是个好战分子，俩人对着站起来。正跳跃的高一学弟谁也不敢动，所以人都往春哥那边看，等着总教练过来拆他俩。

"我看你不顺眼挺久的了！"祝杰连废话都不说，直接就是一拳，张钊毫不含糊地抓他衣领，抢着往腰上踹了一脚。

"滚蛋！"祝杰压着嗓子骂，逆着张钊的劲儿扳他肩膀，直接往地上滚。他俩都刚训完一万米，体力基本上耗尽，谁也别想把谁打成什么样儿。

春哥吹着训练哨冲过来的时候两人已经滚一起了："干吗呢干吗呢！都起来！"

地上谁也不起来，一个摁着一个，不服。他俩都知道体特生怕什么，都踹对方膝盖。

"张钊你松手！"春哥最头疼的就是这俩人，从初一到高三，就是俩炮仗，给火儿就着，"张钊你松开！"他掰开张钊掐着祝杰脖子的手，祝杰这臭小子还连踹几脚。

张钊起身还想打，叫春哥一把推老远。祝杰这才爬起来，脖子上一个紫红色的深深掐痕。俩人是来真的。

"别打了啊！满操场都看着呢！"春哥吹哨解散，把无关人员往远处轰，"都不想练了是吧？不想练滚蛋！"

张钊的小腿酸得直发抖，气头上根本拦不住。祝杰弯腰从包里抄家伙，照直往这边砸。

"你个兔崽子能耐了！"春哥一看不行，直接提脚把祝杰踹到边上去，再回身一脚踹张钊，生生把俩人踹倒了。

要不是春哥，这俩一中田径队霸还真没人敢劝。

散了的人大多走远了，只剩几个老队员围着，可谁也不说话。春哥站在中央，俩打架的两败俱伤，刚才还热闹的操场顿时进入诡异的寂静。

这时，有一队学生往实验楼跑，不是穿运动背心的体特生，而是穿蓝白校服的高三学生。

跑在最前头的是9班陈文婷："别打了！你俩别打了！实验楼出事儿了！"

"什么……怎么了？"祝杰昂着头等鼻血回流，但预感这事儿和自己有关系。

"先打消防电话！打电话！"陈文婷不是体特生，急得一阵风似的，"电梯坏了，校工说有人在里头砸门，说是咱们班薛业！"

"薛业？"祝杰猛一低头，血直接流过了下唇，"他跑实验楼干吗去了？"

张钊也站了起来，捂着满嘴的血看好戏："哟呵，砸多半天了？别憋死了啊！"

"你给我闭嘴！"祝杰扔下一句，拎起包往实验楼方向冲刺。张钊也拿起包准备过去帮忙，只见又有几个穿蓝白校服的往这边跑，其中一个特眼熟。

汤澍。

"张钊！张钊！"汤澍看见张钊像见了救星，上气不接下气地喊，"实验楼电梯坏了，苏晓原去实验楼拿数学卷子……快！救人！"

苏晓原坐在电梯冰凉的地上，又敲了敲纹丝不动的轿门，转头安慰起来："你别怕啊，一会儿肯定有人来救咱俩。"

　　薛业也坐在地上，表情说不上是无奈还是沮丧："刚才不是有个校工听见了嘛，说去叫人。你啊，别敲了，就你那点小劲儿，我砸那么半天也没见有人来。"

　　实验楼在一中操场的北侧，除了理科班上物化生实验课过来，基本上就是个大仓库。楼一共4层，但从3层往上全放卷子、习题册和备用物资。苏晓原热心肠，替数学课代表汤澍来拿卷子，顺便叫上了薛业。

　　没想到电梯不给力，卡在3层和4层中央，一动不动，隔着内轿门和外厅门，叫天天不应、叫地地不灵。更要命的是实验楼偏僻阴冷，1层生物试验室又有许多模型，除非上课，否则根本没有人进来。

　　"真对不起啊，赖我赖我。"苏晓原擤了擤鼻子，困在黑洞洞的轿厢太久了，有些憋得慌。

　　"这有什么的啊，你腿不好，4层要我自己就爬上来了，可谁能想到电梯出毛病。"薛业倒是无所谓，换了个舒服的姿势，"就是太黑了，是不是机房停电了啊，也太巧了吧……喂，你手机还有电吗？"

　　"有！"苏晓原赶紧看手机，微信和短信发送仍旧不成功，"还有挺多电呢，唉……这真是赖我，干吗还把你叫上，等咱俩出去我请你吃叶师傅炒面吧，喝红牛！"

　　"没事儿，正好我躲训练，就是这里头……呼，有点憋气。"薛业是体特生，相比普通人他对氧气的需求量更大，所以憋气的反应更明显，"咱俩啊，还是别着急了，来都来了，坐会儿……等着校工叫消防来吧。"

　　"那行，我把手机灯打开。"苏晓原心里并没有底，老式电梯的紧急按钮没反应，连信号都发不出去，可见一中的安全检查不到位。手机灯一开，小小的轿厢盛满了光，照亮了两个可怜的被困高中生和俩人脚下的两捆卷子。

薛业说："要真没人来……明早肯定有人知道了。"

"不会！"苏晓原双拳紧握，颇有义气地安抚道，"你放心，张钊每天放学和我一块儿走，找不着我，他肯定不会走的，咱俩今晚肯定能出去！"

屁股底下凉，薛业不客气地抽出几张1班的数学卷子垫着，又拉开运动包，扯出一袋黄瓜味的薯片，哗啦撕开，大大方方你一片我一片吃了起来。

"对了，还有个事我挺奇怪的……"他换了关心的语气问，"你这腿都摔俩礼拜了吧，怎么还没好啊？"

苏晓原的呼吸也开始不顺畅，轿厢又冷又黑，一袋薯片还不够分，他用鼻子拼命地吸气："这个腿啊……"他又焦躁地呼了几口，"我要跟你说，这条腿本来就是瘸的，你……信吗？"

"别逗了，你怎么可能是瘸子！"薛业轻轻一推，差点儿把苏晓原推倒了，再看他的脸，半分开玩笑的意思都没有，"你没开玩笑吧？"

苏晓原很认真地道："没开玩笑，你不觉得我走路姿势很怪啊？其实是我右腿打针给扎坏了，没力气，不信你看……"他拿手机灯照右脚腕，又将起左裤腿给他看："不一样粗吧？扎得太狠了，这只脚没矫正过来。"

薛业不尴不尬地听着，开始当苏晓原开玩笑，越听越不敢信。这怎么可能啊，苏晓原不一直好好的嘛，跟着9班上操上体育课，除了运动会踢正步的时候……他没参加！

"等等！那你平时走路是……"

"那不都是我装的嘛。"苏晓原勇敢地承认了，"用右脚尖踮着走，特累，袜子总破。可我又不敢叫别人看出来。"

"哦……哦，这样啊。"薛业努力保持镇定，赶忙搂搂他的肩，装得特强势，"这没什么，真的，不就是走路不好看嘛，多……多大时候的事啊？"

这个秘密苏晓原憋太久了，积压在心头，像一块大石。说出来那感觉就像用小铁锤砸碎了巨石的一个棱角，不再磨他的心。

"挺小的时候了，也看医生了，没管用。但你也别可怜我，咱俩……谁都别可怜谁。"

薛业喜欢他这份爽朗："对，咱俩都不可怜，你能这么想就好！以后谁要是欺负你，你找我来，揍不死他。"

"行，那祝杰要是再欺负你，你也跟我说，我，我……"苏晓原也萌生出好些义气，可说到这儿才想起自己根本和祝杰不熟啊，他憨憨地笑了笑，愁眉苦脸又气哼哼地说，"我也没什么辙啊……我偷着进老王办公室给他卷子打不及格？"

"那指定不行。"薛业吃得满地薯片渣子，"唉，谁让我是薛黏黏呢。"

苏晓原也吃了一身渣子："那我就是苏瘸瘸。"

俩人正说笑着，厅门外忽地响起好大动静，听不大清楚，但能听出来是脚步声。

"你让开！"张钊跑疯了，从楼梯上来也摸不到电梯停在哪层，关键是前头还有一个祝杰挡着。

体力耗尽的人爬4层和普通人一口气爬帝国大厦差不多累。俩人比赛似的，拼着雄性动物不服输的傻劲儿往上跑，恨不得一脚把另外一个踹下去。

张钊脑子快，先叫陈文婷去总控制室拉手动闸。1层2层都没动静，电梯肯定是卡在3层和4层中间。

"有人吗！有人吗！"张钊跑上3层拼命砸厅门，心里满是救不出人的惊惶。

苏晓原一惊一喜，赶紧趴着冲门缝喊："有，有人！"

在这儿呢！苏晓原说去实验楼拿卷子，直到模拟考结束，班里才发现苏晓原一直没回来。这多久了？快三个小时了，人憋死了吧。

"是我！张钊！别怕啊，咱们马上就出来！"张钊用两只手拼命抠门缝。可老式电梯的厅门真不是一个人能扒开的，弄了半天，冰冷的铁门无动于衷。

苏晓原赶紧敲了几下轿门："你别急，我和薛业都在呢！"

"我能不急嘛！电梯里的按钮你一样都别动，我找校工调手动了，你别瞎碰啊！"张钊急了一身的汗，比跑5000米计时还紧张。无数电梯吞食人命的画面在他脑袋里回放，这一刻，他真后悔看过那么多恐怖片。

"你别急，我和薛业真没事！"苏晓原了解张钊的急性子。这时候动静渐渐大了，像是又跑来许多人，还听到有个女生在砸门。

"小原子？小原子你在里头吗？"是汤澍，声音虽然不是哭腔但也颤颤的了，"在吗？你说句话！"

"我在，你们都别急，我好好的呢！你们别着急，还有薛业在里头呢。能不能先把门开个缝，薛业他……他难受！他在里头憋得慌！"

没有人来找自己，薛业丝毫不惊讶，仿佛早习惯了。唉，苏晓原人缘真好，1班和9班都有人来找他，羡慕。

自己就……唉，死在电梯里也没人知道。

"小业，你怎么样，说句话！"是祝杰，他一把推开汤澍猛砸厅门。本身他就没有礼让女同学的意识，反正谁挡在前头谁倒霉。

祝杰！薛业立马来了精神，也跟苏晓原一样，趴着朝门缝说话："杰哥？你……你怎么来了啊？我陪着他来拿卷子……"

"你是傻子吧！大晚上陪他跑实验楼来！"咣当一声，祝杰砸门发泄，刚要再砸就被张钊一把抓住了。

"你疯了！人在里头呢！"张钊愤怒地阻止道。

张钊："愣着干吗，你那么牛找钢板啊！"

"找钢板？"祝杰第一反应是张钊想干架。

"废话，我一个人打得开电梯吗？"张钊什么前嫌也不顾了，拉开气势喊道，"先救人，咱俩把门撬开！不然等着女生动手啊！"

苏晓原撅着屁股听了半天，外头动静大完又小，像在密谋什么。电梯里只有手机一道光，照亮他和薛业各半张脸。

"没声了？"薛业把耳朵贴在门上，"我怎么听着没声了。"

苏晓原试着用手扒了扒紧闭的门缝："是不是找人去了啊？"

"欸，不对，有动静！"别的不提，祝杰的声音薛业肯定不会认错，因为他天天挨骂，"他们回来了！可我怎么听着……张钊和杰哥吵起来了呢？"

"不会吧？"苏晓原一紧张，把最后一片薯片给吃了，"让我听听……好像还真是！可……都这时候了他俩还吵什么呢？"

"那肯定是张钊的错！杰哥脾气挺好的！"薛业极为肯定，"咱俩就等着吧，消防员一来，咱俩就能出去了！"

"怎么可能是张钊的错啊，他……他轻易不跟人吵架的。"苏晓原惴惴不安。

张钊和祝杰确实是在吵架，他俩过分幼稚又出奇认真，谁也不肯少说一句。钢板找来了，张钊直接拿它撬门缝，一点点起着两片钢铁厅门。

他边起边嚷嚷："里头听得见动静吗？苏晓原，听得见吗！"

"听得见！"苏晓原赶紧应声，"你们在干什么呢？小心别伤了手！"

"我把门起开啊！"张钊嘴里像生了大口疮一样疼，唇上有血，都是刚才打架时磕的，"你别怕啊，给你开一条门缝，咱们就隔着一道门！我们都在门外呢！大家都在呢！"

苏晓原也不知道外头围了多少同学，可危急关头听这样的话如同吃定心丸："那你们注意安全啊，我不怕，薛业陪着我呢！"

张钊暂时不考虑这俩人为什么关一起，只顾对付眼前："祝杰你干吗去了，敢过来搭把手吗？"

祝杰从1层刚跑上来，鼻孔上简单塞着一些纸巾，累得脸色蜡黄。他手里拿着一串三角钥匙，就见不得张钊使蛮力的傻劲儿："你没脑子吧，厅门没钥匙你能开算我输！起开！"

"你早说啊！"张钊看他用特制三角钥匙打开控制室，身边是汤澍、陈文婷几个女生，"你们1班也是，卷子早不拿晚不拿非这时候拿。要是发现不了呢？人不得关一宿啊！"

汤澍的脸色一阵红一阵白，比谁都难看，高傲劲儿全消失了，一直说着对不起。忽地，张钊手里的钢板突然松动，像是趁着厅门不注意钻进缝中，得到一个机会。

"能动！"张钊立马站回原位，把手里的钢板当制动板。但两扇厅门的重量真不是一个高中生搞得定的，哪怕他是个体特生也难以撼动。

祝杰累得浑身都是汗："起开！你当厅门是杠杆啊！"

"那你说怎么着？"张钊斜睨他一眼，"要不就咱俩一起，要不你滚蛋！"

"你拿钢板往里塞，我在底下扒门缝。"祝杰蹲在厅门中央，摸了摸它又敲了敲，"薛业！薛业！听见了吗？"

"杰哥？"薛业的声音飘在半空，"杰哥你小心啊，我没事儿，你腿上有伤千万别用力！"

"你早干吗去了！"祝杰退后一步，拿眼神示意张钊开始干活。张钊也不含糊，咬紧牙关，开始撬这扇门。试了十几次之后门还是纹丝不动，俩人累得快要力竭。

张钊扶着膝盖换气，胳膊酸得打哆嗦："你……能有点儿默契吗？"

祝杰脖子通红："你敢数个一二三吗？"

苏瘸瘸和薛黏黏在轿厢里听外头互骂，哑然失笑。

"你说……他俩能把门打开吗？"苏晓原从前不觉得张钊这么傻，"他俩，别再打起来了。"

"行吧，杰哥……跑步都那么厉害，开个门算什么啊。"薛业呼吸困难，喘气都不敢大喘，"放心吧，咱俩再等等。"

外头的俩人终于定好口号，再接再厉，喊了"一二三"之后，厅门可算被张钊撬开一条缝："开了开了！快快！快扒开！"

"你……能把嘴闭上吗！"祝杰用两只手把住门缝，手背青筋凸起。

张钊扔了钢板来帮忙，四条小臂顿时变成了护士姐姐最好下针的样子，整条的青筋凸起。

"使劲儿啊！"

"你倒是使劲儿啊！"

一个人的力量不够，两个人好歹把门缝拉成一拳宽。厅门再带动轿门，轿厢里的人终于能看见外头的光，虽然只有两根手指粗的光柱，可新鲜空气算是进来了。

"看见了，别再动了，我俩看见你们了！"苏晓原看见好几个人的头顶，"别再动了，这底下是空的，门开大了你们危险！"

"晓原！"张钊昂着脸看那一道缝，犹如盯着一线天，"别怕啊，我就在外头呢！消防已经在路上了，咱马上就出来！"

"起开！"祝杰还是那个放阴招的，从后头一脚踹过来，霸着唯一能看清轿厢的地方，"薛业呢？让他说句话！"

薛业朝门缝探了探头："杰哥，我在里头呢。"

祝杰不说话，只瞪着悬停在3、4层中间的轿厢。

"你别搭理他，我跟他说！"苏晓原把薛业往后拽，他是真心交朋友，谁对他好，他加倍奉还，"是我拉他陪着拿卷子来的，刚才他砸门，手也破了，我不许你再骂他！你们……欸？你们俩怎么脸上有血啊？"

张钊和祝杰谁也不看谁，先看天，再一个看左一个看右。

"出来赶紧训练，再逃练就别想体考了！"祝杰说完拎包离开。

张钊心虚地说："没事，跑步跑多了，我俩摔了一跤。"

"来了来了！靠边儿啊孩子们！消防来了！"这时，张叔儿带着一队专业人士上来，一看电梯厅门和轿门都开缝了，吓了一身冷汗，"这……这谁弄的！"

"我，我怕里头的人憋着。"张钊把三角钥匙还给老张，跟着消防员忙前忙后，"谢谢你啊，你们是最可爱的人，千言万语说不完感谢的话语！你们都第几支队的啊，我明天写表扬信，送锦旗……"

消防员都是年轻小伙子，上来先把张钊狠批一顿，又普及电梯安全知识——再心急也不能扒厅门，万一掉井里就坏了。张钊也没力气反驳，直到轿厢落到 3 层，苏晓原的脚稳稳踩上地面那一刻他才放松。

直到周五，张钊仍旧心有余悸，放学路上一直问："喂，你真没事吧？吓死我了，你钊哥冲刺都没这么心惊胆战过，气儿都不顺了。"

苏晓原还瘸着，专门挑好走的路面走："没事啊，你别遇事就慌，我和薛业聊得好好的呢，还吃了他一袋薯片。你没听消防员说开门多危险，就你俩傻大胆……可祝杰他也太不地道了，你们队里没人说说他？"

"啊？队？"张钊背着篮球网，里头是球，"队里都笑话薛业。"

苏晓原心里不痛快，走得慢："你以前也跟着笑话他？"

"啊……这个啊，有过。"张钊不骗人，干过什么自己担着，"你不高兴，往后我不笑话他就是。"

"往后你不许说他，不然我生气了。"苏晓原心里还是不舒服，血痂掉了，下巴的疤得慢慢养，"我现在还是苏瘸瘸呢，你是张跑跑，昌子是陶跳跳，何安就是何扔扔，祝杰……他就算了吧，大概是祝野野。其实人都一样，往后队里要是笑话薛业你说着点儿。"

"行，你说什么就是什么，往后我就是张跑跑。喂……你腿怎么还没好啊，要不我带你去医院吧。"

"不用去医院……今天我看你和校队打篮球了，真酷，那招叫什么啊？大家都起哄让你再来几个。"

张钊打球的时候光膀子，运动发箍现在还没摘："那个啊，名字好记，叫果冻上篮，起跳的时候不能直接用球'舔'篮筐，先做一个回收的假动作，然后球就转着出去把篮筐'舔'了。"

"可帅可帅了。"苏晓原眼里都是崇拜，"校队他们得分多，可我觉得没你打得好看。"

"你这叫个人崇拜，主观意识加分，自己朋友当然怎么都好。"张钊沾沾自喜，嗓音轻飘飘的，"我是个跑步的，篮球打不过那帮人，最多就是花球好看。等你腿好了我也教你！"

"先别教篮球，我连自行车都没学会呢。喂，你不是说……我要真瘸了就背我，我现在真瘸了，你真背啊？"

张钊一听立马蹲下："那你上来啊，我真背。"

"欸，你小心膝盖的大口子。"苏晓原轻踹他脚后跟，"我开玩笑呢，你快起来。"

"不起，你今天不让我背，我不走了。"张钊活动了几下斜方肌，"上来，感受一把你钊哥有力的肩背，摔不着你。"

"你不许摔了我啊！起来吧……哎哟！"

"怎么了？背一下就害怕啊？"

"有点儿，你太高了啊。"

"高还不好啊。"张钊有些得意，哪怕他的身高在校篮球队里刚过平均线，"等你腿好了我教你骑自行车。"

苏晓原心里暖暖的，他沉默了一会儿，说："钊哥，我想跟你说个事儿。要是……苏瘸瘸一辈子都是个瘸子，没法跟你们一起骑车打篮球，张跑跑会不会跑了啊？"

择日不如撞日，就今天吧！

"啊，什么瘸不瘸的？"

"我说，万一我真是个瘸子呢？"

"你啊？那要真是就是呗。"

"什么？"苏晓原呆若木鸡，这个纠缠折磨自己好多年的问题叫张钊说出来竟是一笔带过了，"你听懂我说什么了吗？"

"听懂了啊，你不就说万一你真是个瘸子嘛。"张钊把头往后靠，半开着玩笑，"要真瘸了就背着你呗，你钊哥这么厉害，还怕累着？"

"那我要往后走路都这么……一瘸一拐的呢？"

"那我就扶着呗。"

到苏晓原家楼下，张钊慢慢弯腰，然后蹲下，给人放下来："下来吧！到了。"

"钊哥，我必须跟你摊牌了……"苏晓原下来后刚张开口，突然看到有个穿校服的男孩儿举着一个大纸箱子，往垃圾箱那边走，一下就把纸箱扔进去了。

"小运？"没错，是苏运，苏晓原认识他的校服，"你干吗呢？"

苏运没想到正好撞上他哥，但撞上了也不认错："扔东西啊，妈说咱俩那屋太乱了让我收拾收拾，你这堆破玩意儿我就……"

"谁说是破玩意儿了！那都是……都是我的！"苏晓原很少用跑的，但这回是真的跑，姿势异常可笑又可怜，像个瘸腿的鸭子，"你怎么随便扔我东西呢！"

一切发生得太快，张钊也没想明白，只看苏晓原照直了垃圾箱的方向跑，左肩比右肩高出不少来。

"怎么了这是？怎么了！"

苏运一回头，才发觉还有一个人呢："呵，又是你啊？"

苏晓原只顾着翻垃圾箱，好在这些东西他平日都是当宝贝收着，放得很严实，扔这一下没掉出来："还好还好……东西都没丢。这要是丢了我上哪儿找回来啊！"

"都什么破玩意儿啊，你还当好东西……"苏运白了他一眼要进楼洞，猛地被人拿腿绊了一下，差点摔了个狗吃屎。

"你欺负你哥上瘾了是不是！"张钊一口热气喷在苏运脸上。

"谁欺负他了！我妈让我收拾屋子，他东西那么多，我怎么知道哪个要哪个不要！"苏运没被吓住，扯着脖子往外推人，"你松手！松不松手！"

"不松！我今天非收拾你！"张钊比苏运高，又是搞体育的，收拾他简直是小菜一碟，没费劲儿就拽过他胳膊，朝准屁股就一脚，直接把他踹地上去，"我告诉你，你哥，你自己去一中门口问问，从传达室到高三 9 班，有一个人敢站出来欺负他都算我张钊白练！还叫你给挤对了！"

苏晓原被打怕了，最怵别人动手，拉着劝："张钊你别这样，这是我弟！"

"你弟？就是你弟我才踹呢，不是你弟早打飞了！"张钊忍不下这口气，"我还是我哥的堂弟呢，我敢扔他东西吗？他就是成心欺负你！"他又看了一眼地上："这里面还有我送你的东西！"

苏运被踹倒在地，两腿生疼。他也不知道今天怎么了，看亲哥的东西就那么不顺眼，必须得扔了才能平静。现在他又被人踹了，十几年堆积的委屈与不满瞬间爆发。

"我就扔了！你能怎么着！"他才进入变声期，嗓子掺杂着一丝丝气音，"我就是看他不顺眼，你踹死我啊！这么多年他为妈做过什么，为家里做过什么，凭什么……"他想站起来，扶了一下地面又摔了："凭什么他过生日，我妈请假也飞南城去。我过生日，我妈就说请假请不下来！不就是……不就因为他扎坏了一条腿，是个残废！"

"小运！"苏晓原手里的箱子瞬间脱手，砸了他没感觉的右脚。

"都向着你，所有人都疼你，不就因为你是个瘸子，凭什么啊！"苏运狠狠抹了一把脸，不甘地哭了，"凭什么啊！妈冬天加班把腿摔了，骨折，躺两个半月她都不敢让你知道！我们搬家那么多次……你什么都不知道！不就因为你瘸了一条腿，所有人都得让着你！妈又不是故意的！"

"什么腿？"张钊在这一秒钟，想到了许多许多的事。

苏晓原走路踮脚尖儿的步态，第一天上学就摔楼梯，脚底下没根儿，走路颠颠的，下了雪就颠得更厉害。他有一只脚是外八字，不会骑自行车，上体育课从来不跑步，运动会也不参与方阵踢正步。他还有从来不穿短裤的习惯，鞋底磨损严重，他的袜子……

他还在电影院里问要是瘸了怎么办，刚才又问，原来那不是他的假设，都是真的！

"他……"张钊傻了一样看苏晓原，指着苏运，"他说你怎么了？"

"不就是个瘸子吗！"苏运坐在地上大吼，自暴自弃地砸了下地。

"你闭嘴！"张钊的反扑异常凶猛，直接将人拎起来往空地上扔。

"你打！你打啊！打断了我的腿我妈也疼疼我，有本事你打！我也当个瘸子试试！"苏运也不反抗，彻底爆发了。可张钊的暴脾气经不起挑衅，拎起包就往他身上砸。

"钊哥！"苏晓原又一次挡在了弟弟前面，和小时候一模一样，和爸爸发酒疯的时候一模一样，永远护着弟弟，"张钊，这是我弟，你要真打他了，我真生气了。"

"你！"张钊把包砸到地上，拉起了苏晓原，"跟我走，咱俩把话说清楚了。"

苏运原以为会有重物砸到身上，他下意识用手抱头，没想到什么都没发生。再抬头的时候，挡在自己前面的还是苏晓原，和记忆中如出一辙，在危险来临之际还是他这个瘦弱又瘸了一条腿的哥哥护着。

"你干什么！"苏运站起来要和张钊拼，他不懂自己为什么要站起来，可家人就是家人，其他人算是外人，"我哥凭什么跟你走！"

"小运你先回去吧，这是哥自己的事。"苏晓原拍了一把弟弟的肩，"和妈说，我晚点回家，你先上去吧，别叫妈一个人着急了。"

苏晓原记不清这一路怎么来的，就记得张钊一路骑车就到了。进屋时凯撒还兴奋地扑了他，又被张钊一把拨拉开。

"你弟刚才说的，真的假的？"张钊关上门，怕这个秘密走漏风声，心跳和呼吸乱成一团，"什么瘸子？"

"是真的，我想跟你说来着……还没来得及呢。"苏晓原往右边闪，藏着右半身不给他看，"我想说来着，结果小运就出来了。你别跟我急行吗？我承认……骗你是我不对，你别跟我急。"

苏瘸瘸真的是个小瘸子，怕张跑跑真的跑了！

07

张跑跑

Zhang Pao Pao

CHAPTER

张跑跑

CHAPTER 07

"我错了，我真是个瘸子。"

经过了最开始的震惊、愤怒，张钊冷静下来，只觉得心里难受。

"什么时候的事？还疼不疼啊？"

苏晓原摇了摇头："不疼了，挺小时候的事，我都不记得了。"

"那你不早跟我说！"张钊愤愤地说。

他见过好多腿，体特生训练时候都一起换衣服。他们是一帮特殊的学生，只要站上操场赛道，不管是田赛还是径赛，性别这些就不在意了。

没人在赛场上挑男女运动员的身材胖瘦，为了减少阻力，带内衬的运动短裤几乎是包臀的。从上初二开始，张钊几乎把一中体特生的腿看一溜够，男女都看过，无外乎都和自己一样，长，有力，泛着晒过的油光，出好些汗。

但苏晓原的腿不是那样，这是一条有缺陷的腿。该凸起来的股直肌是扁平的，该发达的腓肠肌是窄小的。他的腿又白又细，真的是筷子腿，但是，是不健康的样子。

"所以……你走路颠颠的，不是跳过舞啊？"

"没有啊……"

"开学第一天，我看你走路一颠一颠的，还外八字，就以为你是小时候跳过舞的呢。"张钊缩了缩脖子，他叫人脱的裤子，现在自己倒是很不好意思，"怎么弄的啊？不早说。"

苏晓原动了动右脚，低头承认错误："小时候发烧，我妈带我去看病，打针扎屁股上，结果针头可能扎深了，就把整条腿的神经影响了。这些年在南城也治，治到这样就是最好的结果了。所以……"

"所以你就因为这个之前才和我闹别扭，是不是？"张钊不气他骗人，反而觉得这才最可气，年轻气盛又压不住火，嗓门瞬间大不少，"你把我当什么人！"

"我没有。你听我解释……"

"我不听！就因为这么点儿事你就跟我们疏远，苏晓原你心里摸摸正，我张钊是那种人吗？我张钊……"

"哎呀，你听我说。"苏晓原知道他急了，赶紧抓他的手，踮着两只不一样的脚，"我错了还不行嘛，我现在什么都跟你招了……苏瘸瘸真的是个小瘸子，怕张跑跑真的跑了！"

"你这样干吗？"他铁着脸问，"你别以为认个错就完事儿了！"

"我跟你道歉还不成吗？"苏晓原也不知道他真急还是假的，眼睫毛跟着呼吸乱颤，"本来想瞒着不说，现在你都知道了，还不成吗？"

"我就说呢，总觉得你哪儿不对劲，闹半天就因为这个。"张钊心疼地看他，"走路疼不疼？"

苏晓原赶快摇脑袋："不疼，不疼，就是这条腿用不上劲儿，肌肉萎缩了……小学时候，走路瘸得厉害，老叫人笑话，后来我就学着装，装自己是个正常人。可再装也有装不像的地方，右脚总得踮脚尖，倒是不疼，就是容易累，我平时走路……可累可累了，你别生气了。苏瘸瘸就是苏瘸瘸，你……你还拿不拿我当兄弟？"

"是兄弟啊，我没说不是啊，我就是生气！"如果人的脑袋顶上有怒气槽，张钊的怒气值这时候绝对爆表了，"真不疼了啊？"

"以前……特别疼，疼得我站不起来，上厕所都不行。后来大姨和大姨父带我看了好些医生，我最怕的就是去医院。可我又特别想去，那种矛盾的感觉你明白吧？我知道，进了医院就得疼，可治疗完也许……就能好。"

张钊想象不出这个疼法，可受伤是体特的老朋友，估计和肌肉撕裂差不多："那你妈没找医院算账啊！他们不给你治啊！"

"找了，可找完我还是得自己治病啊。"苏晓原说话不快不慢，从被人碾过一脚的小苗活成了一株不带刺的小玫瑰，"你别气了，我都不生气。真的，你说这能怪谁啊？不怪我妈，也不怪护士，只能说该着就是我挨针。我真的谁也不怨。是……我一开始骗人是不对，我想你跑步这么厉害，肯定不会理我这种瘸子。我承认错误还不行吗，要不……我给你写个检讨书吧，400字的，写一张作文纸，800字也行。"

"我没说不理你啊，我都说了不在乎，你这人钻牛角尖吧？"张钊心中的怒气一点点消退，"张跑跑就喜欢苏瘸瘸这个朋友，你往后跟我在一起的时候不用装。在学校……你想装就装吧。还有谁知道啊？"

苏晓原往上拽着裤边："告诉薛业了，可我俩说好了谁也不可怜谁。"

"哦，他啊，他肯定不会乱说。"张钊突然对薛业多了些好感，然后又想起来一件事，"你腿不行还学自行车！"

苏晓原都无奈了，从没见过张钊这种一点就着的人："你别这么爱急，我除了走路不稳当其他都正常。我想学骑自行车，网上说腿坏了一条不耽误。我学会骑车就能跟你们一起出去了，没准儿往后我还能试试小跑，只要你别笑话我姿势难看。"

"我肯定不笑话你！"

"你不气了啊？就这么……这事就过了？"苏晓原傻乎乎地问，"你真不在意？我可是苏瘸瘸，这辈子都好不了。我将来走路都是歪着肩膀的，我……我的鞋还容易磨损，废鞋，袜子也容易破……"

"我知道啊，那有啥啊。"

"还有，你不许再打人了，我不喜欢看人打架。特别是小运，那可是我弟弟，我绝不让人碰他一下。"

"嚯，对他这么好啊。"

苏晓原理所应当地说："我是兄长，我护着他是应该的。他不对的地方我来教，谁也不能打他！"

"行行行。"

张钊这会儿忽然觉得很佩服苏晓原。他是个能跑的人，苏晓原的处境他无从想象。在这点上自己比不上他的坚强，所以啊，有时候真不能光看外表，你永远不知道外在柔弱的人是不是生命的圣斗士。

这天，张钊没和苏晓原一起走，一路骑快车，40分钟之后停在一个小区的正门口。他下了车，从乱七八糟的运动包里摸出门禁卡来。

这是他自己的家。

存车，上楼，掏钥匙。张钊有阵子没回来了，开门之后再没有那声"你还知道回来啊"，只静静的，只有他爸一个人。

"阳阳？"张平川也刚回北城没几天，放下了手里的iPad，"今天怎么回来了？"

张钊看着他爸，想不明白妈图什么。要说长相算是不错，但白长了大高个子，到哪儿都是软柿子，拎不起来。

"爸，我饿了。"张钊还没吃晚饭，直接往厨房进。他打开冰箱，再不像妈妈活着的时候，里面满当当塞着水果蔬菜或自己喜欢吃的饭菜，空得像新冰箱。

"哦……哦，爸给你做啊。"张平川和儿子差不多高，擦肩而过却没什么威严。他也不会做饭，手忙脚乱半天才找到锅，好歹能烧开一锅水。

"你会做什么啊？"张钊蹲下翻冷冻室。张钊从很小开始就不在他爸面前示弱了，再怎么委屈都不说。因为他觉得自己比爸爸厉害，有能耐，样样都好。

现在他拎出两袋速冻水饺来，指挥他爸："你也就会烧开水，煮饺子吧。咱爷儿俩一人一袋。"

"哦，行。"张平川过来拿水饺，然后就像从没做过饭似的，站在灶台边上等水开，眼睛就一直盯着锅，傻站着。

张钊看不得他爸犯傻，出来在客厅瞎溜达。屋里还是那样，没变什么，无非就是少了好多绿植。山茶啊多肉啊绿萝啊都没了，茶几上的工夫茶也没人再喝。

再有就是多了一张黑白照片，摆在餐桌上。

"回来了啊，省得你担心。"张钊哐当一屁股坐下了，靠着椅背，对着照片说道。

两盘速冻水饺端上桌，一盘 36 个。

"来，儿子，这是你的。"他把一小碟饺子醋递过去，"你爱吃甜，从来都嫌醋酸，爸给加白糖了。"

张钊现在才觉出身上酸一块疼一块，哪儿都不舒服，特别是膝盖："谢了爸，坐吧，咱爷儿俩大半年没见了吧？"

张平川坐在对面，每人 36 个大饺子。其实他长得是真像样，一张标准的男子汉脸，大高个儿，结婚时候谁都说老张家是郎才女貌。唯独夫妻俩的性格差了一大截，谁都知道老张家是老婆做主。

"嗯，爸工作也忙，没什么时间管你。"张平川夹了一个水饺，饺子煮太过，皮烂得一戳就破。他尴尬地夹着夹不起来的饺子皮，好歹给弄进碗里。

张钊直接起身，从厨房拿了两个汤匙出来："用这个，看你夹饺子费劲得慌。"

"爸不会煮饺子，下回，下回就会了。"张平川捏住汤匙的把儿，盯着儿子看了又看。

瘦了，黑了，消瘦的侧脸和孩子妈更像，不笑时候显得冷，一笑就笑开了。身高倒是和去年差不多。但他从前单纯快乐的样子再没有过，眼神里总有些和自己较劲的狠戾，像是要把自己往绝境里逼。

"别了，下回我煮吧。"张钊开始塞饺子，一口一个，嚼不到几下就开始咽，"这半年你干吗去了，妈都没了，什么生意让你这么忙啊？"

张平川也往嘴里塞了一个饺子，是猪肉白菜馅："你妈最不爱吃这个馅儿，总说没味道。我还能干吗，你爸这点儿本事你还不知道，当年要不是你妈……"

"别扯我妈，就说你自己。"张钊咬了个饺子馅儿，拼命蘸醋。他从小不吃酸，就连醋都要加白糖香油才能入口。

"阳阳。"张平川不太习惯这样聊，从前，老婆定的规矩是食不言寝不语，现在没人管又不适应，"你妈那件事，想跟爸爸谈谈吗？"

"不想。"张钊很生硬地拒绝了。他就是不想谈，不愿意，用倔强的姿态对抗现实。

"爸这大半年，连家都不敢回。前阵子还去了一趟少林寺，心里也没多平静。"张平川轻轻放下汤匙，那是一把象牙白的陶瓷勺，勺底一朵小荷花，老婆买的，"你不想提，那爸爸跟你谈，行吗？"

"不行。"张钊低下了头，拼命塞饺子。

"我和你妈妈，是大学同学，她比我高两届，迎新会的时候认识的。"张平川自顾自说起来，但每个字都是用尽了力气往外说，"你妈妈跟我说的第一句话就是，你名字谁起的啊？我说我爸给起的，因为我胆子小，老人家不图我将来怎么着，平安顺利就行。"

张钊浓眉紧皱，表情像被醋酸着了："我没兴趣啊。"

张平川回忆起来还是笑着的，汤匙搅和着醋碟子里的液体，像回到了青年时代："她是我学姐，毕业了之后我俩才联系上。你爸我确实没胆量，可有些运气，刚毕业就接了个老街改造的工程。年轻，没经验，一口气给老房子都拆了改造，结果几百户人围了我们单位，给我吓得……都不敢出来。我就想到你妈妈了，你姥爷不是有这方面关系嘛，就这么着，我俩认识了，谈起恋爱。她比我大 3 岁，好多人都劝她甩了我。"

"是，要我我也劝她甩了你。"这些张钊都听过，但都是从别人嘴里听，然后东拼西凑拼出来一个完整的故事。

"你妈妈她……"张平川明显哽了一下，继续说，"她是典型的中国式女人，任劳任怨，就是脾气大。咱家吧，你看，脏活累活其实都是她干的，可她偏偏嘴上不饶人，费力不讨好。其实我明白，她就是怕咱爷儿俩照顾不好自己。"

张钊面前的饺子只剩下半盘，可每一个是怎么吃进肚里的，他完全不记得："这饺子不好吃，下回别买了。"

张平川吃得很慢，很慢，每个都要嚼很久才咽下："你妈妈最不会包饺子，每回饺子下锅都得破半锅。她对你是严了些，管得多了些，就连你的小名阳阳都是她非要起的。我说孩子叫大钊不好吗，她说不好，必须叫阳阳。你妈妈最疼的是你，她这一走，最不放心的也肯定是你。"

"你饺子吃不吃了？"张钊故意不接这个话题，没妈的孩子，心里的疼，他扛不住，"不吃我吃了啊。"

"阳阳，你怪爸爸吧？"张平川缓慢地问，这一句话问出来他忽然像老了好几岁，眼神变得很暗淡。

"我怪你干吗啊，大忙人。"张钊一个劲地塞，胃变成了无底洞，怎么填都填不满空出的那一块，"我妈她那个病突然……突然就……"

他说不下去了，嗓子噎着好多话也说不下去了，就这么夹着一个大饺子，看着他爸。张平川也不说话了，但他能看出来，儿子想说什么，想骂什么，想骂谁。

那个病来得突然——急性心肌梗死，他妈直接倒在家里，就这个客厅中间。家里两个男人哪个都不在身边，一个在外地谈事，一个在哈市冬训。

那一年张钊高一。

等张平川赶回北城，儿子也在回程的途中，可谁也没见着她最后一面。

之后的每个晚上，俩人都在思索同一个问题。要是家里有人呢，不管是哪个，万一有人是不是就能把人救回来？她走的时候，会不会恨老公和儿子，还是说没有恨，只有不放心和不舍得。

毕竟这个家一直是她当家，她撒手一走，谁来管他们爷儿俩啊。

"你妈妈……"张平川的声音狠狠颤了一下，"你妈妈走的时候眼睛都没闭上，她肯定是怪我。"

"闭嘴啊！"张钊的爆发毫无前兆，他只是扔了个汤匙，可碎声响得吓人，"我不想听你说这个！你有什么生意就那么重要，早不走晚不走，偏偏等我冬训的时候出门！你……你就不能缓几天？你说，什么生意能重过我妈！你说啊！你说啊！"

张平川不动气，听儿子骂这些，他真的不生气。父子连心，儿子怎么想他明明白白，这根本不是气他呢，全是在气自己。

否则他不会放弃练了4年的长跑，再也不提哈市。

张钊的眼泪不争气地往下流，他抹了一把不值钱的泪珠，指着张平川质问："你说我妈没闭眼，废话！她没见着咱俩她能闭眼吗！我……我……"

"先吃完再骂吧。"张平川把自己的汤匙给了儿子，"你妈啊，最不会包饺子，回回包，回回都是破的。要不然饺子皮就特别厚，馅儿煮烂了，皮都不熟。"

张钊像一个全副武装的刺头，从牙齿到脚跟都是盔甲，但唯独听不得这些，疼得他丢盔弃甲没地方躲。他真不恨他爸，道理自己都懂，不做生意家里哪来的钱，谁又有未卜先知的能力，知道那几天就是妈妈的大限？知道那句再见就是再也不见，阴阳两隔了？

他后悔的是自己怎么偏偏也不在家，怎么就不在家，作为这个家里唯一的孩子，怎么就偏偏不在家！

他妈妈这个人，和大多数的家长一样，一边做好事一边碎嘴唠叨，批评人的时候能把张钊烦自闭了。别人都笑话他爸，说张平川你惧内啊，怕老婆，可张钊真没因为这点看不上他爸过。

男人对自己媳妇儿认尿，那能叫惧内吗？不叫吧，那叫喜欢，叫爱，叫我乐意。

他也见过爸爸谈生意的样子，照样是谈吐从容、不卑不亢，怎么偏偏回家就变成软柿子呢？还不是因为他喜欢这个女人，他乐意，他心里美着呢。

久而久之张钊也变成了他爸那样，不跟家里的女主人多计较。妈妈愿意唠叨就唠叨吧，三口之家就她一个女人，不宠她宠谁。可就是这么一个被宠惯了的女人，临走时家里却没有人。

她爱的，爱她的，全都不在。她能闭得上眼睛吗？闭不上的。

张钊经常回想，妈妈咽最后一口气的时候自己在干吗呢？是在哈市，在跑步，在和队员左拥右抱庆祝成绩。所以他再也不想回忆那段时光，宁愿把跑步这个梦和妈妈一起下葬。

"你妈是这个家的主心骨，往后……轮到爸当家了，做的不如你妈妈好，别生气啊。"张平川的眼泪是从眼角滴出来的，特别大的一滴，啪嗒砸在桌面上。

张钊还是一个动作，往嘴里塞饺子："爸，你想我妈吗？"

这问题他自己都不敢琢磨，可他非要问张平川。

张平川揉了一把眼睛，他还没到老泪纵横的年纪，可泪水都浑浊了："天天都想。你呢？"

"还行吧。"张钊轻轻地说，他不爱用汤匙，可筷子又夹不起来，干脆用手抓。

他一直抓到盘子里就剩最后两个饺子："爸，我想我妈，怎么办？"

张平川用手抓了最后一个："吃吧，你妈最不放心的就是你，往后爸当家，让你妈省点心。你好好跑步，别跟自己较劲了，好好吃饭。"

"嗯。"张钊终于把36个饺子吃光了。能哭着吃完饭的人，人生中大概再没什么事能将他们击败。

晚上，张钊还是回了堂哥那里。张扬记得今天是什么日子，也没像平时那样和张钊开玩笑。两个人都静悄悄的，忽然外面响起了敲门声。

"你怎么来了！"张钊打开门，门口居然站着苏晓原，"你不会闹离家出走了吧？"

"你胡说，我才不离家出走呢。"苏晓原一脸担忧的笑容，两个小小的酒窝嵌在脸蛋上，"我和我妈说，同学家里出事，心情不好，我陪他住几天。再有……我弟也和我闹冷战呢。"

"你上我家躲着来啊？"张钊弯腰拿起他的包，巨沉，"也是，家里有个人冷战太影响心情了，我下回教育他。"

"也不全是，我不怕他跟我闹，问题不大。主要是，苏瘸瘸怕张跑跑心情不好，就想来陪着。"

张钊带苏晓原去客卧收拾东西："你包里都是什么啊，这么重。"打开一看，除了苏晓原的练习册，几件换洗衣服，还有一大堆零食。

苏晓原说："零食是给你的，我和何安、昌子我们仨一块儿去买的，不知道你爱吃哪种，每样都买了。"

张钊站在床边，看着一床琳琅满目的零食。

有进口的，有国产的，光巧克力都不少种。他书包有多大？装4个满气的篮球没问题。可苏晓原这个小瘸子偏偏犯傻，背着那么沉的大书包，给他拎了一大包零食来。

这一包，比他一年吃的还多。

"你们跑了好多地方买吧？"张钊觉得眼眶发热。

"我们也不知道你爱吃哪个……那天知道了你家里的事，我心里不好受，做梦都是你为我和小运吵架，还有……你妈妈的事。"

这个张钊心里最痛："唉，你放心，你钊哥没那么脆弱。"

张钊不愿意在这问题上说太多，他接受不了母亲的骤然离世，但并不觉得自己最苦。世界上那么多人呢，谁都有一份苦，也没人天天喊。

苏晓原摸他头发，像摸凯撒，给他顺着毛："你不脆，我也不脆，除了这条腿不行，我和普通男生一样，我比你还大 1 岁呢。"

张钊心里酸得像没成熟的青杏。他自以为的坚强在苏晓原面前都是虚的，原来这世界上最强大的力量不是蛮横有力、横冲直撞，是温柔。

那是能化开一切的温柔，势不可挡，所向披靡。

张钊揉了揉鼻子，感觉做了一回小孩子："该复习了吧？"

苏晓原看看表："嗯，明天一模，还剩最后 3 个月，然后……"

"然后就该高考了，我知道。"张钊站起来收拾桌子，准备给他腾地方。

"不是，然后你就该过生日了，傻瓜。钊哥，阿姨走了，往后有我们，我们替她疼你。"

张扬回家的时候敲门没人应，拿钥匙打开门见堂弟在做单手俯卧撑，一手背后，两条绷直的小腿轻微打战。

张钊听见敲门了，但他数着数，不能断。做完最后几个，他改为正坐，一边调整呼吸一边压左小腿。

"什么时候比赛啊？"张扬拿了一瓶橙汁过来，"腿伤能好吗？"

"苏晓原复习呢，你小声点儿！就你大嗓门是吧？"

"不是，我怎么就大嗓门了？"要不是比赛在即，张扬真想踹他，交到一个学霸朋友嘚瑟个没完，好像他也考年级第一了似的，"我问你哪天，用不用送你去？"

"这周日，不用送啊，又不是第一回。"张钊说的是最后一次获得国家二级运动员资格的市级比赛，有国家级裁判在场才作数，他去年就该上了，整整晚一年，"正式比赛前不宜多练，这几天我也就练练基础体能吧，比赛前两天就正式歇了。"

堂弟的实力张扬还是相信的，要不是小姑的事，他兴许能拼上一级运动员。

"这回……不只是二级，你得要名次吧？"

"嗯，我要考北体大，体育成绩得上 90 分，明天一模再看文化课吧。"张钊揉了揉小腿，一身的汗，"我去洗澡了啊，你要看电视就静音。苏晓原可是考清华北大的料，耽误了我跟你急。"

"去吧去吧。"张扬烦死他了，恨不能换个弟弟。就换小光吧，带在身边永远叫人省心。

晚上张钊爬起来喝水，一看客房竟然还亮着灯，再一看表都快凌晨一点。这张钊就很困扰了，怎么，学霸都不用睡觉啊？

"差不多了吧？"张钊推门进去，那人像个雕塑一样，小片儿身体标准坐姿，手里握着仙鹤钢笔，头也不抬一下。

"啊？"苏晓原的眼神茫然了一瞬，面前是两套数学模拟卷，"几点了？"

"一点了，灰姑娘都回家了，你怎么还不困啊？"张钊的数学基本上放弃了，只要能考 75 分就是胜利，所以他看 1 班的卷子如同看天书，"你写这么多不累啊？给，喝牛奶，杏仁味的。我妈以前老给我买，不甜。"

苏晓原接过来抿一口："嗯……好喝，你喝没喝啊？"

一副心不在焉的样子，张钊就知道他心思没在休息上："我喝了。我能跟你商量一下吗，虽然你是个学霸，但也不能一高兴就写两套卷子。要不先去洗澡，洗完了再看。"

"嗯。"苏晓原的眼睛始终不离开试卷。

"嗯什么啊，快去。"张钊揉他的小脑袋，"知道这里头都是知识，上回月考数学 148 分，英语 142，厉害到家了。"

"嘿嘿，还行吧。"苏晓原像小猫似的，"咱们是文科生，语文和文综弹性大。我唯一能和别人拉开距离的就是数学和英语。我考数学的标准是只允许自己在最后一道大题的最后一问丢分，前面的都当基础题做。"

"我唯一能和别人拉开距离的大概就是交卷速度。"张钊笑了一下。

学霸的世界什么样，张钊不懂。但他从苏晓原身上能瞥到一角。那也是个刀光剑影的残酷江湖，武器是笔，内功是知识储备量。你有绝技凌波微步，我自有轻功水上漂，须臾之间分胜负，武林盟主就只有那么一个。

苏晓原，大概在那个江湖里是位肆意驰骋的清秀少侠吧。他剑过留名，安静沉稳，即便不能登顶也不是凡夫俗子能过上三招的。他身上有光，甚至比光还亮，叫张钊这个野孩子不自觉想变好，变厉害，把他从自我放逐的边缘生生扯回正轨，让他想继续往前跑，大步地跑。

为时两天的一模很快过去，周五出分。文科年级第一仍旧是苏晓原稳坐，总分 696 分。张钊得知这个消息的时候整个人呆若木鸡，几乎不敢相信。

696 分，比他高出一倍不止！张钊看着自己总分 301 的一模卷子，陷入了沉思。

但时间并没有留给他沉思的机会，转眼到了周日。比赛前 3 天张钊的基础训练也缓缓停了，膝盖的大口子勉强结痂。

"钊哥，有信心吗？"陶文昌陪着两个兄弟到比赛规定学校，身后还跟着一个瘸瘸的苏晓原，"你的好兄弟可是696，不拿个市级前三你说不过去吧？"

"万一有省队的我脸往哪儿放？"张钊小心地活动脚腕，校门内就是体特生云集的比赛考场。校门外站满一圈家长，每个都伸着脖子往里看，气氛怪紧张的。

"钊哥，你和何安加油，你俩肯定没问题。"苏晓原执意跟着来，一来他倒先紧张了，什么忙都帮不上，"何安你也加油，我昨晚做梦梦见你俩都过了！"

张钊拿出一股自豪劲儿说："来吧，兄弟，给哥们儿加个油。"

"来！加油！"何安带头伸手，四个人的手掌一个摞一个叠起来，"一、二、三！"

"加油！加油！加油！"四人齐喊。

"等我啊！等我！"喊完之后，张钊拎着运动包朝通往北体大的校门小跑，带着何安同时朝警卫亮出勋章般的参赛证。

该自己冲了，这是自己的江湖！张钊看了一眼蓝天，和运动会那天差不多，真好。

四

"昌子，这得多久才出来啊？里边是不是好多人？裁判特别严格吧？"

陶文昌早就是国二水平，不参加比赛。他看了看手机说："是，挺长时间的呢，要不咱俩找个麦记等着吧，我请你吃快乐儿童餐。"

苏晓原嘴巴一抿，肚子确实饿了。别看他瘦，人还是挺能吃的。早上那几口豆浆油条早消化没了："那咱俩去吧，我请你，而且儿童套餐我吃不饱……你们和我一起吃午饭没发现吗，我饭量大着呢。"

这点陶文昌早看出来了。苏晓原就是个不长肉的体质，但论饭量，大概能有两个女生那么多："别啊，我请。"

苏晓原在这方面不亏待自己，饿了就想找吃的："那咱们走吧，比赛是不是手机也没收啊？"

"肯定收,你放心吧,钊哥运动会的成绩已经把国二拿下了。这回啊,他是要冲名次。"陶文昌带着苏晓原过马路，像带着一个小朋友。

到了麦记，苏晓原端着托盘找好座位，饭量比陶文昌还大。

"哟,你还真是挺能吃啊,能量都去大脑了吧？"陶文昌只要了一份巨无霸套餐，搞体育不能胡吃海塞。苏晓原除了巨无霸套餐还有双吉汉堡、炸鸡、菠萝派、冰激凌，薯条和可乐也是加大的。

苏晓原撕开番茄酱包，一紧张弄得满手都是："你别笑话我,我从小饭量就大，吸收不好所以不长肉。而且我紧张,我一紧张就想多吃，什么都想吃。"

"多吃好啊，就你这点儿饭量又吃不穷我。"陶文昌看他往嘴里塞汉堡很想笑，那么小的一张嘴，吃这么多，"不够我再买去，可得把你照顾好了。"

"谢谢啊,昌子你真好。"苏晓原两只手举着巨无霸，先吃肉，"你们仨对我真好，等体考完我请你们吃顿好的！"

"哎,自家兄弟，什么请不请的。"陶文昌吸着冰可乐说。

"你的钱还是省着吧，还有别的地方用钱呢。"苏晓原紧张起来不仅爱吃，还话多，"钊哥说，你有个很要好的校外朋友。"

陶文昌吸可乐的节奏一下断了，挺尴尬地挠了挠眉峰，慢悠悠地叹气："唉……掰了。"

"啊？"苏晓原吓得汉堡都要掉了，"对……对不起啊……我不是故意提这个，钊哥他没告诉我。"

"不赖你俩，这事我谁都没说。"陶文昌提起来还很忧郁，"就前几天的事。"

苏晓原吃一口，抿一下嘴，还把菜叶子挑出去："哦……是不是……有误会啊？"

"没误会。"陶文昌给他拿纸巾，"就……唉，不提了，反正难受劲儿都过了……"

苏晓原边吃边听着，心里翻江倒海。昌子的这些事，他还没经历过呢。

"你别难过啊……"这口汉堡咽不下去了，苏晓原怪自己多嘴，"你别难过了，要不……要不我说个惨事，让你高兴高兴？"

"你能有什么惨的啊？都 696 了。"陶文昌好奇地问。

"我有个秘密。"苏晓原终于把汉堡里的肉啃完了，开始对付面包，"昌子，其实我最近不是装瘸，我这条腿……"他往前伸了伸右腿："我是真瘸。小时候打针扎坏了，影响走路，从前是装的，现在才是真的。"

这么大的秘密告诉昌子，苏晓原准备迎接对方的惊讶和连续的追问。可他没想到的是，陶文昌只是沉默，并没有多话。

"怎么了？吓着了啊？"苏晓原慌了，这人怎么没反应呢，他是不是看不起自己了？

"唉。"陶文昌今天叹气格外多，"我看出来了，就是没提。不想你自己看得开，直接说了。"

"啊？看出来？"苏晓原惊讶了，紧接着追问，"怎么看出来的？是我走路姿势不对还是……"

陶文昌摇了摇头："因为看张钊啊。你就摔了一下，腿能有什么伤，至于瘸这么多天？要真严重他早带你看病去了。钊哥那个人啊心很细的，为什么老队员喜欢他，不待见祝杰，就是因为他会照顾新人。谁容易低血糖，谁有什么旧伤，他心里记得清清楚楚，拉出去集训安排得明明白白。队里都受过他照顾。我看他对你的这份照顾，那份在意劲儿……就猜你腿肯定有事。"

"哦，这样啊，别人看不出来就好。"苏晓原吓得不轻，开始吃薯条。

陶文昌觉得他好玩儿，特可爱，可惜和自己性别一样："欸，问你，你觉得钊哥这人怎么样？"

这么多年，苏景龙简直是家里摆脱不开的噩梦。

08

苏景龙
Su Jinglong

CHAPTER

苏景龙

CHAPTER 08

　　此刻，离张钊他们比赛的学校不远处一家快餐店里，苏晓原一边把薯条戳番茄酱里搅和，一边跟昌子聊钊哥："你问我这个干吗……就是，体育生都大大咧咧的……"

　　俩人这顿饭吃到下午三点，等张钊一个电话呼唤才从麦记离开。等他们赶到，张钊已经在校门口等着了。

　　"怎么样啊！"苏晓原冲过马路，抓住张钊的胳膊问，"过了吗？"

　　张钊龇牙咧嘴地喘气，膝盖的伤还是撕裂了："能不过嘛，多余问。你该问名次怎么样。"

　　"名次怎么样啊？"这回苏晓原没反驳，"你快告诉我吧，急死了。"

　　"牛着呢，15 分 39 秒，有名次！稳了！就等体考！"

　　"真的啊！"苏晓原也不懂这个稳有多稳，高兴得跳了一小下。

　　"厉害啊。"陶文昌听了也高兴得想蹦，体特圈的成绩他明白，高中男子 5000 米最快纪录 15 分 20 秒，直接被复旦给收了，"何安呢！他人呢？"

　　"马上出来吧，我刚才看见他拿表了。"张钊把长而有力的胳膊搭在苏晓原肩上。说实在话，跑步全过程他都忘了，可那种为了一个目标拼成绩的感觉，这辈子难忘。

　　这种感觉是志在远方的呐喊，冲线瞬间，国家级裁判在意的是他的成绩，可张钊心底清楚他志不在此。他的志被拉得很高，是寒冬还没过去就迫不及待冒尖的芽，要往夏天最高的那一株靠近。

等一场属于他的盛夏，再开花，再结果实。

何安出来的时候，人山人海的家长们已经走得差不多了。张钊瘸着跳过去，一把呼上他的肩膀，想问又不敢开口。

冲了那么多次，这回行吗？

"钊哥。"何安累得脸通红，在 3 月中旬的凉风里笑得憨厚，"我……"

"怎么样？"陶文昌也不敢问，只帮他拿过了包。

何安很久不知道哭是什么滋味了，大概是因为流泪对自己的家境毫无帮助，从很小的时候，泪腺这个玩意就没用了。被人骂穷光蛋他没哭，被同学诬陷偷东西没哭，被比特犬的主人逼迫还钱也没哭，脖子底下撕掉一大块皮也没哭，可现在他想哭。

"过了，我！"他抹了一把眼泪，"我！能参加体考了！"

张钊愣了几秒，朝蓝天喊出一句"厉害"，而后三个人抱成一团，在马路牙子上一起跳。

何安冲过了国二线，不仅是他一个人的事，而且成了一中体育生里的大喜事。直到几天过去，苏晓原还沉浸在这股兴奋里，每天都要和张钊叨叨几遍。

"何安和你的成绩都交上去了吧？"苏晓原骑着小绿，稳稳当当的，"交上去就好，赶紧批准就行了。"

之所以骑得稳是因为张钊在后头扶着："你都问了多少遍了……小心啊，前头有个减震带。你小心点儿！"

"你扶着我还怕什么啊？"苏晓原头也不回地说，维持车把的平衡，"你俩这个事落定了我可高兴了。"

"你慢点儿骑！"张钊很后悔让他学骑车，简直就是个马路杀手，"你再骑这么猛我就不教你了啊！"

苏晓原一听这个立马不敢踩了，还以为张钊来真的："好啦，我慢慢骑，你别生气。再说苏瘸瘸就想学个自行车，你要是不教了，谁管我啊……"

张钊受不了他装可怜，明明知道是装的："行行行，你说什么就是什么。接着骑吧，给你扶着呢。"

"那你可扶好啦，我现在找到平衡感了。咱俩先回一趟我家，拿几套衣服。"

苏家住得近，没骑多远就到了。张钊扶稳车身，好让苏晓原下来，一个很熟悉又很欠打的男生闯进他视线范围，好像是准备拿快递。

"小运？"苏晓原跳下车，挡在张钊前头，怕他打自己弟弟。

"你还知道回来啊？"苏运上来语气就不善。

"你怎么说话呢！"张钊一直想收拾这小子，可算逮着机会了，择日不如撞日，那就来吧。

"干吗！"苏运有种莫名的自信，只要他哥在，没人能收拾他。

"不干吗，我今天心情好，请你吃饭。"张钊揽住他的肩往外走，外人看是哥们儿，但只有苏运知道他肩上的胳膊用了多少力气。

摆明就是个强迫的态度，这顿饭不吃不行。

苏家离一中很近，仨人转弯溜达到叶师傅炒面馆。张钊和老板老叶很熟，一进屋先找桌子。

"叶叔儿，三份炒面啊，多加大蒜和肉丝！"屋里没什么人，张钊拎着三个小马扎，直接去了最里的桌子，"就这个吧，坐，还是喝红牛吧？"

苏晓原在身后步步紧追，怕他一个没忍住和弟弟动手："喝什么都行，你坐最里头吧，我在外头挨着小运。"

"烦不烦啊？"苏运几乎是被拎着脖子提过来的。比起张钊教他哥骑自行车，他更惊讶的是那个最怕外人知道自己是瘸子的哥哥，居然不装了。

"小运你少说几句，先坐。"苏晓原和张钊坐对面，看他气势压人，"钊哥你可别再打他了，我家已经有一个瘸的，不能再有第二个。"

张钊拉开校服拉链，还真没想动手。"不打，我要真想打他就不当着你的面了，再吓着你。"说完他往矮桌上码了三听红牛，"喝，我跟你弟谈谈。"

"我没想跟你谈啊。"苏运上初三，面对一个高三生的威胁显得没什么底气，"这什么破玩意儿，红牛啊？不喝，我不喝这个。"

"你爱喝不喝，叶叔儿这店十几年了，靠的就是一中一届一届的体特生下练后来吃饭养起来的，没别的饮料，就只有红牛。"张钊骗他呢，纯粹是想收拾他，"你喝不喝？"

苏运看看他哥，并没有要帮自己说话的意思，只好说："凑合喝呗，破玩意儿。"

"就你有嘴是吧？"张钊的腿很长，又有伤不能弯，直接伸到苏晓原身边去，"你弟说话这么欠，从小到大挨过打吗？"

"啊？挨打？"苏晓原摇了摇头。要说这个问题，小运还真没挨过打。小时候，爸爸喝醉了，拳打脚踢是自己挡着的，后来爸妈离婚，小运跟着妈妈长大肯定连一指头都没挨过。可他很清楚弟弟的毛病，嘴不饶人。

这点刻薄很随父亲，说话像拿刀子捅人，同学关系也不是很好。

"你要说他就说吧，别动手就行，谁也不能打他。"苏晓原自己是管不了的，希望张钊能把小运这毛病改了。

"我肯定得说，这也就是你弟弟。但凡他和你没有血缘关系，这顿暴揍跑不了。"张钊正说着，炒面好了，他跑去拿了三个盘子回来，一坐下先剥起大蒜来，"给，吃！"

苏运看他哥伸手拿蒜了，再一次特别惊讶。这还是他哥吗？那个手不能提又没朋友的瘸子，居然和张钊这种流氓气的学生混在一起，还吃大蒜。

"你的，吃！"张钊啪的一下，把蒜拍给苏运。

"我不吃大蒜，恶心。"苏运又来劲了，"谁在外头吃蒜啊！"

张钊爱吃葱姜蒜，苏晓原虽然不在北城长大，可味蕾还记得这些味道。

吃烤冷面的时候，经常是俩人面对面，用手抓着吃，洋葱大蒜什么都有，吃得别提多开心了。

谁也没嫌弃谁嘴里有味，大不了刷牙吃口香糖。

张钊不动筷子，直愣愣盯着他，往狠了盯："我再说一遍，你吃，还是不吃？"

苏运又看他哥，他哥已经在小口抿着吃炒面了。这才明白现在没人护着自己了，不情不愿把蒜瓣放在面里。唉，不就是大蒜嘛，自己在家又不是没吃过。

张钊连饿带气，筷子卷个卷儿，往嘴里送了一大口炒面："我告诉你，我现在不揍，不等于以后也不揍你。今天是你哥在，往后真动手了我不当着他。你别来劲。"

"谁来劲了，再说我哪句话说错了？"苏运挑起一根面条，"他本身就是瘸子，我哪个字说错了？"

"咣当"一下！苏运旁边的小马扎飞了，直接撞到身后墙上。从角度上分析，是张钊。

"就你有嘴是吧？"张钊仗着腿长的优势，小矮桌也拦不住他踹人。

"关你什么事啊！"苏运到底小 3 岁，气势没那么冲，这才明白平时哥哥多少是让着自己了。

苏晓原咬了一瓣蒜，吃蒜都秀气得不行："钊哥你别生气……"

嘿，苏运的底气顿时回来了，看吧，一家人就是一家人，关键时刻还得是我哥，你吓唬我他就骂你。

"你的腿伤还没好呢，4 月 10 号体考。"谁料苏晓原根本没想替弟弟说情，因为小运欠管教。再不教训，将来他太随爸爸，上了高中、大学，进了社会，不会再有人像自己这样护着他的。

"嗯，你说什么就是什么，没气。"张钊从小仙鹤的眼神中看到一丝讯息，教育弟弟的大权现在交给自己了，"苏运是吧，我告诉你为什么我护着你哥，单纯是因为你太欠了。"

"小子你千万别惹我。"张钊都想拿筷子戳他脑门儿了，"你哥的腿怎么回事，你不知道？你妈妈为什么偏疼他，你不清楚？非戳人痛处是吧。我今天就给你上一课，戳人痛处不叫开玩笑，叫装傻充愣蓄意伤人，你伤害到你哥了，我没按着你道歉就算便宜你了！"

苏运不说话了，瞪了张钊一眼。道理他都明白，就是单纯想挤对他哥。

"瞪什么瞪！"张钊更气了，直接放话，"警告你，往后你哥回家了，你要是再来这套，钊哥亲自教你做人！听见没有！"

"嗯。"苏运夹着胳膊吃面，怎么都想不通，自己弱不禁风的哥和这种人能成为朋友。

"小运，你喝口红牛吧，这……挺好喝的。"苏晓原是想让张钊来管弟弟，但他忘了张钊当初是怎么帮何安解决问题的。他不智取，他是硬来，唯一会用的招数就是威逼恐吓。

于是他就有些不忍心了。毕竟他不是张钊，心软如桃心酥，白白软软很好捏的样子，谁都想来欺负一下。

"我不喝，你自己喝吧。"苏运不接，抬头正对上张钊虎视眈眈的眼神。

"谢谢啊。"这回他认输了，大概是被张钊踹地上一回，看过他抢包的架势。

苏晓原还当自己的用心感动了弟弟，不计前嫌地说："不谢，咱俩是兄弟，往后注意就行。其实张钊这个人不坏，你也不用多怕他。有哥在，没人能动你。"

不坏？苏运表示深度怀疑。

"他是体特生，国家二级运动员，运动健将。"既然仨人坐一起吃饭，苏晓原想给张钊拉好感度，"体特你知道吗？他们……"

"知道，一帮不好好学习的，成天在操场上瞎练，最看不上他们。"苏运一句话给他哥的好意打断了。

"我发现你臭小子是欠抽。"张钊的右腿快按捺不住了，突然门口有人叫他，他一回头，居然是蒋岚。

"师父你吃饭呢？"蒋岚刚下练，带着几个队员来吃晚饭，"咦，原原也在啊！"

"你练完啦？"苏晓原擦擦嘴，赶快做介绍，"这个是我弟弟，亲的，叫苏运。小运，这个是蒋岚，我们一中高中女子田径队的队长，厉害着呢。"

"跑步的，有什么可厉害的。"苏运没好气地一瞄，瞄到了一双非常犀利的眼睛。突然间，他觉得和人家好像见过，刻薄的嘴什么都不会说了。

吃完这顿，三人一起回到苏晓原家楼下。苏运还在思考刚才那个女生，同时在一层快递存放点找箱子。

"找什么呢？哥帮你。"

苏晓原低头找快递："哎呀，是这个吧？咱妈订了个大烤箱！"

苏运过来一瞧，还真是烤箱。非常大的一个纸箱子。

"你妈妈还会用这个啊？"张钊琢磨，"我来吧，帮你扛上去。"

苏晓原眼里都是崇拜，这么沉的箱子，说扛就扛了，可他迈一节台阶就得停一下。

"妈不会，但小运爱吃点心，肯定是妈想给他做。小运你看，妈也疼你，你的话她都记在心里。"

"我又没说她不疼我。"

23 天后是二模，二模后过两天是张钊体考，时间紧迫。可对苏晓原而言最紧张的不是考试，而是自己这条腿。

　　3 月和 4 月是每年最容易犯腿疼的时候，疼起来半边身子都是冰的。

　　"嘶……"苏晓原一进屋便坐下了，揉着大腿抽气。看不出他是热还是冷，脸色有些苍白，可又热到冒汗。

　　"怎么了？"张钊赶紧蹲下，他见过各种伤，对疼痛的反应很熟悉，心里有个可怕的预感，"你这腿……不是每年都疼吧？"

　　"啊？你看出来了？"苏晓原不想给任何人添麻烦。

　　张钊心细，老队员的伤记得清清楚楚，更何况一个苏晓原："因为这半个月你走路格外慢，右脚不敢沾地，我就猜到你腿疼。"

　　苏晓原的心莫名颤了颤，抿着忍痛的嘴也弯了弯。原来自己根本什么都瞒不住。

　　"也不是很疼，主要是冷，不回血似的。"

　　"这好办……家里存着药酒，先泡热了脚再擦足三里。"张钊是体特生，受伤是常事，横行霸道又很暖男地说，"来，我给你擦。"

　　"啊？不用了钊哥，我自己来！"

　　转眼，19 天过去，体考就在张钊的腿伤没好利落的时候来了。这天苏晓原特意请了半天假，跟着张扬一起来。

　　这回没有陶文昌陪伴，苏晓原坐在张扬的车里等着，除了他还有小光哥。

　　"三哥我刚才还想问呢，你是不是换车了啊？"杨光执意要跟着一起来，东摸西瞧。

　　张扬在驾驶座，翘着脚听歌，丝毫不着急堂弟的考试。倒是苏晓原，在后座扭来扭去，两只手扒在玻璃上，眼巴巴看着校门口有没有人出来。

"这辆是我爸的，不开辆大车来，你以为那仨体特生坐得下啊？"张扬往后瞥了一眼，见这车是七人座的商务车，"除了人，还有那仨的东西呢。"

苏晓原抱着书包，里头是今天1班发的二模冲刺试卷和给张钊买的零食大礼包："是，他们仨高，要都是我这样的，一辆车也就坐下了。"

杨光想了想，还真是。那三个没有一个身高是1米85以下的，又都练过，光体格就不容小觑："唉，我要是再长一年，能长到他们那么高就行，或者长到三哥你这么高。"

"长这么高干吗？傻大傻大的，现在挺合适了。"张扬放下手机，弹了一下杨光的耳朵。

车窗外是焦急等待的家长们，苏晓原被这股情绪感染，担忧万分："要不，我去校门口等着吧，这个时间应该已经出来了，都晚半小时了，怎么还没动静？"

"你别急，我弟他体考必上90，放心。"张扬正说着，就看他弟瘸着出来了，身后是昌子和何安。

出来之后，仨体特生就在门口傻傻站着，左顾右盼，找不到被家长挡住的张扬的车了。

张扬赶紧拿起手机打电话："别找了，往南走100米，我都看见你们了！"

半分钟之后车门打开，钻进来的是陶文昌："谢谢哥啊，等久了吧！"然后是何安，最后才是张钊，上来就抓了一把苏晓原的头发。

"别闹！"苏晓原往后躲。

"你有完没完？"张扬怒了，"别欺负同学啊。"

"我这不是高兴嘛！"张钊又一次把腿伤撕裂了，没办法，谁让他伤得不是时候，基础考试那几项，光一个立定跳远就够受的，"哥，我这回必上北体大！我要考上北体大了，你上回说的那奖励还算数吗？"

张扬的声音不屑一顾地砸过来："看吧，你先上了再说。你俩考得怎么样？"

"还行，我……"何安老实，不敢说大话，可眉梢挂着喜悦，"我挺满意的！"

陶文昌就很嘚瑟了："一般般吧。下面就看文化课了，只要成绩别太次，基本上哥们儿也拿得出手。"

"行，我也算看着你们仨长大的。"张扬只比他们大两岁，却总一副大哥的气派，"得了，这件事尘埃落定，就等着你们四个金榜题名，我这一年可累死了。晚上想吃什么，哥请客。"

张钊这时候已经啃上了巧克力，旁边还有一听刚打开的饮料，还有小白手给扇扇子："吃麦记行吗？我好久没吃过垃圾食品了。"

"想得美！控制热量你听不懂啊！"张扬一脚油门踩了出去。

5天之后，令人异常紧张的二模来了。二模比一模的题目偏，这似乎已经成了历届传统。

两天之后出分，苏晓原仍旧以678的高分稳居文科年级第一，甩了邱晨25分。

张钊看着自己267的总分……唉，叹气。

两人一路聊着考试题目回家，苏晓原正给张钊讲一道数学题，却不想一眼望见了一个自己这辈子最想忘记的人。

"……爸？"苏晓原头皮紧绷，第一反应是恐惧，右腿忍不住发抖。一瞬间所有记忆都回来了，争先恐后往眼前挤。妈妈带着他们搬家无数次，终于还是逃不开。

"什么，你说什么？"张钊一下没听懂，接着才看见几米之外的男人，不看还好，一看立马明了。无论是五官轮廓还是眉骨高低，和苏晓原家里那个不省心的弟弟一个样子。

但叫张钊没想到的是，苏晓原的父亲并没有想象中的落魄，反而很有气度。除了苍白的脸和阴郁的眼神，大抵上可以看作是一位不失风度的中年男人。

还以为又酗酒又家暴的男人会面相不好呢，真是不可捉摸。

"是……原原吗？"苏景龙正盯着楼洞，回身与自行车上的两个高中生打了个照面。大儿子去南城那年刚好上小学，虽然十几年没见，可这张脸他不会认错。他有双和他妈差不多的杏眼，圆圆的脸，还有这下车不利落的腿脚。

对了，大儿子是个瘸子。

苏景龙喜出望外地过来，活像寻亲成功的单身父亲，就差一个热泪盈眶："我就知道！你妈果然带你们搬到这儿了，她就是见不得咱们父子相见！果然你们搬到这儿来了！果然找着你们了！"

苏晓原不自觉地打了个冷战，果然，这两个字轻易地宣布了妈妈最后一次搬家的失败。

"这你爸？"张钊架好了车，上地锁，轻轻抚了一把苏晓原的后背。

有点抖。

"啊，是，我爸。"上一秒的大学幻想多美好，这一秒的现实就有多残酷。不经历家暴的孩子是不懂这种残酷的，一而再，再而三被父亲找到，哪怕那段回忆停留在孩童时期，长大想起来仍旧是个冰窟窿，里头是要命的绝望。

叫天天不应，叫地地不灵。

"他叫什么啊？"张钊对面前的男人有强烈的抵触心理，站在车边冷声问，不是很客气，"怎么称呼他？"

苏晓原的换气声音微微不顺："姓……姓苏，苏景龙。别看他，咱俩低头装没看见……"

装没看见？这不可能吧，人都堵在眼前了。张钊慢慢地挽着校服袖口，露出铁打的小臂，根本没打算走。

"嚯，是顶着一张人皮啊。你要不说你爸家暴，我都看不出来他是个酗酒的人渣。"

"别理他，咱俩低头快走！"苏晓原拉了拉张钊的书包带，"快走吧……"

"原原！"苏景龙费了九牛二虎之力才找过来，直接撞见大儿子，怎么可能让他走，"你听爸说，陈琴那个女人又带你们搬家了，就是为了不让我找到你们！你俩是我亲儿子，她一个女人凭哪条不让老子见儿子！"

"欸，你谁啊！"张钊二话不说先挡在中间，"有话好好说，少动手动脚！"

苏景龙的动作一顿，很警觉地瞪了一眼，他单手插兜，想把张钊一把拽开："我是他爸！"

"你别瞎动我啊，我这人有应激反应，保不齐你碰我一下我还手！"张钊做了个要打的虚招，"赶紧离开，小心我报警！"

苏晓原根本不想和生父多说话，挨打的记忆和爸爸喝醉之后完全变成另一个人的疯狂令他不寒而栗："张钊你别理他，我们走！"

"欸，原原你别闹脾气，我是爸爸啊。"苏景龙也不愿意去碰这个叫张钊的男生，显然他是个杠头，可自己儿子心软又听话，实在很好下手，"原原你听我说，爸爸这会儿来是想和你，还有小运，咱们父子三个好好聊聊。小时候的事你还记得吗？爸爸多疼你啊，给你买书，抱着你上幼儿园……"

苏晓原摇摇头，已经不会再被这一招打动。6 岁之前，他也和妈妈犯了同一个错误，就是轻易原谅这个善于狡辩的男人，珍惜那一点微不足道的父爱。现在再看父亲的脸他只觉得虚伪。

"不记得了。"苏晓原冷冰冰地说。

张钊从没见过他这一面，面无表情，三魂六魄就像被抽空了。

"你……"苏景龙被噎，不依不饶地去拉儿子的手，"你不记得了也好，爸爸这会儿来就是想好好照顾你们。你跟爸爸说，什么时候从南城回来的？你妈就是傻，不把你留在北城好好治腿，送南城去能有好医院嘛！她……"

"你别动我！"苏晓原才是真正有应激反应的那个，苏景龙一伸手，一抬胳膊，他就下意识往后躲，脸赶快往旁边扭。

仅仅一个动作，张钊看得触目惊心。他是个搞体育的男生，自然懂肌肉、骨骼、神经、各种器官……都是有记忆的。

但前提是数量上去才记得住，量变才有质变。面前这一切都是沉默的控诉——苏晓原小时候没少挨打。

"你这孩子！"苏景龙不以为然，一个孩子怎么可能记清楚6岁之前的事，他颠倒黑白地说，"爸爸就是想你和小运了，你妈不给你好好治病，是她害你变成一个瘸子！不是她害你，你能残疾吗？你当初要是跟爸爸走，早把腿治好了！来，过来！"

"你动他一下试试！"张钊强忍着暴怒，狠狠咬牙。

苏景龙退后一步，眼神有些许的涣散，眼白浑浊。他是个酒鬼，哪怕来找儿子也是喝过酒的："你什么人，这是我家事！"

张钊怒火上头，瞪着冒血丝的眼，道"管你是谁，今天你敢往前走这一步，动他一下，你就等着吧！"

"张钊你别！"苏晓原紧紧抱着书包，已经不堪重负，"咱俩赶紧上楼吧，你别跟他废话。还有……"他脸也不抬地对苏景龙说，"我妈早就跟你离婚，这些年你没付过一分抚养费，你没资格来找我们！再来一次……我……我跟你拼了！"

苏景龙上下打量着大儿子，眼里多了几分恨意，冷笑："得嘞，长大了是吧？不认我是吧？我是你爸，你亲爸，你也不看自己姓什么！兔崽子，你姓苏，你弟也姓苏！你俩从落地到死那天都是我老苏家的种！不认老子，是吧？行，你让陈琴等着，你们等着……"

苏景龙骂骂咧咧，嘴里一直不干净，最后绕着楼洞看了几眼之后就走。他一离开，苏晓原立马晃脑袋，拼命想把这人从脑子里晃出去。

张钊怒气冲冲，多希望自己现在开个挂："你别担心，有我呢，往后我天天送你回家！"

苏晓原下眼睑有些晶亮，透露着被看透家底的尴尬："你送我有什么用啊，他这人……找到我们就是没完没了。算了，我想回家。"

"我……"

张钊把拳头捏得咯咯响，不知道自己还能干什么，可又非常想保护他。苏晓原居然有这样一个家庭，张钊只觉得愤怒。

"我送你上楼吧……来，张跑跑陪你。"张钊这 17 年都没觉得自己认过输，可刚才他真是尿。

苏晓原的鼻子很没出息地酸了一下。这么多年，苏景龙简直是家里摆脱不开的噩梦。搬家了，找过来，再搬家，再找过来。他已经记不清自己的家搬过多少次，是不是只有搬出北城，搬出国，才能让那个人彻底死心。这种感觉让他恶心，但又甩不掉，因为苏景龙是生父，自己和小运身上一半血是他的，血缘关系，大概就是世界上最不讲理的关系。

它没有给人选择的权利，从生到死，带一辈子。

张钊暂时想不出怎么安慰，除了紧紧拉着他，就是陪着他走进电梯。上回送烤箱他只走到家门口，因为苏运拦在防盗门外不让进，这回同样是。

"你又干吗来了？"苏运刚把晚饭热上，有点儿怵张钊，毕竟挨过打了。

"小运，先开门。"苏晓原无力再说什么，甚至忘了自己兜里就有一把钥匙。

"不开，你先让他走我再开！他什么人啊，跟咱家犯冲！"苏运骂起人来和苏景龙很像，特别是眉毛，像得让张钊忍不住想把门砸开，再进去踹这个弟弟一百回。

苏晓原这才想起兜里有钥匙，可怎么掏都掏不出来。最后还是张钊帮他找出来，亲自插进锁眼。

"你别动我家门啊，我告诉你，这是我家。"苏运过了16岁生日，身高蹿上了1米80，和张钊门里门外较着劲。

"你别闹，先让我进去。我想回家。"苏晓原拧开门锁，迈过了这个门槛才觉得安全，"妈呢？"

苏运仍旧用身子拦着门外的张钊，没好气地说："还能干吗去，加班呗。你今年上大学，妈能不加班嘛。"

"你闭嘴！"张钊不想动手，可他知道自己的脾气。

苏晓原先把书包放下，坐在沙发里缓了缓："妈是不是晚班啊？这样吧，咱俩晚上都别睡了，等妈回来，咱俩下楼接她去。"

"怎么了？"苏运愣了一下，"你什么意思？"

苏晓原重重地叹了一口气，多想自己能和这口气一样，沉到谁也找不到的角落："爸来了，刚才在楼下碰着了，等妈回来咱们商量商量，看看什么时候搬家。"

苏运也是刚进屋，还穿着校服，一听到他哥那话，他径直冲进房间拿了一根棒球棒，然后冲到门口，看都不看张钊，"他还在吗？我去找他！"

"你给我老实坐下！"还是没忍住，张钊一脚把苏运踹回客厅，自己拿身体挡着门。

苏晓原吓慌了："小运你别胡闹，你给我！"

苏运力气大，往外推他："你起开！"不想这样一推，禁不住力量的苏晓原直接往后趔趄一步。

可即便这样他也没松开手，愣是把弟弟拽倒了。

"你！你别冲动！"苏晓原不知哪儿来的力气，扭着苏运的腕子不撒手。

苏运说什么都不肯松手，胳膊刚要发力，又被人踹了一脚。

张钊这一脚踹在他屁股上，力气很大，棒球棒也脱了手。苏晓原惊魂未定，赶紧把棒球棒收起来。

"你俩拦我干什么！"苏运指着俩人骂道，恨意汹涌，"都碰上了你俩让他走了？就这么走了！你在南城这么些年，知道妈怎么过的日子吗？"

苏晓原知道弟弟是个暴脾气，可没想到他受爸爸影响这样大："不行，今天我不让你出这个门，说什么也不能……"

"你让他去！"张钊拉起苏晓原，将他扶到沙发上休息，"你去，你去啊！中考别考，高考也别考了！将来废人一个，你妈，还有你亲哥，奔一辈子，劳累一辈子养着你！你去啊！"

苏运在地上，屁股火烧火燎地疼。他不甘心地抹了一把脸，愤愤地喊："你！凭什么管我家的事！"

"凭什么！凭我是你哥的兄弟，不然你以为我爱管你！我是替你哥管你！"

张钊手劲大，拎起苏运的校服领口，把他安置在沙发上，然后拍了拍他的肩膀，态度温和，声音沉稳："我真懒得管，特别是管你。但我和你哥是兄弟，你哥家里有事我就不能当没看见，你又偏偏是他弟，我只好包圆儿一起管。你家的事，从今往后我掺一脚，敌人的敌人就是朋友，咱俩就暂时结盟，先把这个坎迈过去。等你中考完，你妈妈放下两件大事之后，咱俩该怎么闹掰怎么闹掰……"

"张钊……"苏晓原第一次见这种劝导方式，"你让我弟先静一静吧。他也是着急。"

"也行。"张钊很自来熟，"哟，饭都热上了，那正好我在你家吃，吃完回家，拿着课本再过来。今晚我在你家复习，等阿姨回来，我盯着你们把门锁上再走。"

　　苏晓原站起来，刚才摔了一下瘸得更明显了："我来，我来热菜吧……可我妈妈下班晚，估计要凌晨，你吃完饭还是回家复习吧，家里有我。"

　　有你？就你这小身板才不放心呢。

我被你影响了，也想变好，我才
重新回到跑道。

09

你别怕
Nibiepa

$V=H^3$

$I=\dfrac{E}{R+r}$

CHAPTER

　　张钊苦笑，还真是饿了："别，我在你家照样能复习，无非就是求我哥遛遛凯撒。"

　　"又耽误你，又得麻烦你哥，不合适。"苏晓原伸手拧灶火，无奈怎么都拧不开。

　　苏运走过来，一把将他挤开了。

　　"回家快一年了还不知道怎么热饭，真服了你。"苏运这张嘴是真的欠，看谁顶谁，除了不敢顶张钊，"就你，家里能指着你？"

　　"再贫？"张钊不笑是个冷漠的面相，不带一丝感情，"找打直说。"

　　苏运闭上嘴，拧开灶火，三个穿校服的男生挤在小小一间厨房里，空气里弥漫着饭菜香，还有火药味。

　　苏晓原被气得不想说话，光一个弟弟就够他头疼，这俩弟弟加起来就是双倍头疼。

　　"你敢！"苏运拿起铁铲对着张钊的脸，"让你吃我家饭还给你脸了是吧？"

　　"张钊咱俩先出去吧，你也别激小运了。"苏晓原洗了手，把放刀的抽屉锁上，钥匙放进兜里。张钊这才跟着一起出来，客厅一地狼藉。

　　"唉。"苏晓原弯腰捡弟弟的书，一页页帮他将平，"小运脾气大，你可千万别激他了，不然我真怕他做出格的事。"

张钊赶紧过来帮忙，点头认错："是，我也是嘴瓢了，说话不经大脑，你生我气了吧？"

苏晓原摇了摇头，比起张钊嘴瓢，弟弟冲动的行为更让他后怕："我知道你好心，可我家的事就是一摊烂泥。在南城的时候我听大姨打电话，也是偷偷和我妈商量搬家。他们没告诉我，可我什么都知道。小运这些年过得不容易，我爸他……"

"他打过你？"

张钊气炸了。

苏晓原镇定地说："我现在不怕他，我是家里的男子汉，他再来，我真和他拼了！"

"你和你弟还真是像，大不了就拼了。"张钊很懂这哥儿俩的心思，人不逼到一定程度谁也不想拼了，只有真走投无路，被逼无奈，才会想以命抵命这条绝路。这不是勇气，是没有办法。看苏运的反应，可想而知苏景龙这些年是怎样纠缠的，他们没办法，也不能躲一辈子。

"我爸一喝醉就打人，打我和我弟，也打我妈。"苏晓原很珍惜弟弟的东西，手里是苏运考 117 分的数学卷子，"他酒醒了也会后悔，跪下求我妈原谅，我们一开始都不忍心，但是这么多年，我们才看清了，他根本不会改，戒不掉酒，也改不掉打人。"

张钊静静听完，心如刀绞。他从没接触过这样的事，何安家里虽然条件不好，但是非常和睦，他第一次看到这样阴暗的角落。"现在有我呢，你俩专心考试，别慌，问题不大。"他试着安慰苏晓原。

这会儿苏运从厨房出来，端着盘子往桌上一搁："哥，吃饭。"

这一顿饭，是苏晓原吃得最累的一顿。既要给张钊使眼色，又要安抚弟弟的暴脾气。

他是兄长，比小运懂事是应该的，又是张钊的好朋友，拉住他不惹事也是应该的。但积攒多年的压力并不懂事，仅仅一顿饭的工夫就占据了苏晓原的全身。

每一条神经都上了发条，拧得快要绷断。

吃完饭，张钊暂时告别，约定 1 个小时后再回来。他这一走，苏晓原彻底被脑海里的咆哮声击垮了，这感觉就像是苏景龙留在他脑神经里的一味毒药。明明十多年过去，可这种毒沁入骨髓，只等待一朝毒发。

"你还吃啊？"苏运是最先发现不对劲的，一把将冰箱门关上，"刚才就吃两碗饭了。"

苏晓原嘴里塞着半块点心，唇边还沾着糕点渣，神色恍惚："我……我最近睡得晚，可能消化得快。"

"你也不怕撑着。"苏运打开冰箱翻饮料，一翻吓一跳，"妈买了一斤半枣泥糕，你全吃了？你撑不撑啊！"

"我……我饿。"苏晓原坚持咽完最后半口，突然门铃响了，吓得一激灵。会不会是苏景龙找上来了！

"苏晓原，我！"张钊又后悔了，不该按铃，应该直接说话，"我回来了！"

"哦，是张钊啊。"苏晓原心神未定地去开门，手刚放上门把，胃里翻江倒海的抽搐感随即而来，他捂了一下胃，转头冲进了洗手间。

接下来是持续不断的呕吐声和冲水声。

自己真是太没用了，不像个哥哥，也不像个儿子，关键时刻没法保护家人。

"我就说你吃多了吧……"苏晓原一个劲地吐，只好苏运去开门，谁知刚把门打开就被撞了一下，吓得他朝沙发蹦去。

"谁让你带狗来了！"苏运站在沙发最高处，惊恐地看着在客厅里到处嗅的哈士奇。

苏运很怕狗。尤其是张钊的狗！

"凯撒回来！"张钊没拉住，狗儿子先一步蹿进屋，他赶紧拉牵引绳，"你不是吧，哈士奇也怕！"

154

"废话！谁让你带狗来了！"苏运紧贴着墙，指着满地狗毛开骂，"你一会儿擦地啊，我洁癖，看不得满地毛！"

张钊费好大劲才拉住凯撒，因为要解锁新环境，二哈旺盛的好奇心立马膨胀起来，什么都想闻，什么都想咬一口。它也不懂看主人脸色，甚至想去扑一把苏运，跟他玩耍。

"这是哈士奇，大名凯撒。"张钊背着鼓囊囊的运动包，"你哥呢？"

苏晓原洗了脸跑出来："我在这儿呢，凯撒怎么来了？凯撒过来，找哥哥来。"

看到熟人的二哈朝苏晓原狂奔过去，前爪扬得高高的，像个大宝宝一样要"两脚兽"抱。

苏运没好气地看着："你有病吧，二皮脸似的往我家倒贴还带着狗！"

"凯撒！"张钊摘下银色哨链，哨子又细又尖，形似弹壳。放在嘴边吹一下，明明什么声音都没发出来，可凯撒却突然定住，扭头离开了苏晓原，老实巴交蹲回张钊腿边。

"干吗，表演杂技啊？"苏运拿起一只拖鞋防身。

"杂技？我看你怕狗的样子像极了杂技！"张钊鄙视道。

"这个，叫超声波犬笛，懂吗？我姥爷有那方面的关系，凯撒6个月到1岁都跟着军用犬训练。但没办法，它这个品种的服从性太弱，专注力不够，可该学会的本事都在。"

他拿起犬笛短促一吹，屋里静得好似无人，凯撒却忽地紧起鼻腔，朝苏运龇出白森森的凶狠犬牙。

苏运又捡起一只拖鞋："你敢让它咬我……我哥还在呢！"

苏晓原吐得喉咙里火辣辣的："钊哥你不要吓唬我弟。小运你也不用怕，凯撒很乖的。"

"它乖个屁！"

"你别口吐芬芳啊，虽然哈士奇不记仇，但它到底算是大型犬，咬人本事不用吹，撕你一条腿也就几口的事儿。"张钊短促地吹了两次，凯撒表现出犬科动物的攻击前兆。

它焦躁不安抬起前爪，鼻腔贴近地面，盯紧苏运，开始狂吠。

"钊哥！"苏晓原没见过凯撒凶恶的一面，一直都当它是吉祥物呢，"你别让狗叫，别吓唬我弟弟。"

"知道，我有谱。"张钊再一次吹起犬笛。凯撒立马回归平静，蹲下乖乖坐好，鼻子在空中嗅嗅。可坐下的动作只维持了几秒钟，它又变回刚进屋的兴奋状态，满地撒欢。

张钊对凯撒的表现很自豪："唉，凯撒就是吃了二哈品种的亏，否则真能当个警用犬。这个哨链，你收好，我还有一个。凯撒可以暂时住你家。短哨一次防卫，二次警告，三次撕咬，长哨一次是解除状态。俗话说好狗看三家，关键时刻能吓唬住人。"

"我家干吗要你的破狗！"苏运气冲冲地转身进了次卧。

"知道知道，你以为我那么爱跟你聊啊。"张钊巴不得他消失，一脸冷漠，转身看仙鹤，笑得像花一样，"别担心，我拖家带狗来帮忙，一定保护好阿姨。"

"谢谢钊哥，我……"后面的话还没说完，苏晓原捂着嘴跑去洗手间，刚想关门，又被追上来的张钊顶开了。

"你怎么了啊？"张钊还没说上话，苏晓原就吐得天昏地暗。张钊开始慌了，赶忙从厨房打了温水，蹲在苏晓原身边，等着他吐完。

"你可别吓我。"

"我……"话未说完，又吐了。

他不再多问，苏晓原有一紧张就吃东西的坏习惯，晚饭已经吃过不少，没准自己离开之后他又吃了。张钊递过来一条毛巾。

热毛巾柔软至极，苏晓原将脸深埋进去，咬着牙："凭什么！凭什么他敢找我们，凭什么他一出现就害我们搬家……"

"不急，不急。"张钊帮他顺气，"钊哥在，问题不大。"

"我急，可我没办法！"苏晓原咬住了毛巾，又咬一口手背，"你不懂，摊上这种家人就是一辈子不安生，拿他一点办法都没有，因为他是我爸。可凭什么他总能找着我们！再有一年，再有一年我就上大学了，我就能撑起这个家，他……"

张钊的温暖和笑意全留给了朋友："不急不急，你得好好考试，对吧？"

"我！"苏晓原拿毛巾狠狠地搓脸皮，搓到发红发疼，"我恨我自己是个瘸子，他再来一次我就拼了！"

"嘿，你可别气我啊。"张钊逼自己扯出个微笑，"你看，你和你弟多像，谁也别说谁了。兄弟俩都是急性子，你呢，藏得深一些，可真出事你俩就往一个死胡同里走。我懂你……"

"你不懂！"苏晓原眼里有泪光，不是脆弱的眼泪，是呕吐造成的眼压升高，"你知道有个胡搅蛮缠的父亲是什么心情吗？因为我是他儿子，扯不开血缘关系就甩不掉他。"

"别别别，你可别和你弟犯一个毛病。跟张跑跑说，刚才吃什么了？"张钊赶紧把毛巾抢过来，手掌不轻不重地搭在他后脖子上，怕他再搓脸就破皮了。

苏晓原拨开湿润的刘海，想了一会儿："点心，枣泥馅儿的……我不会让他再打我妈了。"

"知道你厉害，但你不能这么吃啊，是吧？"张钊在脑内快速思索花式哄人一百则，"就你的小身板吃多了不好受。来，钊哥给你揉揉。"

"你别闹。"苏晓原扶着水池缓了好半天，"我家里的事太乱，你别掺和进来。"

"那不行，我都答应你弟了，言而无信你让我面子往哪儿放。别慌，你的事我必须管。这都帮不了，你要我这个兄弟干吗？"

苏晓原沉默良久才道："可我家的事就是一团乱麻。"

"乱麻不怕，再乱的麻也怕一刀斩。你别觉得是给我找麻烦。朋友之间就是这样，你还记得当时何安家的事吗？当时你也挺害怕，但你觉得何安是个麻烦吗？"

"那不一样，我……"

"跟你认识之前，我已经放弃体特这条路，只想浑浑噩噩过完高三，随便上个大学混日子。可没想到认识了你，你那么优秀，成绩那么好，还愿意和我们一起玩，不嫌我麻烦，不嫌我脏乱差。我被你影响了，也想变好，我才重新回到跑道。现在就当钊哥报答你行吗？"

"你不麻烦，也不脏乱差。"苏晓原吐得难受，打了个糕点味道的嗝儿。

"嚯，真没少吃。硬邦邦的，以后别这样折腾自己。"

苏晓原像个闹肚子的小孩，任他揉。张钊一句别慌太管用了。

"我挑的是最好消化的点心……"

"那你吃这么多又吐，不是浪费钱嘛。下回你再想吃就看看价格，兴许就能忍住了。家里的事别担心，一起想办法。俗话说当你凝视垃圾的时候，垃圾也凝视着你，我就不信你爸刀枪不入，什么都吓不住他。"

"钊哥……"

"怎么样，张跑跑是不是特好？苏吐吐特感动吧？"

"你别逗我，我一笑肚子疼。"

"好好好，咱俩写作业去！"

晚上，张钊在客厅陪苏晓原复习，一点声音都不敢发出。将近 11 点 40 分，他戴上棒球帽，压一压帽檐，再拉起帽衫的帽子戴上，压住刘海，遮住充满狠毒和戾气的眼睛，只留下半张线条刚硬的脸。

"我准备下楼了。"苏运给陈琴打过电话，算着时间，"你去不去？"

苏晓原立马放下钢笔："去，咱俩一起！"

"你行吗？"苏运看了一眼他的腿，瘸字没敢说，"那你动作快点儿，我走路不等你。"

苏晓原连忙跑去穿鞋："我很快，要不你先下楼，我半路迎你们去，别让妈自己进小区。"

苏运看了看面色阴沉的张钊，把损人的话生生咽了："算了，等着你吧，反正你也……好了没有啊。"

"好了好了！"苏晓原蹲着穿上鞋，"钊哥你去吗？"

张钊面前是几张空白卷，半道题都没看进去，沉着嗓子说道："去，你俩走前头，我就在后头跟着，别慌。"

兄弟两人都着急，匆匆拿着手电下了楼。苏运动作快，迈出电梯门便开始跑，苏晓原在后面瘸着腿跟着，帮他打着手电筒。

时至午夜，气温很低，小区里连个人影也没有。苏晓原的心揪到嗓子眼，往前找，弟弟已经跑没影了，往后看，又没看到张钊。

算了，不找他了，兴许还在等电梯呢。苏晓原继续往前走，可算看到人影，苏运正帮妈妈拎着包，一脸警惕地左顾右盼。

"干吗啊，大夜里不睡觉。"陈琴的笑容在看到苏晓原的一瞬消失，"怎么了？"

苏运说："没事啊，我和我哥怕你不安全。最近咱们小区有抢劫的。"

"嗯，我俩担心你。"苏晓原扶着妈妈的右胳膊，把人夹在中间，"妈，往后你调班吧，别上晚班和夜班了。我一上大学就去做兼职家教，我也能养家。"

"就你？算了吧，万一碰上反社会人格，你这不是送上门的人头？"苏运没看到张钊，心里骂这人吹牛的时候挺大胆的，来真的时候就找不着了。

"我……"苏晓原话没说完，听见右边有人疾步靠近。

"陈琴！你还搬家，我让你还敢搬家！"苏景龙不是第一次蹲点等前妻下班了，只是见着两个儿子和她亲热，恼羞成怒的恨意在酒精作用下加倍发作。

浓浓的酒味飘了过来，苏晓原看见苏景龙手里有一块砖头。这个男人从不空手，就连打他也是。

"妈！"苏晓原跑不了，和弟弟一起挡在陈琴身前。

"凯撒！上！"张钊声音低沉，他躲在暗处将牵引绳松开，用最大的力气，吹响了三次短哨。

夜幕之下，哈士奇的眼睛和狼没有区别，有绿色的瘆人的寒光。

张钊远远地瞧着一切，听着男人愤怒的哀号。

暗中放狗并不算光明磊落，可对苏景龙这种人渣，张钊实在不想用什么光明的法子对付他。哈士奇被爱狗人士美化过，大家只关注它标致的外貌、旺盛的拆家能力和欢脱的性格，可一旦驯出扑人的本领，也是恶犬一条。

凯撒动作很快，划出灰黑色的弧线，一个标准的警犬飞扑。苏景龙还在醉酒中，下意识拿手臂挡，手掌刹那间落入犬口。

"啊——啊！"苏景龙因剧痛而酒醒，手掌被咬穿，伴随着布料撕扯的声音，一股热感从指尖直达小臂。

而他挥下的砖头，激起了犬科动物的猛烈反击。

"啊！杀人了！"

惨叫声如张钊预料，划开夜色。活该，这是他犯下的罪，从他向老婆孩子抡起拳头的那一刻他就已经是个罪人了。他毁了一个女人的一生，毁了两个儿子的童年。

苏晓原惊呆了。这是凯撒？他根本不敢相信这是凯撒，性格判若两犬，它瞪着一双青绿色的眼，不顾性命地扑上去撕咬。

忠心护主。

"跑啊！"苏运腿脚麻利，护着妈妈往楼道里奔，苏晓原慢一步，进了电梯还惊魂未定。

陈琴一手护着一个儿子的头，没有惧怕，眼中充斥着浓烈的恨意："不怕啊，不怕，妈在！这么大事你俩还瞒，万一伤着你俩还怎么考试！"但她到底是个母亲，骂几句便心软了，进屋关门，门被结结实实撞上："不用怕，妈在呢，天大的事妈挡着！"

苏晓原一路无话，苏景龙十几年一点没变，那股酒气，那股抄家伙打人的凶悍，和记忆里的父亲一模一样。

"怎么，这就吓着你了？"苏运给妈妈拿来拖鞋，伸手要钥匙，"看见了没有，这么多年你躲南城去了，我跟妈过的就是这种日子！我要不抄家伙打他，挨打的是咱妈！"

苏晓原挡住他："我是哥哥，有事我来解决！"

苏运一拳砸向门框："你怎么解决！就你这样能干什么？"

苏晓原没有弟弟高，歪着身子，瘸着一条腿，抿着嘴唇发狠："家里我是哥哥，就算有什么事也轮不到你。"

陈琴感受到了绝望。

两个儿子受到的影响终归是伴随一生了。苏景龙的暴行在孩子们心里留下了不可逆的伤害。

这点，原原和小运都被他们可恨的父亲影响了。

"你们俩，谁也不许胡来！"陈琴的眼神不再年轻，多了几分岁月的锐利，声音沉了又沉，"回屋，都回屋去，这个家只要有妈在一天就不准提那个字！你们马上就要考试，今晚简单收拾下要带的东西，明天妈先去找个连锁酒店，等小运考完再打算。"

"砰砰砰！砰砰砰！"有人敲门。陈琴一把按住要去开门的大儿子。

"苏晓原！我！"又先敲门了，张钏骂自己不长记性。

"妈你别怕,是我同学!"苏晓原跑去开门,迎进来一个高挑的男生,"你没事吧,刚才吓死我了!"

张钊碍于家长还在,收起劲儿先给陈琴鞠了一躬:"阿姨好,我是晓原以前的班长,叫张钊。"

"妈,就是那个,我跟你们说一口气能跑 5000 米的那个。"苏晓原把张钊拽进来,想要锁门。

"别关别关,凯撒还在楼道呢!"张钊摘下帽衫的帽子,露出一张带有学生气的脸来,转身问陈琴,"阿姨,我……我带着狗来的,您家让狗进屋吗?"

苏运这把火说什么也压不下去,直接踹了墙:"你装什么装!别在我妈面前装好人!"

场面一度失控,陈琴不懂怎么会有同学来找原原,更不懂为什么还带着狗:"哦……那进吧。狗不咬人吧?"

"这个……咬。"张钊这才出去拉凯撒。活蹦乱跳的哈士奇不见了,拉进来一条杂毛纷乱的脏狗,腹背滚得全是黄土。

它标致的雪花眼肿了一个,一大一小;整条鼻梁也肿了,面部看起来大了一倍;嘴边一圈白毛和牙床全是红色的,探着舌头自己舔。

陈琴愣住:"这……这……狗是你的!"

"啊,我的,叫凯撒。"张钊心疼不已,直接把凯撒抱了起来,"没想到苏景龙那么狠,咬成那德行还打狗呢。但您放心,他这下绝对是重伤,暂时不敢再来。您小区里没有监控,路又黑,他不会知道是谁家的狗,也想不到您头上去。"

"快把狗放下来啊!"万万没想到这狗是有主人的,陈琴还当是哪里跑出来的野狗惊了才去扑人,脑子里乱成一团,"你刚才说狗叫什么?"

"叫凯撒,它平时特别乖!"苏晓原托着凯撒的长嘴,几乎认不出它,"伤这么重……这怎么办啊?妈,咱带它看医生去吧!"

陈琴刚脱下大衣，短暂沉默后同意了："对……谢谢你啊小同学，阿姨给它看病，这钱阿姨家出。走，小运穿鞋，咱们……"

"别别别，您别激动。"张钊抱着凯撒，游走在暴怒边缘，凯撒长这么大没受过伤，"要不您给腾出个沙发来，我和狗能在您家借宿一晚吗？您家的事……晓原都跟我说了，我怕那人再杀个回马枪。"

"妈，就让他们住一晚吧。凌晨回家多不安全，况且凯撒是为咱家挨了打，你看……"苏晓原惊了，掌心有血，"妈，它都吐血了！"

"不是吐血，你别吓唬你妈。"张钊在电梯里检查过，"后槽牙断了一颗，估计是咬太狠，直接断在伤口里了。阿姨您别担心，狗的自愈能力比人强，只要好好休息，吃几顿好的，瘀血消下去就行了。"

陈琴心乱如麻，沉下心收拾干净沙发，又去冰箱里翻："快，快把凯撒放下吧，家里没备着狗粮，我记得有点心……咦，点心呢？"

苏运在厨房阴阳怪气道："都让我哥吃了，吃完他又吐了。"

"嗯，我给吃光了。"苏晓原跪着帮张钊检查凯撒的伤口，"多亏有你俩……是不是咬得挺狠啊？"

张钊点头，嘉赏性地摸了一把凯撒的脑壳："挺狠，我都看见了，整条胳膊从这儿到那儿……唰一下都是血。我估计他光养伤就得几个月。哎哟！"

"怎么了！是不是你也受伤了？"苏晓原蹲不住，"家里没有药啊，要不我出去买一趟。"

"你可别，我是摸着凯撒脑壳上肿起来一大包。"张钊看了一眼钟表，"这时候谁敢放你出门？赶快洗洗睡吧，我在客厅守着，问题不大。"

陈琴哪里睡得着，系上围裙，去厨房炒了几个菜，又用白水煮了一锅排骨，忙完快两点。苏运根本懒得管这烂摊子，已经回屋，客厅里只剩下两个孩子和一条狗，看得她眼眶微酸。

"阿姨也不知道你爱吃什么，这个当夜宵。"陈琴端了一小碗排骨过来，"这个，它能吃吗？"

张钊让苏晓原接了一盆热水，俩人正仔细在狗身上找伤口："谢谢阿姨，不过它断了一颗牙，嘴也肿了，估计不会吃……"

话还没说完，整个脸肿成小猪头的凯撒鲤鱼打挺，翻了个面，匍匐到小碗前吃了个干净，吃完还舔嘴。

挨打不耽误吃。

"真打脸，你就不能矜持点儿……"张钊特没面子，二哈就是二哈，二得出其不意，"它平时不馋，肯定是您煮的排骨太香了。阿姨您快去睡吧，有我呢。"

苏晓原跟着一起劝，陈琴只好进屋洗漱，可一丝困意都没有。

终于只剩下俩人了，苏晓原拉住张钊，上下检查："你真没事吧，吓死我了！"

张钊看着苏晓原，还好是虚惊一场："我也吓死了！"

"万一把凯撒打坏了怎么办！"苏晓原前胸后背地检查张钊，"万一他看见你，朝着你去了怎么办？"

"你钊哥必然不会被发现，放心。"张钊按下他脑袋上的头发，"但凯撒估计也要养一礼拜。快，洗漱去，不睡明天怎么上课啊？"

"明天……我请假算了。"苏晓原看看凯撒的惨样，浑身是伤还在摇尾巴，"我想在家照顾它一天。"

"不行，可别耽误你。"张钊把他推进洗手间，"赶紧洗漱，我陪凯撒睡沙发。"

苏晓原极不情愿地关门洗脸，张钊的心哗啦一下碎得彻底，抱着凯撒一通心疼。

可学校那边怎么安排？张钊看看时间，决定找一个人。

薛业。

提起薛业，整个高三和体特圈只会想起另外一个人，祝杰。除了祝杰，他几乎没有朋友。还是薛业单方面跟着祝杰。

他智商很高，情商却是负数。

高三9班的毕业合影里挑拔尖儿，他是长得最漂亮的那个。1米84的身高站最后一排，终于挨着他杰哥拍了一张照片。薛业看着唯唯诺诺，实际上很有主意。张钊归队，凡是私下笑话他杰哥的学弟都被捶了，张钊问过，是薛业干的。

和区一中是知名体育试点校，每年往各类大学输送优秀体特生。操场三级跳的沙坑一侧有一道红线，那是上上届一个叫姚远的男生留下的记录，15.15米。

高一张钊躲器材室偷练，翻墙时刚好看见一个男生起跳，姿势标准，锋芒毕露，轻松跃过那条红线，然后抹平了沙地。

一中能跳过姚远的都是优秀人才，薛业，就是这个人才，况且那年他才高一。可后来他申请入队练跑步，张钊看不起他的速度，就此不提。直到高三，薛业的1500米也没练出成绩，跑步是真的不行，永远跟在他杰哥身后，当吸尘器。

春哥说他兴许可以练田赛，不是无凭无据。可薛业天生一双长腿，非要给祝杰当跟班。

张钊甚至怀疑他连成绩都造假，考试压着分只为进9班追星。

可电梯门那次之后，张钊很感谢他。薛业实际上性格很冷漠，说话很刻薄，那天是不想晓原害怕才装作很善谈。

电话通了，薛业被吵醒明显不爽的声音传来："谁？"

嗯，这就对了，这才是他真正的说话方式和声音："我，张钊，你没我手机号？"

"没事我挂了。"

"苏晓原家出事了。"张钊断定他会帮忙，"有个人找他家麻烦，帮一把？"

几秒的沉默后，薛业的嗓音比刚才沉了许多："哪个人？"

电话挂断，苏运走出次卧，他是穿着校服睡的："你狗没死吧？"

"你又欠踹吧？"张钊靠着沙发，把拳头捏紧。

"我哥还没睡，你最好别动我。"苏运走了过来。

张钊冷笑。

"但你这狗不错，这个，止疼片，你看看能不能给它吃。"苏运扔过来一个白色药盒，打赏似的。

张钊直接把药盒扔了回去，正好打在苏运后脑勺："狗瞎吃止疼片能吃死，你傻吧！过来，我有话问你！"

苏运的感觉怎么说呢，挺复杂的。

对哥哥的排斥源自母亲甚至大姨家的重点偏爱，可归根结底那是他的家人，俩人除了基因里那么一丁点儿不一样，其他绝大多数都是一样的。对内，他可以欺负他哥；对外，谁欺负谁挨揍。

人际关系的微妙点在于一个比较，从前他讨厌他哥，现在横空出现一个张钊，拿张钊和他哥一对比，苏运立马觉得他哥这人还行。

所以当初怎么烦他哥，现在就怎样烦张钊。

"干吗，有话说。"苏运极不耐烦，校服穿在身上，看着比苏晓原还成熟些。

"明天，不是，今天5月15号，先把你哥生日过了。"

苏运："你没毛病吧，我家这么个节骨眼上，你还想着给他过生日？"

张钊冷冷地甩了把眼刀："废话，你哥都喜欢什么赶紧跟我说。"

"他啊。他喜欢好大学。"

"别贫，我的狗受伤，现在我心情不是很好，也不是很理智。"张钊掰开凯撒的尖嘴，用小镊子往外摘刺和石屑。

牙床上全是伤口，苏运都看不下去，勉勉强强说："那你不早准备？

就一天时间你能准备出什么来啊！"

"我准备了啊，可我总觉得光送礼物特没诚意。"张钊做了个深呼吸，对苏运忍了又忍，默念这是苏晓原的亲弟弟，这是苏晓原的家里人，打坏了是要真生气的，"你赶紧走吧，当我什么都没说。"

"你别让狗毛到处飘啊，我妈明早还得跪地上擦。"苏运起身回屋，没一会儿洗手间出来一个人，是洗好澡的苏晓原。

"我弟是不是又找你麻烦了？"苏晓原压低嗓门替弟弟开脱，"他说话刻薄，你千万别往心里去，等事情过了我让他道歉。"

张钊气得牙根痒痒，还得赔笑脸："不气，看在你面子上我也不生气。快睡觉，早上 7 点我叫你。"

"我不回屋睡了，我陪你在沙发上坐着睡。"苏晓原两步一歪爬上沙发，占了个有利地形，"你别轰我啊，我困了，我马上就睡。"

张钊叹了口气："幸亏今天你没事，气死我了。"

苏晓原窝着脖子，心里非常不舒服："是我没用，让你，还让凯撒跟着受伤。"

"这不是你有没有用的问题。"

张钊想想都后怕："你以前说你爸家暴还酗酒，真没想到他看着像正常人似的，可一动手就疯了。贼吓人，这留在社会上就是个隐患！"

"是，他后来再婚也不改，大姨说他第二个老婆也是打离了。"苏晓原打了个哈欠，"将来我大学毕业，一定为我妈妈找个漂亮的小镇，镇上人不多，可大家都是热心肠，让她好好藏着，再也不用上夜班，每天种种花晒晒太阳。我要给她买个靠着湖的青瓦房，我爸再也别想找到我们……"

"找着也不怕，别慌，问题不大。"张钊说得风轻云淡，心里只想把苏景龙大卸八块。

这么多年，他光凭着血缘关系来恶心这家人，纠缠这家人，欺负一个肩负养家养儿重任的女人，让凯撒咬几口都算轻的。两个儿子从前年龄小，只能看着妈妈挨打，现在长大了恶果也结出来了，保不齐真和他豁出命去。

"去！给我睡觉！"张钊不管不顾拽起他来，推到次卧门前，"天大的事，睡醒了再说！"

苏晓原撑了一整天，接连几个月的冲刺阶段已然耗尽他大部分精力，没有一天能睡够6小时，实在顶不住了："那我去睡，你也赶紧睡，明天凯撒要是不好的话我请假！"

"我请假，你得上课！"张钊把人推了进去。沙发里，凯撒的呼吸声沉重，做梦都呜呜的。

唉，张钊一下瘫在沙发上，满是厚茧的十指交叉，一夜无眠。

这个愿望苏晓原许不出来，眼前的就是
他最大的生日期许。

10

过生日
Guo Shengri

$V=H^3$

$I=\dfrac{E}{R+r}$

CHAPTER

苏晓原不到 6 点就醒了，上铺传来弟弟的小呼噜声。

他蹑手蹑脚来到客厅换衣服，怕打扰张钊，不想张钊根本没睡，正拿着吸管往凯撒嘴里灌水。

"咱们凯撒怎么样了？"苏晓原蹲下，用沾了水的指头去润它的鼻尖。

"肿得有些厉害，不过你别担心，这正常，挨打都是第二天发肿，过几天往下消。"张钊挂着两个大大的黑眼圈，推了推他，"我没换衣服，身上有汗味儿。"

"哎呀你别推我，我又不是没闻过。"苏晓原插不上手，"我给你，还有我妈、小运煮个早饭，7 点我必须得走，早读要考英语。"

张钊摸摸肚子："行，你小声点儿，你妈 4 点多的时候出来一趟，给我热了 8 个大包子。"

"那你等等。"苏晓原扭身进了厨房。他打开冰箱，实在是什么都不会，只会煮开水，于是拿出 10 个生鸡蛋，再把妈妈昨晚做的菜热一热。

忙了半天，最后只端出来两盘热菜和 10 个熟鸡蛋。

"鸡蛋黄你多吃，蛋白留给凯撒吧。"苏晓原看看时间，进屋去拿书包，再出来已经是一副要去考试的样子。

"你不吃啊？把这个吃完再走。"

"我不太饿，你多吃。"

但苏晓原拗不过张钊，只好乖乖坐下吃完。

吃完早饭他起身准备出门："钊哥，我用不用去9班替你请假啊？"

"不用，我给老韩发过微信，你别操心这个。"张钊看着苏晓原不安的样子，揉了揉他的头发，"别担心，咱们一起想办法。"

"钊哥，有时候，我真想……"苏晓原紧紧揪着张钊的手不放。

"听话，先去上课。好好考试别多想，有我呢。"张钊在电梯口依依不舍地说，"我就不送你了，在家看着，你进了校门记得发微信。"

"嗯……凯撒有什么事你告诉我，我赶快回来！"苏晓原迈进电梯，看着显示楼层的数字一个一个往下跳，不知道今天自己要面对的是什么。

他比任何时候都要茫然，也比任何时候都力竭。

"叮"一声，1层到了。电梯门在苏晓原面前左右打开，有人等他。

"你……"苏晓原往外迈步，膝盖都是软的，"你们怎么来了？"

何安怒到脸涨红，张张嘴，一句话骂不出来。陶文昌拧了一把车铃说道："你家的事钊哥交代过了，从电梯口到1班门口我们护送，不会让你落单。"

薛业单手插兜，递了一袋薯片过来。

"你们……"苏晓原近乎热泪盈眶，使劲儿憋着，"大家都知道了？"

薛业和另外两个男生不熟，只点头不说话。何安站在面前活像一堵墙，使劲一点头："嗯！"

陶文昌不懂，钊哥干吗把薛业叫来了，但来就来吧："你别操心，也别多想，谁还没有个奇葩的亲戚。你爸再来就由我们解决，你专心考试。"

苏晓原一步一瘸，接了薛业的薯片："谢谢你们啊，马上要三模了出这种事。"

"你爸真不是人！"何安的怒火直冲嗓子眼，"你放心，我们体考完了，高考成绩不跌得太过就行！你不一样，你得……"

"你可是咱们一中的冲顶选手呢，小原子。"陶文昌故意逗他，"走吧，把你送到1班我俩还得训练去呢。"

"还训啊，体考都过了啊。"苏晓原没有小绿坐了，被三个骑死飞的体特生夹在中间走。

陶文昌笑得眉眼生风："基础训练，其实也可以不练，主要目标是补文化课。可这不就能逃早自习了嘛！"

"那不行，我还是抽空给你们补补吧……明天开始，今天我得早回家照顾凯撒。"苏晓原说。

突然薛业脚下一停不打算走了。

"你们送他吧，我去给杰哥买早点。"

陶文昌沉默几秒，第一回没有嘲笑他："你能别这样了吗？"薛业恍若未闻，骑车离开。

陶文昌摇了摇头。

一中校门前，张叔儿早早等在铁门一侧。他在一中工作多年，从小张熬成了老张，可没有一个学生敢对这位扫地僧不尊敬。

仿佛一中的大门只要有张叔儿镇守就进不来坏人，他已经不是门卫大爷，他是学生眼里的一中山神，从建校至今就镇在这里。

"张叔儿早。"苏晓原停下脚步。

老张什么都没说，皱纹如沟壑的脸也没有波澜，只是拍了下苏晓原的右肩，粗糙的手掌往下压了压。

1班门口等他的人是汤澍，拎着一份豆浆，两根油条。

"你没事吧？"汤澍强颜欢笑，"张钊跟我说得太晚了，进班才看见微信，早餐摊只剩这些。"

"行了，交给你我俩放心。"陶文昌把书包还给苏晓原，跳下几节台阶，"晚上你回家之前说一声啊！"

"对，你说一声！"何安也跟着往下跳，还狠狠跺了跺脚。

苏晓原被一路护送，感动得一塌糊涂："嗯，我好好的。"

"走吧，你快吃早点，一会儿还有英语测试呢。"汤澍拉着他的校服进了班。

张钊一夜没睡，送走苏晓原才敢犯困，生怕自己有哪一点没想到，叫苏景龙钻个大空子。他有种预感，这个男人是专挑软柿子捏，肯定要找腿脚不方便的大儿子麻烦。

只要这样一想张钊就不寒而栗。毕竟自己只是个高中生，没可能24小时看护。想着想着，他刚冒出头的那一丁点困意也消散了，丝毫没有头绪。

"我哥呢？"苏运醒了，客厅沙发上是一只大狗和一个瘫坐着的男生。

"上学去了。"张钊有气无力地说。

"你让他自己走的？"苏运乍一惊，"万一我爸猫我家楼下怎么办，你就非陪着一条狗是吧？"

"管好你自己。"张钊懒得解释，冷眼说道。

苏运说不过他，也打不过他，干脆洗漱准备上学，擦完脸，看着桌上的剩菜和鸡蛋壳冷笑道："一看就是我哥弄的，啥都不会。"

"你行你上啊，不行别废话。"张钊突然萌生出可怕想法，把苏运和苏景龙锁一个屋里，看这俩人谁先气死谁。

"我必然比他行。"苏运挽上袖子进了厨房，不一会儿响起洗菜切菜的声音，十分钟后有了饭菜香。凯撒睡梦中闻到香味，挣扎着想要起来，却被主人一掌无情按倒。

"你给你主人争口气，行不行！"张钊又爱又恨，爱它天真无邪，恨它二到无边。苏运端着两个盘子出来，一盘爆香排骨，一盘葱花鸡蛋饼。

"这个，等我妈醒了之后让她吃。"苏运剥开一颗熟鸡蛋囫囵吞下，"冰箱里有牛奶，记得让我妈喝。她今天不是夜班，10点起床，11点出门，你记得送她上出租车，别让她坐地铁。"

张钊嗅了嗅空气，别说，苏运招人烦，做饭还挺香："知道。"

"我爸要再来你别告诉我妈和我哥，他俩解决不了问题。"苏运飞快地喝完牛奶，"我家的事你别掺和，越掺越乱，等你那破狗能走了赶紧带它走，弄得屋里都是狗毛。"

得嘞，刚因为厨艺佳而萌生的好感度一下跌回谷底，张钊多希望他吃排骨呛着。

"我走了。"苏运拍拍屁股，顺手把碗刷了，"记得锁门，我和我哥不在家，谁来都别开。"

"他找你们到底是想要抚养权还是要啥？"张钊百思不得其解，名和利总得占一样。如果他猜得没错，苏景龙大概是要钱。名声上他已经没什么可在乎的，血缘关系又抹不掉，只能是为了利益。

"要钱呗。"苏运脸色煞白，"一分抚养费都没给过，父亲的责任一天没尽到，还想让我和我哥给他养老？做梦去吧。"

"你小时候也挨过打？"张钊的声音冷了又冷，"你俩那么小他也下得去手？"

苏运穿鞋的动作停了一瞬："我没挨过。"

哦，张钊懂了，悠悠地说："你哥还挺护着你的。"

"我走了，你和你那破狗看好了我妈。"苏运对这个问题明显有闪躲，拧开了门锁。

"等等！"张钊从沙发上弹坐而起，"我还有个事，你必须得告诉我！"

苏晓原一整天的课上得浑浑噩噩，中午想回家也没成功。吃完饭他刚想溜出去，又被张叔儿拦在校门口，也说是张钊嘱咐，没同学陪同不许出校门。

这叫苏晓原很是无奈，作为长子，享受着大姨家的过度保护，没为这个家做什么贡献。眼看就要考大学了，距离撑起全家的梦想只差一步，可苏景龙的出现打破了这个家的幸福未来，提醒他们永远甩不开这个包袱。

他的梦想很简单，上个好大学，学个喜欢的专业，毕业后给妈妈和小运买个带小院子的精瓦房。院子里打一口井，方便妈妈浇灌院子里的小菜地。

冬天，小菜地里是大白菜；夏天摘金银花泡水喝；秋天和弟弟一起打柿子，直接用井水洗洗就吃。谁也别想找到他们。

"葛校医好。"苏晓原推开医务室的门，专挑中午吃饭的时候来。

"哟，苏晓原。"葛明正看这季度的报表，头也不抬地问，"又来热饭啊？"

"不是，我中午吃过啦。"苏晓原有一张很乖巧的脸，任谁也不会对这样的好学生起疑心，"我刚才走路的时候把脚腕扭了，想找您拿一副膏药。"

葛明嗯嗯几声，指了指壁橱："自己拿吧……快三模了吧？"

"是，还有三天。"苏晓原打开壁橱。

"这可是最后一哆嗦，加油，葛叔儿看好你！"葛明笑道。

"您放心，我心里有数，一定给咱一中争光！"苏晓原抽走一贴膏药，又迅速朝医用储物皿伸手，将一把医用拆线剪刀神不知鬼不觉地放进裤兜。

下午是语文模拟考和数学随堂考，晚自习之前，两个高高的体特生在1班前门招手。

"走啦，回家！"陶文昌吹了个哨，"小汤真是越来越水灵了，大学考哪个啊？"

汤澍不和体特生接触："考哪个你也考不上，还是别问了。"

"那可不一定，万一我追着你上大学去呢。"陶文昌眯了眯眼，顺手接过苏晓原的书包，"嘿，你书包里装砖头了吧？这么沉！"

"都是复习资料，是有点儿沉。"苏晓原和汤澍挥手再见，"我回家了，咱俩的卷子明天再对。我还有最后一套实验高中的文综，三模之后咱俩再做。"

"没事，正好我也回家，顺路一起走吧。"汤澍离两个体特生远远的，拽着苏晓原，"你别老跟他们接触，听说张钊和祝杰总是呛火，万一把你波及了呢！"

"不会，张钊没那么野蛮。"苏晓原在三人簇拥之下走到校门口，老张还是按了按他的肩，这才放人。

到他家楼下苏晓原不好意思地说："就这个楼，耽误你们好多时间，我自己上去吧。"

陶文昌先一步迈腿进楼洞："甭介，得亲自给你送到门口，万一你爸在楼道里猫着呢。"

"他不会。"苏晓原也说不准，可真要碰上了，他豁出去拼命，"凯撒把他咬得不轻，连牙都咬断了，你们回家写作业吧。"

"哎呀，都到你家楼下了，不送你上去太不够朋友。"汤澍心直口快，拉起苏晓原的左手进了电梯。头一回被三人簇拥着坐电梯，苏晓原有了种很奇特的感觉。

这大概就是……有朋友的感觉吧，很安心。

"就这里。"苏晓原插好钥匙拧动，"也不知道凯撒好了没有，担心一整天了，张钊昨晚都没睡，我得让他回家休息……"

"生日快乐！"张钊朝门的方向拉开一筒彩带。金色的小亮片朝前飘落，落了苏晓原头顶一层璀璨。

屋里还有张扬、小光、苏运、蒋岚和薛业。凯撒的脸肿得更严重了，只能趴在沙发上摇尾巴。茶几旁边停放着一辆自行车，黑黄色烤漆的一体车身，比小绿还酷。

"进屋吧，寿星！"陶文昌推着他往里走，"傻了啊？"

苏晓原确实傻了，桌上有生日蛋糕，是美国队长的那张盾牌，插着数字 19 的小蜡烛。

今早，张钊从沙发上弹坐而起："等等！我还有个事，你必须得告诉我！"

"什么事啊，快说。"

"你哥到底喜欢什么啊，今天他生日。看在他小时候替你挨打的分上，不说揍你。"

"他？"苏运很不屑地说，"他上小学的时候最希望全班给他过生日，你有本事办得到啊？"

一瞬间时光倒流，苏晓原好像看到 9 岁生日会的惨败。又一瞬间时光穿越，忽地一下回来了。

"给我……过生日？"苏景龙的出现，三模迫在眉睫，苏晓原把今天给忘了。

张钊揉他的头发，把一层小金片拨拉开："可不是，就你自己给忘了吧？你妈工作单位没法请假，她特意煮了两个鸡蛋和一碗长寿面，都在锅里。"

"鸡蛋啊？"苏晓原瘪了瘪嘴，泪珠在眼眶滚来滚去，"我妈每年都飞南城给我煮鸡蛋，说吃了鸡蛋这一年就过得顺顺利利。"

苏运蹲着看车，眼皮不眨一下："Specialized 闪电，这液压内走线，这液压碟刹，这碳纤维，这 22 速，这破风性骑出去能帅到爆。从今往后这就是我梦中情人了。"

"你别摸啊，我给你哥买的。苏晓原，高兴点，19 岁生日，从今天开始苏哥比我大两岁，好好珍惜我的 17 岁尾巴吧！"

"你胡说。"苏晓原哽咽在喉，"你叫这么多人来给我过生日啊？"

张钊叹了口气，开口怪罪："原本想把半个班拉过来，田径队的老队员也能拉过来，但是你弟弟说再多叫一个他就开始轰人，这才没把屋子装满。"

苏晓原赶紧打圆场:"不用不用,有你们就足够了。叫大家过来,太麻烦了。"

"不麻烦不麻烦,我们是来吃蛋糕的!咦,这就是你学习的地方?"汤澍指着布帘后的桌椅,"一中学霸的诞生地,我也得坐一下,沾沾你的喜气。"

"什么喜气!"陶文昌点蜡烛,何安关灯,薛业端长寿鸡蛋面出来,屋里只亮着两个小火苗,"来来来,寿星吹一下,咱先把蛋糕切了。哎哟,这蛋糕不错,美国队长我也爱,一看就是钊哥提前订的。等8月份的时候能给兄弟也来一个吗?"

"我才不管你呢,凑合着过吧。"张钊化身"双标狗","来,先许愿再吹蜡烛,吃完蛋糕大家伙儿还得赶紧回家复习呢。"

苏晓原深一脚浅一脚走到桌前:"有点……不舍得吹。要不我直接切吧,小蜡烛给我留着行吗?"

张钊说:"那必须可以啊,来,咱们一起唱个生日歌,让寿星许个愿!"

"是,快许愿,可别说出来啊,说出来不灵。"张扬一天一夜没找到堂弟,以为张钊又没干正事了,原本还想来一套自家拳法,可听完这家人的遭遇就直接气炸。

杨光抱着凯撒抹眼泪,成了屋里第一个哭的:"打这么惨,下回让我逮住我跟他拼了!"

张钊现在最头疼的俩字就是拼了:"咱们干吗非要拼了啊,先来吹蜡烛。蛋糕也得给凯撒吃一块啊!来来来许愿!"

这个愿望苏晓原许不出来,眼前的就是他最大的生日期许。厚重的幸福砸到身上,如同久旱逢甘露,叫苏晓原变回9岁小学生,木呆呆抱着班主任送的礼物,看着餐桌四周空空如也的座椅。

"祝你生日快乐,唱!"张钊起了个头。

这首歌苏晓原很久没听了,自从那场失败的生日会后,5月15日都成了家里的尴尬日。那次之后，妈妈每年亲自飞到南城陪他吹蜡烛，有一年小运也来了。可家人的保护变成了一种默契，生日歌这种带有庆祝色彩的行为再也不敢有。

因为 9 岁那年，有个走路不稳当的小男孩儿自己哭着唱完了生日快乐歌，假装桌边坐满小朋友，一块块地切好蛋糕，放进小纸盘里，完成了一场没有人祝贺的独角戏。

多少年之后苏晓原总会想起这天，他在 19 岁生日这天的中午，偷了校医一把剪刀，准备好用自己作为代价和苏景龙拼命，把他彻底赶出妈妈和弟弟的生活。瞬间的挣扎苦痛过后是亲手葬送未来的绝望，可下午他又有了希望，朋友的存在让他觉得只要迈过了这个坎，生活一定还有转机。

"谢谢大家啊，我没愿望可许了。"苏晓原一开口，嗓子里憋满委屈和哽咽，"我，我……"

"妈啊，我哥居然哭了！"苏运惊讶道。他小哥哥 3 岁，妈妈怀他的时候带哥哥扎错了针，等他记事之后哥哥已经 6 岁了，可从没听见他哭过一声。

那时的小原原已经能忍住不哭了，不给妈妈找麻烦。

"你们完了，你们完了。"苏运连连摇头，"他可是我妈的命根子，你们把他给惹哭了，啧啧，你们完了。"

"过生日呢，你说话吉利点儿！"张钊忍不住鄙视他的弟弟行为。

"快快快，快许愿吧！"蒋岚是张钊收的女徒弟，跟着凑热闹，"我今天就不控制饮食了，吃它一半！小原子……"发现说漏嘴了，她赶紧改口："希望今年苏晓原同学金榜题名！"

她朝寿星伶俐地挤挤眼睛，意思是她什么都知道了。

"来，擦擦眼泪。"薛业不想来的，屋里的人他没一个熟的，尴尬了好半天，"许个愿，蜡烛喜欢你可以留着。"

"嗯，嗯，可我，我许不出来！"苏晓原憋了半天，"那我许愿，大家都能考上理想大学，祝杰以后不欺负你，和你当好朋友！"

薛业愣住，沉默几秒点点头，意思算是谢过了。

"也行！来！干杯！咱们以水代酒，敬小状元，敬19岁！"还是张钊带头，众人纷纷举杯。

正处高三关键时期，不敢闹到太晚，蛋糕吃完大家便准备散场。体特生要拼命补文化课，汤澍要回去上晚自习，就连蒋岚也不放松，必须回一中训练，准备高二的资格比赛。可这姑娘确实说到做到，平坦的肚子里装了半个蛋糕，饭量大得可怕。

给苏运都看傻了。

"张钊你出来。"张扬单独把堂弟揪了出来，"怎么打算的啊，他家这烂摊子。"

张钊耍一把好贫嘴："这不叫烂摊子，自家兄弟，这叫家事。"

张扬无语："你不贫不会说话了？我没说不让你管，是问你有没有想法。"

"这可是你说让管的，那我就真的开始管了。"张钊喜出望外，"我肯定有我的方法，不一定成熟，但兴许管用。你帮我吗？"

"你可别把事闹大，闹大了我看你跟你爸怎么交代！"

"我爸肯定也支持我伸张正义啊！"张钊目色森然，"光哥你说呢？"

杨光不敢多嘴，探出脑袋来："这是你们的家事，我就不管了，但是他爸确实太可恨……你刚才说的那些，为朋友两肋插刀，我觉得挺对。"

"得了，你俩谁也别说话，我头疼。"张扬亲自带着两个熊孩子，"今晚得回家吧？"

"是，我必须得回啊，但凯撒先留下，一是养伤，二是万一有什么它能帮忙。"张钊想起苏景龙发酒疯的样子就后怕，"哥你们走吧，我今晚就回家。"

"自己也小心啊，不然我没法跟你爸妈交代！"张扬弹了堂弟一个脑瓜崩，"臭小子，你懂个屁……"

"我不懂，难道你懂啊？"张钊把人送入电梯，露出一个微笑。

苏运难得好脾气，摸着车骨架给他哥讲："哥，你知道这是什么吗？这叫变速拨杆，这叫牙盘，这是飞轮、齿片、中轴，光变速齿轮就9层往上。你骑上去试试，噌一下，公路赛级别的，再唰一下，停住了。"

"这么厉害……"苏晓原喜欢酷酷的东西，"真厉害，可这车不便宜吧？"

"必定不便宜，这种车都是按身材定做，平路、爬坡、竞速、耐力四项选一，你看这前后胎。"他指着宽厚于普通车的轮胎，最外层是黑色，然后是一圈明黄，再里面又是黑色，"车身还是烤漆的。"

苏晓原摸着车座，恨不得今晚就把骑车学会。

三模就在这样紧张的气氛中到来，两天后出成绩，文科第一易主，苏晓原630分，跌到年级第11名。这不是个好现象，张钊看着自己288的总分叹气。

腿瘸的事被发现，这么大的事都没能影响他的成绩，可见苏晓原不是轻易受影响的人。稳坐第一的小状元跌出了年级前10，这说明什么？说明苏景龙的出现或多或少给了他压力。

在考场中畅快淋漓的小侠客走神了。

分数出来令所有老师大跌眼镜，苏晓原一直是重点培养对象，突然跌了将近60分，不可能是失误、笔误，他也不是马虎的人，肯定是考试心态出了大问题。

接下来的一周，苏晓原接连受到老师们的关怀和慰问。劝他放平心态，不要太看重成绩，考场失误很正常。

三模遭遇滑铁卢，苏晓原心里也不好受。他不想让任何人失望，特别是大姨、妈妈和张钊。那些美好的计划蓝图已经画出一角，就在眼前，他不能有失误。

"干吗，回家啊？"老张刚要迈出门槛，不巧传达室来了电话，"你别走啊，等等昌子他们！"

"谢谢张叔儿，我没事。"苏晓原远望训练场，并没有高三的体特生。

体特生文化课差一些，现在体考已过，成绩都出来了，高三的体育生纷纷回归课堂，对各科进行查漏补缺。这时候普通学生反而轻松，临近高考，作业反而少了。

苏晓原不愿意再麻烦人，趁张叔接电话的时候出了校门。

630 分，630……苏晓原一步一沉往家走，掂量着这个分数。他有考完试立马估分的习惯，三模英语收卷时就已经料到这个结果。

这一仗输得彻底，苏晓原晃了晃头，不行，他不能让苏景龙影响自己的人生，或者妈妈和弟弟的人生。

"儿子！"噩梦中的声音再一次落下，苏景龙左臂打着绷带出现在楼下。

还是来了。再一次看到苏景龙，苏晓原反而沉下了心。

"哟，过得不错是吧？"苏景龙只伤了胳膊，健步如飞，几步堵住儿子的路，"小兔崽子白养你俩了，连声爸都不会叫了是吧？"

苏晓原根本跑不过，也没有想跑。他面色淡淡地说："我妈已经和你离婚了，你不是我爸，你……"

"啪！"一记耳刮子沉沉地砸了下来，把苏晓原打得侧过头去，十几秒之后，一个鲜红的五指分明的指印从皮肤之下浮了上来。

"兔崽子！吃里爬外的东西，没你老子能有你吗？"苏景龙从前还有工作，后来因为喝酒误事逐渐失去了领导信任，饭碗也丢了，老婆也离了，可不能轻易放过两个儿子。

"你不是我爸。"苏晓原几乎被打蒙，瞳孔失焦，耳朵里都是回音，"你再缠着我妈，我就报警！"

"报警?"

苏景龙扬手又是一记耳光，下手是真的狠，仿佛这个儿子不是亲生的。

"我就该带你俩做亲子鉴定！看看是不是陈琴背着我偷人了，生出你们两个小兔崽子！我不是你爸谁是你爸？你俩这辈子都得养我，都得给我养老送终，让我吃香喝辣！这是你俩的义务，因为我是你老子，没我就没你！"

苏晓原被第二个耳光打得站不稳，趔趄几步坐了个屁墩儿，站起来眼前全是金星。

"嚯，我都忘了你是个瘸子。"苏景龙假模假式地过来扶，皮笑肉不笑地说道，"不想挨打就给你老子花钱，你老子有钱了自然不会烦你妈。陈琴她应该没少给你俩攒钱，你眼看着就上大学了，得知道打工孝敬你爸。这么多年，你在陈笛家长大，她家可有钱，就没攒下来点儿油水？"

苏晓原抽开他的手，两边脸蛋全是红巴掌印："这是你说的……给你钱，你就离我们远远的，再也不来烦我妈！"

"那肯定的，你以为我想见陈琴啊，我还嫌寒碜呢！"苏景龙和小儿子对过几次，苏运那小子可不好惹，像自己，可这个儿子很好拿捏，像陈琴。从小挨打也不哭，永远护着苏运"说不打弟弟，不打弟弟"。

他又说："你这几年不在北城，爸爸也想你，爸爸还记得你这条腿怎么坏的，就是你那个不负责任的妈瞎带你去打针。"

"你别碰我！"苏晓原很怕苏景龙，"这是你说的，给你钱你就走！"

"那肯定啊。"

见有戏，苏景龙伸着胳膊卖惨："上回来爸爸还被野狗给撕了，没找着是谁家的狗，你老子进一趟医院花了小一千医药费，这钱你得给吧？"

苏晓原捏了捏兜里的存折，自己能为这个家付出的只有这个了："这个……这个是我所有的钱，我留着上大学的钱，你拿走，永远别再来找我们。"

"哎哟我的亲儿子喂，还是你疼老子。"苏景龙看到存折眼睛发光，打开一看更是高兴，"得嘞，这么多钱，爸爸肯定不来找你们了。好好高考啊，考完试爸爸请吃饭，也让爸舒服一回，有个出息的大儿子。对了，这存折密码是？"

"……我生日。"苏晓原眼看着钱没了，"出生年月日。"

"哦……"苏景龙犹豫了一瞬，捏着大儿子的肩膀又问，"爸爸啊最近精神不是很好，得好好补补。其实你和你弟的生日爸都记着呢，最近这一年啊，忘事多。哪年哪天来着？"

苏晓原的脸红得像西红柿，脸蛋小，苏景龙的手又大，整张脸只剩眼睛往上没有肿："99 年，5 月 15，密码是 990515，你拿了钱赶紧走，再也别出现了。"

"行，爸爸先走了啊，有事再找你。"苏景龙翻开存折品味着那串打印的铅字，虽然钱少点但暂时够花，能要出第一笔就能再要出第二笔来。

不急，他把存折合上，装进了衣兜。苏晓原静静盯着他的后背，摸着裤兜……

"苏晓原！你住手！"

苏晓原回身，张钊带着何安、昌子和薛业，朝这边跑来。

泪水流到哪里疼到哪里："那你说

什么……当不认识我？"

不许忘

Buxuwang

CHAPTER

$V=H^3$

$I=\dfrac{E}{R+r}$

不许忘

CHAPTER 11

再近一看，张钊像头压不住火的猛兽朝苏景龙身上扑："你混蛋！他是你儿子！"

"钊哥！"何安用身体挡住，"钊哥你忘了刚才怎么说的！"

说什么了？张钊忘了，被苏晓原脸上高高肿起的巴掌印气得肝疼。

"欸！你动我一下试试！小崽子……"苏景龙机警地往后退了一大步，"大白天的要打人啊？碰老子一下我就报警！"

"我……"

"张钊！"陶文昌与何安两个人拦住他，"钊哥你别冲动，记住咱们商量好的……钊哥！钊哥！"

薛业骂苏晓原："你傻了吧！"

苏晓原的脸疼得滚烫，颧骨被抽得发麻："你们别管我家的事，你们管不了。"

"嚯，小兔崽子。"苏景龙回过神，冷汗直流，伸手就要打，"就你这斤两还想阴你老子！"

"你再碰他一下试试！"张钊吼得脖颈青筋暴起。

苏景龙吓得手一缩，他自来欺软怕硬，只想要钱。好死不如赖活着，他要的不是你死我活，是吸干母子三人的血活着。

"我是他老子，打他怎么了？谁也管不着！"他不会被几个高中生压了势头，怒骂道，"我告诉你们几个小兔崽子，我是他老子，没我就没他，我家的家事你们别管！怎么着，还想当英雄？"

"你敢！"张钊推不开两个兄弟的阻拦，"没人证，没物证，光凭你几句话就能立案？！"

薛业掰过苏晓原的脸看，打得实在不轻，现实中他还没见过谁打脸这么狠。更何况这还是亲生的，下这种狠手简直是丧心病狂。

"你刚才给他东西了？"薛业盯着苏景龙的手看，"你刚才是不是给他什么了？"

苏晓原扯扯嘴角，刺痛难忍："存折，我让他拿了钱就再也别来找我妈……"

"他的话你也信！"张钊感激地看了薛业一眼，"苏晓原你怎么这么大方啊！傻啊！"

"我……"

"行了你别说了……"张钊又疼又气，苏晓原真是冲动，只管硬碰硬，能考将近 700 分的脑子，偏偏要钻死胡同，"苏景龙，把存折拿出来！"

苏景龙想溜，被四个男生围了，他死皮赖脸地笑，炫耀似的拍拍胸口："拿出来？进了老子口袋的钱还没有拿出来的！有本事你抢啊，这可是钱，你敢抢敢动老子一下，我立马倒地上说让你们给揍了。咱啊，都别往好了活，都得玩儿完！"

"谁跟你玩儿完。"何安吼道，"存折又不是你的，你凭什么拿走！"

"凭什么？"苏景龙朝他喷了一口唾沫星，"呸！凭我是他老子，我俩都姓苏！有我才有他，没我就没他！儿子给老子上供天经地义！没我，陈琴上哪儿去弄俩大儿子！她这辈子都得感激我，都得供着我花钱！"

张钊直接回了一口唾沫："存折开户人不是你苏景龙，是苏晓原，你现在不还我立马报警！"

苏景龙怕他生抢，捂着兜儿嚣张至极："报警？我是他爸，我拿儿子的存折警察管不着！"

张钊的拳头捏得嘎嘣响："是吗？那是十几年前了吧？以前你们这叫家事，现在报警试试？我们都是人证，你抢了苏晓原的存折，不管他是不是儿子，只要他跟警察说没给你，那这东西在你手里就是物证！要不咱试试？"

"你们这帮小兔崽子！"苏景龙眼角血红，"我是他老子，他身上流着我的血，老子打儿子天经地义，谁管得着！"

"我！我就管了！"张钊站得坚定笔直。

"我是他爸！"苏景龙又一次扑了过来。

"我是他同学！"张钊一把将人推远。

"同学？同学你管个屁！"苏景龙久不动气，脚下虚浮不稳，笑里都是阴沉，"同学还敢跟老子……"

"我也是他同学！"陶文昌也站了出来，紧接着是何安，墙一般地挡住他溜走的路。

"我也是他同学！"何安怒吼。

薛业挡在苏晓原身前："存折还回来我不动手，你别以为能跑。晓原，你就说存折是不是自愿给他的，只要你说不是，我替你出气。"

苏晓原头一回觉得自己这样没用，武器被缴了，钱也没拿回来，计划了好一通，最后还是要同学帮忙出头。关键时刻居然是9班这帮兄弟来帮他，拉他最后一把。

"我没给他。"他不是软弱的性格，瘸了腿还能在人前装没事的孩子怎么可能软弱，"是他抢的，你们报警吧。"

"臭小子！"苏景龙冲不过去，铜墙铁壁围着自己，"你们！你们等着！……"最后他甩出一本活期存折来，头也不回地走掉。

张钊捡起来，朝三个兄弟摇了摇手："气死我了……谢谢你们啊。"

苏晓原自知闯了大祸，溜过去叫了一声钊哥，张钊没理。

于是他皱皱眉，尽量和颜悦色地说："谢谢你们，我家就住这楼，要不……大家上去吃口东西再走吧。"

"你们去吧，我回学校陪杰哥吃饭。"薛业不合群，转身先走了。其他几个人脸色都不好，跟着苏晓原上楼。

苏运正在发愁，这狗，一开始是站不起来，养到快痊愈，现在能在屋里狂奔，张钊也不张罗接它回去。

这不，他回家俩小时什么都没干，先跪地板擦狗毛，同时提防凯撒毁沙发，时不时还会被舔。

这时门铃响起。

"你们这么多人来我家干吗，蹭饭啊？"噌噌钻进来好几个，苏运就不爽了，"张钊你家狗什么时候走啊，沙发靠垫的棉花都咬出来了……这什么情况！"

苏晓原最后一个进屋，很自觉地站在墙边等着张钊批评。可脸上的伤瞒不住，肿得像泡发的西红柿。

"你家有生鸡蛋没有？"张钊没消气，直接进厨房，凯撒最没眼力见儿，一个劲儿往苏晓原腿上蹭、身上扑。

"小运，咱家的饭菜给我同学热热吧。"苏晓原紧紧地攥着存折说道。

"你的脸怎么了？"苏运将狗拽开，凯撒嗷呜一嗓子跑进厨房，"谁干的？"

陶文昌还真是饿了，围着餐桌坐下说："你觉得呢？"

苏运瞟了一圈就要下楼找苏景龙算账。

"你省省吧！"张钊是真的服这俩亲兄弟，谁都不是省油灯，"都跑了你去有用吗？"

"你怎么回事！"苏运揪住了张钊的领口，狠狠勒着他的喉结，"你不是说在学校护着他吗，你不是跟我吹牛吗？这怎么解释！"

"走开，我心情不好。"张钊把几个生鸡蛋扔进水里煮。

"我让你解释！"苏运狠狠地瞪着他，"解释！"

"小运，你先出去，哥和他说几句。"苏晓原拉了几下弟弟的校服，"你听话，哥赶紧把脸肿消下去，要不妈回来了又得担心。"

苏运狠狠剜了一眼张钊，离开厨房。煮鸡蛋的开水"咕噜噜"地滚着，张钊只站在灶台前，不说话，两只拳头越攥越紧，骨节高高地凸着。

他在闹脾气，这是真生气了。苏晓原很会拿捏张钊的狗脾气，知道这时候怎么劝都没用，干脆往他旁边一站，昂着红红的脸望着他。

"张跑跑。"

张钊的嘴角狠狠抽动了一下。

"苏瘸瘸脸疼……"

张钊冷冰冰地问："干吗？"

"我疼，你别跟我生气了行吗？"

"苏晓原你别以为我张钊好哄……"

苏晓原把头低下："我知道错了。"

"那你给我解释解释，你从什么时候开始计划跟你爸拼命的？"张钊对着苏晓原肿得吓人的脸质问。

苏晓原打了个哆嗦。他是被逼着走了一条不能回头的路。

"我没有啊。"张钊和自己说话了，苏晓原踏实了。

"那你今天想干吗呢？"张钊拍了一把桌子，力道有些狠。

苏晓原吓了一跳，立马委屈起来："你别生气，我写检查还不行吗？400字作文纸的那种。"

"我稀罕你检查啊！"张钊肺叶子生疼。

骂人的声音稍大，客厅有人大声咳嗽，从声音上分析，是苏运。

"以前觉得你聪明，还没你那个傻弟弟脑子好使！"张钊把音量降了降，"苏晓原，你心里摸摸正，你这么做有什么好处？"

苏晓原关上灶火，把鸡蛋放进凉水里："我……我就想让我妈和小运解脱。我爸那个人什么样你们也见过了，他不讲理，什么都不怕。"

"那你呢？"张钊剥鸡蛋壳，"你自己怎么办？你妈你弟怎么办？"

"我……"

张钊说的，他都考虑过。正因为考虑过，绝望才来得真实可怕，但现实逼得他没有办法。

"我家不是只有我一个儿子，我妈可以带着小运活好下半辈子。小运争气，他能考好大学，将来孝敬好我妈。我好好改造，再读社会大学，找个基础工作。"

张钊气死了，原来他不是不知道，不仅知道，还全计划好了。

"这就是你三模 630 的原因？"

"嗯，计划好久了。"苏晓原疼得嘶一下嘶一下地抽凉气。脸被抽太狠，淤青全部发出来，红肿之中透出青紫色。

张钊一手一个鸡蛋轻轻滚着："你可能是想气死我，成心的吧！"

苏晓原脸疼得直往后躲："张跑跑不生气了吧？"

张钊彻底败下阵来："我没生你的气，不，确实是生你气了。我气你不珍惜，这么好的成绩和未来说断送就断送，也气你不相信我。我现在十分生气，而且是怎么哄都哄不好的那种。"

"你别气，我写检查，写完了大声念。"苏晓原摇了摇他的胳膊，"我爸不好解决，我也不想把你的前程毁了。"

"是，你把你爸给收拾了，谁都不麻烦，谁都不拖累。"张钊把鸡蛋放在他颧骨上热敷，上面是一个完完整整的掌印，张钊再次怒火上涌，"是不是你还想，回头我们毕业了反正也见不着了，让我们都忘了你，就当没认识过你这么个人？"

"你敢！"苏晓原委屈地抿了抿嘴，憋了半天没哭，眼泪唰一下冲出来，"你……你不许……你不许忘了我！"

"我……我错了，苏晓原我错了，你别这样好吗？我求你了行吗？"

原本只是一句玩笑，可张钊没考虑好当事人劫后余生的心情："我瞎说的，怎么可能忘了你，咱能不能别哭！"

"可你说毕业了就……就……"

"呸！我瞎说的！"

苏晓原不敢擦眼泪，疼得要命，泪水止不住往下淌，流到哪里疼到哪里："那你说什么……当不认识我？你不许，我都……我都认错了……"

"不会不会不会……"自己挖了好大一个坑，张钊完全不敢生气了，赶紧把厨房门关上免得苏运天降正义，"我就那么一说……"

"你那么一说……"苏晓原呜呜地说，"也不行！"

"不行不行不行，我这张嘴没把门儿，你别生气。再说，除了你，哪个尖子生愿意和我们玩，是吧？"

"那你，那你立字据！"苏晓原哭到鼻子不通气。

哭了没多久，苏晓原吃完晚饭发起高烧。

张钊把人安置好，给苏晓原的额头贴上宝宝降温贴，又承认错误一百八十遍。

出卧室的时候，苏运正在餐桌上写化学卷子。

"睡了？"苏运奋笔疾书，脚底下踩着凯撒的腹部。

"睡了。你踩我的狗！"张钊用长腿钩出一张凳子坐下，躁动的心缓缓平静下来。

苏运满不在乎地说："我给它天天梳毛擦脸，早上带它下楼大便，中午还为它回家一趟，踩几下不行啊？"

"你爸的事怎么打算？"张钊原本想等高考之后解决，现在看来计划得提前。

"我爸？不用你管，我会让他好看。"苏运停住了笔，与张钊直视。

张钊无奈："你跟你哥还真是亲兄弟，脑子里全是打打杀杀……但他比你行动快一步。"

苏运不可置信："别开玩笑了，就我哥？"

"我像开玩笑？"张钊又甩出一样东西来，"这是你哥在南城十几年存下来的钱，一共 63700 块。苏景龙说给钱就再也不来了，你哥假装把存折给他，等他转身的时候想跟他拼了，叫我们给按下了。"

苏运沉默不语。

"他已经计划好了，自己一人做事一人当，然后你代他上大学，工作，赚钱养家，孝敬你妈妈。"张钊一字一句地说，"你哥不是突发奇想，他是认真计划过的，完全清楚这么干的后果。这钱，他说之后留给你。"

"给我？"苏运出乎意料。

"是，他说这钱自己是用不上了，万一出事就全留你。你上高中的补习班到大学的学费，基本上算是全有着落。这就是你哥，为你和你妈，努力经营的下半辈子。"

凯撒翻了身子，抖了苏运一身的毛，大摇大摆地跳上了沙发。

苏运看了一眼存折里的数字，反手将它压在桌上。

张钊换了个姿势，跷起二郎腿抖了抖："我不可能再让你哥去找你爸，更不可能让你妈妈去。咱们还是得报警！"

张钊非常实在地说："眼下的问题是，怎么把你哥挨打这事瞒下去，别让你妈知道。"

"我妈 11 点下班，他那脸也消不下去啊。"苏运也在担心，"从小我妈最疼的就是他。"

张钊不耐烦地白了他一眼："少来，你妈疼不疼你心里没有数吗？"

张钊吹了个口哨，把凯撒叫过来掰开嘴检查："还真是断了一颗牙。"

沙发上一层狗毛，苏运脸很臭地问道："什么时候把狗弄走，我家地方小，三个人住，还得养着一条狗。"

"忍着！"张钊不想多说一句，心累。

张钊在陈琴下班前离开，临走前苏晓原的烧退了，脸上的红肿变成淤青，像拔掉了几颗大牙，凸着，透出青色。

怕妈妈发现，苏运模棱两可地说哥最近累了，想早点睡。隔日一早，苏晓原趁妈妈没醒，顶着两个青腮帮子上学，吓坏了全班。

特别是老王。上半学期他看不上9班的苏晓原，可等他变成了自己班里的学生，老王那蓬勃的教师责任感立马显现。

卷子单独给，单独判卷，开小灶就更别提了，苏晓原课间趴下眯一会儿，他都会和汤澍使眼色，不让别人吵。放学前老王特意将人留下，仔仔细细问了一通，生怕是孩子三模滑铁卢把家长惹怒，被爸妈教训了一顿。

苏晓原怎么敢说，说这是我亲爸要钱不成才打的？老王问不出来也没办法，又做了半小时考前心理疏导才放人。

可这事能瞒得过别人，瞒不过陈琴。

"小运，你复习呢？"陈琴推开卧室的门，"妈有事问你。"

苏运料到最多瞒住一天："什么事啊？"

陈琴带上门，直截了当地问："苏景龙是不是找过你哥？"

"咳……是。"苏运给妈让座位，帮她捏肩揉背，"就昨天。"

"怎么不跟妈说！"陈琴心急如焚，急起来偏头疼的毛病犯了，眼眶炸裂般地疼，"还想瞒着？你俩商量好的？苏景龙什么样你还不知道，你哥小时候差点被他打死……"

"妈你别急，听我说。"苏运拿出白花油点在陈琴太阳穴上，"这事怪我行吗？我回来得比他早，所以让我爸逮着他了。"

陈琴痛苦地叹气："妈不是这个意思，打了你我照样心疼，他……"

"他就是来要钱的，没别的。"苏运照着张钊教的话说，"妈你放心，这几天我亲自接送他上下学，苏景龙就是找软柿子捏，要钱，我也不想在中考之前惹事，先拖着他。"

"不行！"陈琴当机立断，"妈来解决，咱们不能躲他一辈子，不然他以为咱们永远怕他，是……妈年轻时确实是怕他，现在这把年纪还有什么豁不出去的！你俩眼看着长大了，将来还要毕业工作，没几年就要带着女朋友回来，咱家不能再被骚扰！"

苏运笑了笑："妈你别想太多，我哥腿脚不方便，咱家还有我呢！"

陈琴格外心疼。小运才16岁，可经历的事比同龄孩子多太多："你也是孩子，妈怎么舍得累你。这些年妈忽略你了，总想着弥补你哥哥的腿。以后妈也弥补你，你只管好好读书。咱家一个都不能出事。"

"大晚上说这些你肉麻不肉麻？"苏运撇了撇嘴，受不了突如其来的关爱，"我哥挨打，说明我爸专门欺负他，你把他看好就是。我呢，你暂时别操心了，中考妥妥的全校第一。你不给我哥买药去？他那脸肿得比哈士奇还严重。"

"行，妈买药去。"陈琴心痛不已，"妈明天去咨询律师。"

苏运的话让陈琴彻底放宽心，把注意力放在苏晓原身上。这样苏运可以抽开身干些别的，比如晚上出个门，遛个狗。

"妈，我出门了啊！这狗真烦，不出去拉屎还老叫唤！"苏运为凯撒戴上项圈，尽量躲开它的舌吻。

陈琴从厨房探出半个身："怎么还去，不是放学之后遛过一回吗？"

"因为哈士奇有毛病，精力太过旺盛，我得带它下楼跑几圈。"苏运快快穿鞋，5月底天气渐热，他换上短袖短裤，"别着急啊，我多带它跑跑。你可不知道它多烦人，夜里还嗷嗷！"

苏晓原放下笔，国字脸又变回小圆脸，只剩两块淤青："我们凯撒挺乖的，要不我陪着你去吧，天黑了你自己下楼不行。"

被苏景龙打过，苏晓原不敢放弟弟一个人下楼。

"你能不能在家老实坐着，让妈少操心。我最近复习得有些烦躁，就想下楼跑圈。"苏运穿上外套，"妈你看好我哥，我下楼了，你俩有事打电话吧！"

"小运你等等！"苏晓原站了起来，刚瘸着走到茶几这儿，苏运已经关上了门。

"妈！我出去找他！"苏晓原伸手拿外套，被陈琴一把按下。

"小运说得对，今天 5 月 31 号，再一周高考，现在你是咱家的重点保护对象。等小运考完，妈彻底没有后顾之忧了就去找你爸。咱们啊也不躲了，该起诉起诉，该报警报警，妈不信护不住你们两个。"

"妈，你就让我下去找他吧，我是哥哥，我……"

陈琴劝道："妈知道你担心，可小运最近长大了，每天主动接送你上下学。再说不就遛狗嘛，有凯撒在，妈心里挺踏实。"

不说这个还好，一说苏晓原更加满心疑惑。小运的脾气他最了解，不可能和张钊称兄道弟。两人一起接送自己却总嘀嘀咕咕的，有阴谋。

"那……行吧，半小时后他不回家我下楼找他。"苏晓原惴惴不安，心不在焉地翻起英语。

苏运带着凯撒一路小跑。有辆轿车打着双闪等在路边，他看一眼车牌号，是这辆，便跑过去敲了敲玻璃。

张钊开门，凯撒很熟悉这辆车，钻得比人还快："怎么这么半天，你到底敢不敢去？"

"谁不敢了，我得把我妈和我哥哄好吧！我哥那人你又不是不知道，差点就追出来！"苏运收腿关门，很懂事地叫了一声扬哥，一声小光哥。

唯独对张钊直呼其名。

张扬踩了一把油门，偏过头问："地址你知道吗？"

"知道，这个！"张钊把手机递过去，"苏运说这是他家以前的住址，我和何安蹲过，就是这个！"

"先声明啊，就这一回。"张扬把手机架好，"马上要高考了别出幺蛾子。"

杨光给张钊使眼色："是，你看你哥多疼你，上回打你他可后悔了。"

"我可没后悔，他不打不行，没人揍能上天。"张扬一张刀子嘴，"今儿别闹太大啊。"

苏景龙住的是老房子，租出去一间，自己住小间，平日里没个正经工作，每月拿着几千块房租喝酒。今夜他仍旧大醉归来，摇晃溜达到小区入口，略微有些恶心。

"呕……"苏景龙赶紧扶住电线杆吐出来，喝了酒，吐出来的可都是钱。还没吐干净，他又开始琢磨怎么找陈琴的工作单位去闹。

那个女人，带儿子跑了过得挺不错，两个孩子到了要花钱的年龄，不信她没存下钱。苏景龙晕乎乎地想，边想边吐。

再不济还有两个儿子呢，自己是老子，这辈子都是，生他们养他们就是最大的能耐。想轻易甩了他，做梦！要不说养孩子防老呢，关键时候还能在孩子身上敲一笔出来。

特别是大儿子，苏景龙惦记着他那张存折，惦记了好几个晚上，梦里都是那串数字。想不到啊，这个儿子还挺能攒钱的，没白生。又是个瘸子，小时候怎么打他，现在还能怎么打，跑又跑不了……

想到这个，苏景龙连吐黄汤都好受多了。

这时耳边的脚步声越跑越近，越近越急。经常酗酒的人反应不会很快，他迟钝地抹了抹嘴，后脑勺先挨了一拳头。

"……谁敢打老子！"苏景龙身高不矮，力气不小，但力气再大也不顶用，因为脚底下是软的，"也不打听打听……"

"别嚷嚷！今儿打的就是你！"

"小兔崽子……哎哟！"

"你不是能耐吗？！"

"你……兔崽子！儿子打老子天打雷劈！"苏景龙终于看清是谁，万万没想到是苏运。在他的记忆里这小子还满地爬呢，怎么一下子……

长得这么高了。

"天打雷劈？真有雷劈第一个劈的就是你！"苏运指着苏景龙破口大骂，"我妈是有多倒霉才摊上你这种男人，你打女人打孩子，你怎么下得去手啊！"

张扬捏着一支烟，冷冷地说："这就是你爸？我还以为有多牛呢。"

"我……"苏景龙气得浑身发抖，"我是你老子！"

"这是替我哥！这是替我妈！替我妈还你这么多年的苦和折磨！"

"别提你是我爸！"苏运目光带恨，眉梢像足了苏景龙，"你尽过什么义务？啊？我就问你，你尽过几天义务！我妈被你打到骨头都断了，我哥爬都爬不动你也揍！"

"你不是说，咱们有血缘关系这辈子扯不开吗？我也不跟你扯开，你也别想和我扯清关系！你以为我和我哥一样老实？这是第一次，我来找你，往后记住了，能找着你一次就能找着你第二次，找着一次打一次！还敢去打我妈？我妈往后的磕磕碰碰全算你头上，你能找着我们，我也能带着兄弟找你！咱父子俩谁也别想好过！"

"苏景龙你已经老了，你打不过我，我和我哥都长大了，他好欺负我不好欺负！别忘了，我是你儿子，我流着你的血，你当年怎么打他俩我都看着呢！我一天都没忘！"

"反了，反了……"

"是反了，我是你儿子，这辈子的账咱们有的是时间慢慢算！"

苏晓原在家怎么坐怎么难受："不行，都快 10 点了，我下楼找小运。"

"你坐下，来，妈和你说几句。"陈琴拉住了他，"妈妈这几天想通了，不该总躲着。妈太没本事才叫你挨打，是妈妈不对。"

苏晓原摸了摸脸："不疼，没事。"

"疼不疼我知道。"陈琴下定决心要和苏景龙了断，"妈已经打电话找律师了，大人的事大人来解决。"

"妈！"苏晓原心急如焚，"我先下楼……"

陈琴再一次拉住他："你别着急，你看，小运这不发微信了嘛。"苏晓原赶紧凑过去看，果真是小运发来的语音。

"妈，凯撒刚才跑撒把了，我追了一路，放心啊追上了，正在回家的路上！"

"唉，这哈士奇啊一撒手就没了。"陈琴无奈笑道，起身去厨房准备狗粮。

苏运在车里坐着，满身是土："你能把凯撒拉远点吗？"

"你毛病真多！"张钊搂着凯撒，"真奇怪，你哥那么可爱，怎么有你这种弟弟。"

"那我也是他亲弟弟，他最疼我。"苏运又变回嘴欠少年，"等你们毕业了，再过几年，我哥都不记得你是谁了。"

"你这小兔崽子！毕业怎么啦？上了大学我们照样是好兄弟！"

第二天，6月1日，国际儿童节。但对和区一中的高三年级来说，却有另一层意义。

广播里校长激情澎湃："这是高三年级在一中的最后一天，我预祝每一位高三学子都能榜上有名，考上理想大学！十年寒窗苦，只为一刻甜，同学们，你们的成功就在不远处，正朝着你们招手。经历了整整一年，日日夜夜，我希望大家打好这最后一场仗，只要有信心，有勇气，摆正心态，就一定能考出水平！"

这么快就要高考了？就要毕业了？苏晓原如在云端，这一年发生了好多事，多得他应接不暇。一年前要是告诉他你会有一帮体育生朋友，打死他也不相信。

"努力，不一定成功，但放弃一定失败！"校长做着最后的高考动员，"同学们！人生的路上有荆棘也有鲜花，但我希望你们永远快乐，勇敢追求自己的目标，自信自爱，活出自己的价值！高三之路是用拼搏的汗水浇灌而成，你们已经是勇者，是英雄！再过一周，就是高考的第一天，你们再也不用早起点名，再也不用熬夜复习，希望大家下周调整好生物钟，用充沛的状态，迎接你们人生的第一场辉煌！"

汤澍发现苏晓原在走神，拉了下他的衣角："喂，想什么呢？"

"啊？啊，我想……时间过得太快了，感觉高三刚开学，怎么就毕业了。"苏晓原抿嘴笑着，"刚到一中的时候，我特别不喜欢，现在要毕业了还真舍不得。"

"得了吧你，也就你觉得高三刚开学，我可要累死了。巴不得上大学轻松一把。"

"苏晓原！苏晓原！"张钊溜到 1 班后门，使劲儿拍门，"苏晓原！"

1 班的学生正在认真听广播，只有 9 班的学生敢乱跑。苏晓原弯腰跑了出来："怎么了？"

"走，咱们 9 班扔书呢，带你一个！"张钊拉着他慢跑，路过 2 班、3 班、4 班……直到 8 班，再一拐弯，就是他们相遇的 9 班。班里乱作一团，韩雯站在讲台上并未阻拦，只喊着"一会儿把卫生做干净"。

"给！"张钊给苏晓原一本习题册，"这可是高三毕业的重头戏，1 班是不可能有了，你算 9 班人，怎么也不能少了你。"

"晓原来了啊！"何安正在兴头上，卷子堆了满地，"来来来，致咱们高中时代的青春！"

整个班的人都疯了，这是一个由半个班的体特生、半个班的年级倒数组成的班级，可大家的快乐与力量让它变得与众不同。同学们都在大笑，即便不知前路如何，可这一刻的放松感染人心。还有人趴在窗台朝操场大吼，欢声笑语响彻云霄。

"扔卷子？"漫天白雪似的纸片落在苏晓原头上，"这不行吧？"

"怎么不行了，扔书吼楼是高三惯例，也就你们 1 班不敢！我先吼！可毕业了！我张钊高考必上北体大！体院等我！我希望苏晓原能考700分！上人大！往后每天都开开心心！"

"哎呀你小声点……"苏晓原劝道。

"你来试试！"张钊把他推到前面。

"我……那我试试。"苏晓原被9班带动了，或许他早已经融入了这个班，成了9班真真正正的一分子。他随手扔了一小张纸下去，看它轻飘飘的，左摇右摆往下坠，情不自禁地喊："我苏晓原，最希望……希望上大学后租房子能便宜点！最好不要押金！不要押金！"

……

张钊满脸问号，忍不住哈哈大笑。

第二天，苏晓原早早醒来，一看腕表才5点。从2月份张钊冬训到现在他习惯这时候起床了，改不过来。

小运还在上铺睡觉，还有24天中考。时间还早，苏晓原戴上眼罩怎么翻腾都睡不着，只好跑客厅来温习。

5天之后就是高考的日子，他不敢放松，开始查漏补缺。一张张文综翻过去，时间悄然而逝他却毫未察觉，再抬头小运已经起床了。

苏运支棱着头发说："你没病吧，这时候还起这么早，睡眠不足我看你考试犯困怎么办？"

"我习惯了，估计过两天才能改。"苏晓原跟着进厨房，"你早晨吃什么，我给你做。"

"别，"苏运拿出冰牛奶咕咚几口，"怎么样，有把握吧？"

苏晓原一把夺过冰牛奶："欸你，说了多少回不能这么喝，当心闹肚子。今年高考的提档线兴许比去年低，考题会难，我尽量吧，努力这么多年总会有回报。"

苏运架好平底锅，拿出6个生鸡蛋。点火，试油温，单手打鸡蛋。

"反正我信心十足，化学物理兴许能拿满分。你能不能出去先？咱家厨房本来就小，你能挪个步，给我让出地方来吗？"

"哦……哦，那行。"苏晓原什么忙都帮不上。不一会儿两个盘子端到眼前，还有一包全麦吐司。

苏运拿吐司夹住荷包蛋："你和妈一人俩蛋，你这个我没放葱花，剩下的都在厨房里。一会儿妈醒了，你记着让她好好吃饭。"

"嗯，哥暑假就学做饭，往后不用你做早点了。"苏晓原心疼弟弟，"你上课不用担心妈，有我呢，我肯定能……"

"打住，就是因为家里只有你我才不放心。"苏运捏了一块面包，塞给等待投喂的凯撒，出门去了。

苏晓原和张钊约在半岛咖啡一起复习。俩人要了卡座，并排坐好。桌上是卷子和笔记。

张钊在右，偶尔看一眼苏晓原的进度，一开始还好，没多久苏晓原就不乐意了："别闹，再闹我生气了。马上快要高考了，专心看题。"

"我没不看啊。"张钊收回眼神，"你看你的，反正每年高考基础题的比例不变，我专攻这一类。赶紧看书，看完书咱俩去吃自助。"

"真带我去啊？"苏晓原笑得很甜，"我跟你说，我饭量特别大，大姨怕我吃自助撑着，每次都不让我拿太多。"

它路线笔直，像一艘刚驶出港口的
小船，满载着希望、能量和爱。

'17

我背你

CHAPTER

我背你

CHAPTER 12

张钊拿了几套文综卷子，准备好好复习政治。眼前的铅字越看越恍惚，眼皮子逐渐沉重，不知道什么时候就闭上了。

苏晓原看他睡了，拿笔戳一戳他："钊哥，钊哥，喂，你别睡，还有5天就高考了……"

"等我再眯一会儿啊……"张钊困劲儿上头，胳膊埋住脸不起来，"饿了叫我，咱们吃自助去。"

"你不复习了啊？你不会我给你讲……"苏晓原又戳了几下，奈何叫不动，气得用钢笔在他胳膊肘上写了一个大大的傻字。

唉，看来人和人真不一样，张钊天生就不是学习的料，他属于跑道。

张钊这会儿却做了个梦，是个清醒的梦。

和平时做梦不一样，这个梦他一开始做就知道是假的。梦里的场景是和区一中的操场，只不过是初中部的那一边，跑道旁边站着好些家长，他看见了妈妈。

自己马上要比赛了，他朝妈妈招了招手，妈妈也朝他招了招手。张钊一下子就知道，嗯，这是个梦，自己是在梦里。枪响，他又一次冲出起跑线，过弯，加速，超人，每回跑过休息区都能看到爸爸妈妈。

冲过拉线之后他没有停下，而是沿着1号跑道继续向前。

他知道这是个梦，可每一回过弯的一瞥都能看见他们。只要自己腿不停，跑下去，多过几次弯，就能多看见几次。

"钊哥，钊哥，钊哥……"苏晓原也在看政治，旁边睡着的人总是动，腿时不时抽一下，睡得很不老实。

"嗯？"张钊被叫醒了，看什么都觉得晃眼，"嗯？"

"你是不是梦见被人追啊，总是抽腿。"苏晓原提议，"要不你回家复习吧，你要是困了还能躺下睡，坐着睡太累。"

张钊像一台重新启动的电脑，身体机能和大脑意识一步步恢复着："不用，我就是……看政治看烦了。"他回味着刚才的梦，或许自己重新回到跑道，爸妈也是真正欣慰了。

"哦，那咱俩，吃饭去？"苏晓原眼巴巴地问道。

"我发现你是真挺能吃的。"张钊一边烤肉，一边半开玩笑地说，"而且你还特别能吃肥肉。"

"哎呀，被你看出来了。"苏晓原眼神落在肉上，"我吃饭随大姨家，从小饭量就大，有时候少吃一口都不行，睡觉前得补上。"

"你该不会从小挨饿吧？"

苏晓原赶紧摇摇头说："没有，大姨家对我可好可好了。我吃得多……大概是因为打小把胃给撑大了，或许真的消化快。"

"真的？好好的，怎么把胃撑大了？"

"因为……因为我小时候腿总疼，天天看着别人走路心里难受，可是实在起不来。一站起来整条腿刺疼刺疼的，脚还没沾地就疼坏了，碰了地面就像踩钉子，根本站不住。大姨和大姨父疼我啊，给我买好些书还有好吃的。"

"这么……这么严重啊？"

"嗯，神经疼，忍不了。"苏晓原淡淡一笑，"给我做理疗的医院还接过一位三叉神经痛的病人，每天用束缚带绑着呢。我比他幸运得多，吃高兴的时候能忍一会儿。"

张钊无言。他换了个姿势，眼神探向桌下苏晓原蓝色校裤裹住的枯槁的右小腿。

"而且总是夜里疼，我就总是吃，一不小心把胃口撑大了。"苏晓原把这一段当笑话说，"幸亏我消化快，吸收也不是很好，否则肯定是个大胖子。"

"你胖也胖不到哪儿去。"张钊别开脸，浓浓的眉毛皱了又皱，"现在不疼了吧？"

苏晓原擦净嘴边的油花："不疼了，早就不疼了，不信我还能去拿一盘子肉呢。你等着啊……"

自助区旁边是散座，一位家长夹着一筷子海带丝，苦口婆心地劝道："儿子你吃口绿叶菜，来，张嘴，妈妈喂你。"

"不吃不吃，我不吃。"小男孩明显挑食，甩着胳膊摇头，"我不吃！我不爱吃这些！"

男孩一副被宠惯的样子，他一闹，桌上的大麦茶全部泼到地上。刚好苏晓原从桌边经过，脚下一滑眼看要摔，还好稳稳扶住了桌子。

家长连忙道歉："小心……没烫着吧？对不住对不住啊！没烫着哪儿吧？"

苏晓原抿嘴一笑，反过来安慰家长："没烫着我，就是地上全是水，您赶快叫服务生擦一下吧。"

"真不好意思，不好意思……"家长赔着笑脸，转身去找服务生擦地。苏晓原挑着没有水的地方绕开走，每一步都格外小心。

妈妈不在，男孩找到了新的乐趣，拍着桌面喊道："妈妈！我发现了一个大瘸子！他是个大瘸子！哈哈哈这儿有个大瘸子！"

瘸子？怎么回事儿？这两个字对张钊来说太过敏感，他下意识地回头，只见自助选餐区那边的食客都在看同一个地方。

答案不言而喻，在看苏晓原。

苏晓原站在原地，往前走也不是，往后走也不是，不走更不是。运动校服短袖略宽松，衬托得他的身子更薄。最后他只好尴尬笑笑，在过于密集的关注之下朝选餐区走。童言无忌，自己已经被小孩子揪出来了，假装正常人也没有必要。

还不如大大方方瘸着，多拿几盘子肉实在。

张钊今天穿了灰色 T 恤和黑牛仔裤，老远看腿特长，上来就问："谁喊的？"

"咦？你怎么也过来了啊？"苏晓原把刚才的事自动过滤，"过来了正好，你爱吃牛肉还是猪肉，腌好的牛舌你要不要……"

"刚才谁喊的？"张钊冷着脸又问道。

苏晓原哭笑不得："你干吗啊……不就是走路叫人看出来了嘛，我都不在意，你生什么气。"

"我要真生气早不淡定了。"张钊已经不淡定了，他还是太过幼稚，以为自己不在乎，何安不在乎，陶文昌不在乎，苏晓原自己也不在乎，这个缺陷就不再是困难。但现实比他想得无情，哪怕苏晓原什么都不做，只是走几步路，去拿个吃的，都会被眼尖的盯住，接受旁人无情的视线。

他所有的温柔、善良、优秀、努力和将近 700 分的成绩，仍旧抵不过瘸子两个字。这两个字给他盖了戳，别人眼中的笑话却是苏晓原无法逆行的真实生活。

正好这时候男孩的妈妈听到声音急匆匆回来了。

"这是您家孩子啊？"张钊压抑着身体里的怒火。

家长忙得焦头烂额，收拾着一片狼藉："啊，是是，不好意思啊。"

"不好意思是什么意思？有意思吗？"张钊呼出一口气，心里极不舒坦。

"钊哥，算了，算了。"苏晓原劝道，"小孩童言无忌，再说我都不往心里去，咱俩走吧。"

"童言无忌？我小时候说错话还挨我妈打呢，凭什么他就无忌了？他是张无忌啊？我看他就成心！"张钊抬起眼淡淡地扫过去，一直扫到男孩儿脸上，"您是妈对吧？"

家长面子上磨不开，拉着儿子的胳膊道歉："是，太不好意思了，小孩子正是皮的时候，我管不住……"

"管不住您别带出来啊？谁允许他污染环境了。"张钊和凯撒差不多，平时犯犯二，该发火的时候声音不大却极具侵略性，"我同学出来吃顿饭还让他挤对，您觉得这事说得过去吗？我挤对两句您孩子行不行？"

"说不过去，说不过去。"一看这位家长也是拿孩子没辙，在家树立不起威严，"我替孩子道歉行吗？同学，刚才真是孩子不小心，我作为妈替他说对不起。"

张钊直接挥手："不行，您是您，他是他，他虽然小但该懂事了，出来道歉。"

"我不道歉！"男孩儿看这个人不好惹，本能地缩到母亲身后寻求庇护，"我不要道歉，妈，我不道歉！妈你让他走！妈他要打我！"

周围的人全看过来，苏晓原很久没被人这样注视过了："钊哥，算了吧，咱们走吧，不跟孩子计较。"

张钊却不肯动，第一回发觉童音刺耳，完全不可爱："我不是不讲理的人，您儿子这么做就是错了，就是品行有问题，他必须道歉，不道歉，我不走。"

"这……"家长为难地看看孩子，两边尴尬僵持着。张钊执意如此，苏晓原根本拉不动。

"这孩子是得好好管了，一直大吵大闹的，没家教。""是，尖叫半天了，让不让人吃饭……""才多大啊，就这么没礼貌了。"

声音逐渐变大，从你一言我一语，慢慢汇聚成同一股力量。当然也有人说什么"孩子还小，至于这么较劲嘛"，但很快就被别人的声音压过去。旁人的议论不仅是为两个高中生讨回公道，也是替苏晓原代表的弱势群体鸣不平。

苏晓原立在原地，第一回感受到社会反馈的善意。

这不怪他，一个从上小学就开始受到同学排挤的孩子，能坚定不移地站起来走路已经不容易了。道理他都明白，可是面对外界的刺激时苏晓原仍旧习惯逃避，或者用练就的外壳抵挡回去，很少去思考别人是不是欺负了自己。

他看着张钊，这是和自己完全不一样的男生，他有底气，受了气从来忍不住，有危险选择冲在最前面。

"您……"苏晓原感觉自己也被张钊鼓舞了，他看向家长说道，"您的儿子确实……说我了，我可以不计较，孩子还是要教育的。"

家长的脸一阵红一阵白，拉着儿子过来鞠躬："快！给哥哥道歉！"

小孩这时候也有点怕了，不情不愿地说了句对不起。

苏晓原都拉着张钊往回走了，又听那孩子嘟囔："本来就是瘸子还不让说了。"

"你！"张钊一点就着。

苏晓原赶紧拉住他："算了算了钊哥，我还没吃饱呢。"

回到座位，张钊还有些愤愤不平。从入队到退队他都是队里拔尖的，仗着成绩好连教练都敢顶嘴，浑身上下透着没吃过亏的傲气劲，从没有受过这份气。

"好了好了，"苏晓原往嘴里塞打糕，拉出白白的丝来，"这个好吃，有芝士你快尝尝！下午你带我骑车去吧。我今天想放松，明天再努力。"

张钊略加思索后回道："也行，下午咱俩去我哥家楼下骑，地方大又安全。"

张扬家楼下的这片林子非常难得，整片全是白桦树。6月初也是最好的时候，毛毛虫掉光了，嫩芽长成巴掌大小的绿叶，温度适宜，阳光正暖。张钊骑着小黄把苏晓原带回来，车把拴着一根狗链，顺道把狗也带回来遛遛。

"自己跑啊。"周围没人，张钊撒开凯撒的项圈。许久没跑大草坪，凯撒像一只重见天日的野兔子，跑几步蹦跶一下，跳得老高。

苏晓原跨上小黄座椅调整高度："拴着凯撒吧，它是哈士奇，我妈总说它一撒手就没了。"

"让它跑跑呗，它可是张跑跑家的狗子。"张钊扶稳小黄后座，因为巨可爱的"马路杀手"又要骑车了，"你别蹬太猛，手一定捏住车闸！"

"知道了，知道了，快扶着，苏瘸瘸要起飞！"苏晓原摆正车把，轻轻踩下一脚。小黄在张钊的扶持之下稳稳当当骑了出去。

苏晓原很是气馁，学了快4个月的骑车到现在还是不成："唉，原以为高考就是最难的了，想不到骑车也这么难。别人几个星期、几天就会了，偏偏我学了半年还不会。"

话说完了，身后没有回应。苏晓原吓得一激灵还以为张钊放开他了，回头一瞧只看那人满脸乌云，肯定还在纠结刚才的事。

"张跑跑。"苏晓原边骑边回头，"还生气啊？"

"嗯。"张钊小跑跟着。

"别气了，社会上什么人都有，我从前也在意这些，现在看得很开，完全不往心里去。"苏晓原轻快地说，脑袋顶的头发被风吹得左右摇摆，"你有工夫生气，还不如想想怎么才能教会我骑车，我是不是没有运动天分啊，都快半年了……"

张钊心不在焉地说："你这不是挺好的嘛，我都能放开了……"

这话说得不走心，张钊脑海中还在和小男孩儿大战三百回合，自己凭实力吊打，A面打完打B面。没想到手下也没走心，说着说着就放开了后座。

小黄还在往前行驶，这回没有人扶着，真正依靠苏晓原的平衡能力掌控，很稳很稳。

它路线笔直，像一艘刚驶出港口的小船，满载着希望、能量和爱，扬帆朝更壮阔的大海出发。

等张钊反应过来小黄已经骑出好几米远，他没敢出声而是小步跟上，在距车后半米处陪跑。

苏晓原，学会了！

苏晓原并不知情，只觉得小黄骑上去格外顺手，车身很轻巧："欸，我在前面慢慢转个弯儿，咱俩别骑太远，凯撒该丢了。"

"嗯，你转吧，我扶着。"张钊的手距离车座一拳距离。

苏晓原全神贯注，虚捏住车闸，一点点扭转车把的方向，过弯道要画好大一个半圆。前头是鹅卵石路，高出石板路半个小台阶。往常是停下车咯噔上去的，这回他仗着张钊在后头扶着就没捏刹车，直接压上去。

他不知道车没人扶了，张钊知道啊，心里紧张得一惊一乍："苏哥你太彪了！"

"没事，你扶着我呢。"苏晓原不以为然，再说速度也不快，对张钊的日常配速而言最多算快走，"张跑跑，你觉不觉得我最近骑车有进步啊？"

"嗯。"张钊大气不敢喘一下。

"我也觉得有进步。"苏晓原紧盯前方，凯撒在草坪里打滚，"等暑假……咱们带着凯撒划船去吧？"

"行啊，你想去哪儿？"张钊在田径队里陪跑过无数次，头一回这样紧张，眼睛牢牢地盯着车胎。

苏晓原抿着嘴巴，如释重负："想去划小鸭船，白色黄嘴的那种。小时候我妈答应过我，结果没多久我腿就出事了，家里再没提过。先提前打预防针啊，我蹬不动脚踏船，最多在船上给你喊个加油，用桨象征性地帮帮你……"

这是他的腿没瘸之前，未完成的心愿。

张钊爽快地答应："那就去后海呗，带着凯撒，再叫上昌子、何安，你弟弟就算了，我怕我跟他不对付直接把他踹湖里去。"

"你可别踹他了，小运他正长身体呢，踹坏了怎么办？"苏晓原心有余悸，欢快的笑脸瞬间被阴霾覆盖，"唉，先别想太远，暑假兴许我们还得搬家呢。要是我爸不依不饶，我是考完上大学躲开了，我妈和小运怎么办？"

"船到桥头自然直，等你爸来了再说吧。"张钊不敢放松又陪着跑了两圈，确定苏晓原是真会骑了之后才问，"苏哥，累不累啊？"

"不累，我发现小黄特别好骑，小运说得没错，这车果然是奢侈品。"车又被石台阶颠了一下，可苏晓原完全不怕。

彪得很。

张钊放慢脚步，开始担心苏晓原将来是飞车党："其实我刚才没扶。"

"什么！"车轮唰地一下停住，苏晓原转过脸，黑亮的瞳仁里闪烁着不可思议，"你没扶着啊！"

"嗯，你自己骑好几圈了，再练练。"张钊跑出十几步，朝苏晓原招招手，喊道，"来！自己骑过来试试！"

苏晓原胆怯了："这……行吗？你不扶着我害怕。"

"你骑起来试试！不行我立马跑过去扶！"张钊往前走了几步，俩人相距几米，"你不信自己，总信得过钊哥的起跑速度吧？"

"那……我骑了啊，要是车歪了你赶快过来扶我！"苏晓原并不相信自己真会骑车，这对他而言一直都是遥不可及的梦，是健全人才能做的运动。

但是他踩上车蹬的一刹那没有半点犹豫。

踩脚蹬，虚捏车闸，双手握紧且放松……苏晓原用左脚发力，前轮歪歪扭扭向前滚动，他立刻捏住车闸想要放弃。

"别怕！张跑跑给你加油！"张钊再往前迈了一大步，"自己试试。"

"嗯。"苏晓原抓稳车把，松开了车闸，左脚踩，右脚轻踏，右腿使不上力气就靠左腿的力量再踩，一个来回车轮便被完全带动。

车骑动了，没靠张钊扶后座，靠的是自己。

"来，慢慢骑，我就说你行吧。"张钊欣喜若狂，退着步走，始终和车前轮保持几步的远近，"骑直线啊，慢，慢慢慢……苏哥你太彪了。"

这回骑得没有刚才稳，车身有些歪，一点点往前行驶，偶尔晃动几下车把，活像刚学会走步的小婴儿。

苏晓原的脸在发烫，因为激动。自己没有对这件事抱太大希望，只是当个念想。石板路骑到头是鹅卵石，他骑着小黄上小台阶，也就5厘米的高度。

但这个5厘米，别人是一脚迈过去，他从站起来到骑上去，花了整整16年。

粗算下来，自己已经16年没有好好走过路了，两条腿再也没机会一起用力，更别说跑步。从爬不动到站起来，再到学会骑车，他等了好久，等了太久了。

"我……我这算会了？"小黄稳稳停在张钊左侧，苏晓原没有捏刹车，学小运，用的是梦寐以求的腿刹。

张钊鼻子微酸，一把扶着车："刚学会骑车就玩儿腿刹是吧，苏哥吓唬谁呢？"

"就这么学会了？"苏晓原仍旧不敢信，"我怎么会骑车了呢，我……我可是个瘸子啊。"

"你是高兴过头了吧？刚才骑得多好。怎么了？会骑车是好事啊，怎么又要掉眼泪了？"

"我没掉！"苏晓原很少哭，十几年没哭过，今年连着流泪两次，"你老实告诉我，我骑车好看吗？"

"好看，特别好看，像一只……仙气逼人的仙鹤。看不出来，和我骑车一模一样。"

再怎么说不在意，走路、骑车的样子终究也是他在意的。

"什么仙气逼人，你语文白学了。"苏晓原擤擤鼻涕，"那就好，别人看不出来就行。我居然……我居然会骑车了？我刚才是不是真会骑了啊？"

"真会了，骑得好着呢！"

6 号这天早上，张钊被苏晓原一把拽进楼洞："干吗啊？小心小心，我手里的豆浆烫着你！"

苏晓原穿了件海军蓝的 T 恤，底下还是校裤："你坐，你先坐。"

"干吗啊，这么神秘。"张钊被拽进电梯间后面的楼梯通道，台阶铺着新报纸，还有个大纸盒子，一看就是布置好的。

"给你过生日。"苏晓原颠颠地跑来，"虽然明天咱俩就要进考场，可是该有的仪式感必须有。"

张钊有点感动："你真记着呢？我还以为……你光顾着复习给忘了。"

"那指定不给忘。"苏晓原学他的东北口音，"你比我小 13 个月，6 月 6 号的生日，今天 18 岁。"

天气渐热，太阳照射过的地表像在经历一场提前的预热，准备进入滚烫的炎夏。但板楼的楼道永远清爽凉快，散着水泥独有的气味。

"给我买礼物了啊？"张钊问道。

"买了，也自己做了。"苏晓原有些得意，他打开纸盒，揭开雪白的蛋糕布，"我妈不是新买了一个烤箱嘛，我想着试试，和她学了几回。我这是第一回做，不一定好吃。"

"生日蛋糕？"张钊沉不住气夺过来看，不精致也不大的一个蛋糕坯子，连奶油都没有，只抹了一层薄薄的巧克力酱。

"还有这个。"

是一块手表。

"我想着买沉稳些的颜色，黑色啊，靛蓝啊，可是挑了一圈，还是觉得沉稳的颜色不适合你。你本身就是个出挑胡闹的人，静不下来，还是小绿的颜色最配你。"

"那咱俩就……一起加油!"苏晓原不敢在楼下多待,生怕妈妈着急,"明天一定能考好!"

"行!"

回到家,张钊从书包里掏出钱包,打开。

从高一那年冬训之后,一直不敢把妈妈的照片夹在钱包里,直到重回跑道,才又把照片放进去。

"妈。"现在他对照片里的妈妈笑道,眼睛里有小太阳,明媚如夏,"儿子今天成年了,放心啊,明天一定好好考,必上北体大。放心。我往后……一定好好的。我牛着呢!"

第二天,6月7日,高考第一天。

张钊被张平川送到学校门口,手里拎着一个透明的考试笔袋。

"怎么还不进去啊?"张平川紧张得一夜没怎么睡,拍拍儿子的后背劝道,"放轻松,心态好就没问题。"

"我心态挺好的啊,你心态不好了?"张钊不明白为什么所有人都紧张,直到看到被妈妈弟弟护送来的苏晓原,朝张平川一挥手,"爸,我进去了啊!你别在门口等,中午也不用接,你儿子虽然学习不行吧,但指定努力考。"

苏晓原也看见了张钊,和小运、妈妈道过别,俩人一前一后走到和区一中的大铁门前,给张叔儿亮准考证。

"嚯,总觉得你小子还是初一爬墙头呢,转眼都高考了。"老张记不清这是自己送走的多少届考生,满怀着期望,"你俩加油啊,冷静答卷,认真检查。须知少时凌云志,曾许人间第一流。"

"谢谢张叔儿。"苏晓原紧跟着张钊的脚步,追上来说,"那是你爸爸啊,长得真帅。"

"那必须帅,他不帅,我能这么帅嘛。"俩人不在一个考场,张钊护送他上 3 层，"算你弟弟有良心，还知道送你。"

教学楼里都是老师，分外森严，苏晓原不敢多说话，上楼梯上得格外缓慢："你别这么说小运，他就是嘴上刻薄。我爸不知道什么时候会来，他怕打扰我高考，非要跟我妈来送我呢。"

"谅他也不敢来。去吧，好好考，乱七八糟的别多想，有张跑跑呢！"

"嗯，你也好好考，也别多想。"苏晓原朝他晃晃手，腕上一圈活泼的荧光绿色，"一百年，不许变！"

"不变！"张钊也亮了亮手腕，转身，自己也该上跑道了，准备起飞。

语文、数学、文综、英语，6 月 8 日下午 5 点，收卷铃声打响，苏晓原最后检查了一眼答题卡，放下了手中的黑色签字笔。

呼！考完了！尘埃落定，静候佳音。

走出和区一中的大铁门，苏晓原竟然舍不得这个地方了。这个学校不大，设备不算精细，硬件也差点儿意思。可它又是那样特殊，给了苏晓原做梦一般的高三回忆。

"小运！"苏晓原一眼认出弟弟，"等多久了？"

苏运热得一头汗，不耐烦地说："刚来，你这破学校可真要命，门口就这么一亩两分地，连个站的地方都没有。"

"你别这么说我们一中，一中可好了。"苏晓原往门口张望，没看到张钊，却看到了薛业。

很高，一个人孤零零地站着看校门，像等着谁。

没有家长来接他吗？苏晓原看不过去，走过去找他："你怎么在这儿啊？"

"你出来这么快？"薛业勉强挤出一个微笑，"我等杰哥呢。可他好像……已经走了。"

"什么？"苏晓原气得扬起眉毛，义愤填膺，"他干吗不等你啊，他这人……怎么这样！你把他手机号给我！"

薛业对自己这个下场早有预感，淡然地说："不怪他。我总缠着他。"

苏晓原拽着薛业往小运的方向走："你千万别瞎想，他那个人……算了，那你干吗还等着他？他不知好歹，以后你跟我们玩！"

苏晓原恨不得打祝杰一顿替薛业出气，远远跑来三个男生，带头的那个就是张钊。

"等半天了吧？"张钊倍感轻松，终于考完了，他现在已经是高考过的成年人了。

"我也刚出来，没等多久。"苏晓原把你们考得怎么样这句话咽下去，"咱们终于考完了！"

"可不是嘛，咱们这就算彻底解放了！"陶文昌笑得合不拢嘴，"走走走，吃一顿去！"

"走吧，吃一顿庆祝！"张钊兴奋难耐，朝张叔儿挥了挥手，"走了啊，往后常回来看您！请您撸串儿！您可别把我张钊忘了！"

老张笑意深沉地望着这几个孩子，唉，又是一批毕业生，从初一看到高三，自己又看着一批孩子长大了。

陶文昌神采飞扬，一看就是考得比较满意，指着前头的路口喊："这一顿可得吃好的，要不咱们几个跑过去，谁最后一个谁请客！"

"那不行！"何安一脸迷茫，"咱们几个就算了，苏晓原没法跑，你这不是拐弯抹角让人请客嘛。"

"谁说他跑不了的？"张钊直接蹲下，"来，上来，我背着你跑照样第一！咱们不请客！"

6月份的阳光算不上炙热，洋洋洒洒落在路边的树上，把每一片绿叶晒成绿油油的。

苏晓原站在一中门口，进退两难："你别闹，你们跑吧，我走过去。"

"那不行，说背着你就背着你！"张钊耸耸肩膀，催促道，"快！大家都是自己人，害什么臊啊！"

"你胡说！"苏晓原气得直跺脚。无奈陶文昌和何安一起起哄，他只好半推半就爬上了张钊的后背。

苏运挺想问问张钊上回来家里吃蛋糕，特能吃的那个女生的微信。但转念一想，他肯定不说，算了。

薛业看着他们热闹，转身要走："你们去吧，我回家。"

张钊背着苏晓原正在转圈，冷不丁一愣。从前吧，看薛业是各种不顺眼，跑步不行，爱打小报告，成天就知道追星。可现在，他发现薛业其实是个挺仗义的人。

"走吧。"张钊背着苏晓原走到薛业面前，"先说好，你跑不过照样请客。"

"啊？"薛业正准备孤单离场，"不去，咱们又不熟。"

"一起呗！吃顿饭不就熟了。"张钊眉毛一挑，昌子和何安已经开跑，"我去！你们要赖！不带这样的！给我回来！"

"哎呀！你慢点儿！"苏晓原像骑了一匹马，还是野马，"你跑这么快我生气了！"

"生气就生气呗，张跑跑就这么快！"张钊回身瞧了一眼小步跟在后头的薛业，往上一蹿，背着苏晓原来了个大跳，"走咯！一百年，不许变！"

未至盛夏，蝉的叫声却宣告这又是一个很热的夏天。

- 正文完 -

番外篇
Fanwaipian

人生有无数路口，
好在高考的十字路口上他遇见这么一个人。

ZZ × SXY

番外·一

Fanwai Yi

张扬看着张钊刚更新的朋友圈，可算松了一口气。

照片里是堂弟和一帮同学在吃饭，笑容灿烂。旁边有苏晓原、何安和陶文昌，还有薛业和苏运，都是上回在苏家见过面的。苏晓原可能被灌了一口酒，手里是半杯啤酒，脸通红，怎么看怎么和这帮嚣张的体特生不是一类人。

配字是：好兄弟，一百年！

真够二的，张扬皱眉，可好歹，最要紧的高三算平安度过了。

下午英语收卷那声打铃不仅解放了张钊，也解放了他自己。不管自己这个哥当得称职不称职，也算尽了心。

张扬收起手机，充满疑惑地注意着小光的一举一动。

"三哥你吃车厘子，给，我新买的。"杨光新理过头发，短短的格外精神，他递过来一颗洗干净又擦干净的，果肉饱满，一看就是进口货。

"赚钱了啊？"张扬倒是享受被人当大爷伺候，"干吗今天过来，没去健身房？"

杨光特意挑了一件紫粉色的 T 恤，锻炼半年小有成果，手臂微微隆起肌肉的弧度："没，私教说我不能练太狠，容易受伤。三哥你吃这个龙眼，特别甜。"

"你买这么多不怕吃出糖尿病？"张扬嘬着指尖的甜水，和堂弟一个毛病，爱吃甜。

"我卖面膜赚钱了啊，偶尔吃也不得糖尿病。"杨光认真地剥龙眼，剥出一小碗嫩嫩的果肉，诚意十足，"今天高考结束，我来陪你过节。"

张扬挑一挑修过的淡眉，语气轻飘飘："今儿什么节日，还得过来陪我？"

"今天……"杨光缓了一缓，绞尽脑汁寻找答案，"今天是咱俩高考一周年，我怕你没人陪着，难受。"

张扬差一点把龙眼核生吞，这孩子，找借口都找得这么蹩脚，明明就是怕孤独，不想一个人待着。

杨光洗完车厘子，剥龙眼，现在龙眼剥出来了，开始剥山竹："我是觉得……这一年你太不容易了，带着张钏过。今天他考完了，你往后也能轻松些，所以算是个……节日。三哥你吃这个，特别甜。"

张扬笑他上当受骗："你连吃都没吃呢，怎么知道甜了？"

"嘿嘿，因为老板说包甜，不甜不给钱。"杨光态度温和，像个第一回拿钱出去消费的孩子。

"……也就你信，还嘿嘿，不骗你骗谁。"

"三哥，我买了好些半成品的菜，我给你做饭吧。"杨光眨眨眼，一副我肚子好饿的委屈样子。

"行啊，好好做，不好吃我可不干。"张扬很挑嘴，拿小叉子取走最后一块山竹，确实是酸，可他还是吃完了。

"那行，为了庆祝咱俩高考一周年纪念日，顺便再开瓶酒吧！"

"嗯……什么什么？"

"我带了一瓶红酒，就上次你说特别好喝的那个。"杨光没给他反问的机会，直接拔塞，倒酒入醒酒器，"你坐着，等我做好了叫你！"

捣鼓 1 小时之后，张扬看看时间，8 点了，终于能吃上这顿晚饭了。

"三哥你尝尝。"

"弄这么多菜啊。"张扬试着切了块牛肉入口。

"真不错，没想到你小子还有两下子。"

"我喜欢做饭，特意学的。三哥你喝酒，这一年辛苦你了。"

什么什么？自己又不高考有什么可辛苦的。但是张扬有个毛病，爱听人夸，顺嘴接下："还行吧，不过确实累。我弟你也知道，带着他过一年，真比带别人家孩子三年还操心。"

杨光的声音也随哥哥，比较低沉，但语气总是欢快的："我懂，三哥我懂你的辛苦。况且……你小姑的心愿也算了了，她九泉之下肯定谢你照顾张钊。"

听到这个张扬免不得伤感："唉，谁让他是我弟呢。"一伤感就想红酒入喉，拿起灌了一口。

"三哥我懂你的苦心，我哥当年也是一样，为了我每日每夜判卷子。天底下当哥哥的都是为了弟弟好，现在张钊考完试，就等着收北体大的录取通知书，你别太逼自己。"

"要真能上北体大，我这颗心才算落下，否则总觉得对不起小姑，没把她儿子管好。你可不知道，那年小姑一走张钊疯了，练那么多年长跑说弃就弃。教练找不着他，找他爸，找我，怎么谈都没用。"张扬越说喝得越多，看着酒杯发愣，"光啊，你见过谁家喝红酒倒一整杯的，想灌死我？"

"啊？"杨光很少喝酒但酒量是天生的，和他哥差不多，喝了几杯完全像喝水，"哦……那三哥你别喝了，我不灌你，我哥下月回来，说想请你吃饭，谢谢你照顾我。"

"又请我？他是钱太多没处造了吧？这么爱请人吃饭，干脆直接封红包给我算了。"张扬不解地问道，"不过……怎么又是你哥？你爸你妈还不从国外回来看你？光啊，真不是三哥多事，你爸妈太不负责了，真的，生你就跟没你一样。"

杨光尴尬地笑了笑，挠着后脑勺，目光闪躲："这个，这个啊，我说谎了。"

"嗯？"张扬微醺。

"我……我爸妈早就没了，我是爷爷和哥哥带大的。"杨光低下头，很乖的一个大男孩，叫人止不住心疼，"我爸妈是二婚，爸爸在我没落地之前病逝，所以我是遗腹子。爷爷说，我妈老家那边有风俗，再婚不能带着遗腹子，否则克夫。我妈没办法，把所有嫁妆都给我留下了，她得吃饭，养弟弟妹妹，走的时候……也舍不得。后来我哥就找回来了，他用零花钱养大我。"

"你说什么？"张扬眯了眯微醉的眼睛，整颗心沉下来。

杨光攥了把拳头，又猛灌一口，结果尿上加尿。

"我说，我是个从小没爸没妈的人，我之前说谎了。根本不是爸妈在国外，他们也不是做大生意的，都是我编的。我是个遗腹子，街坊都说这是晦气，是丧门星，克死爸爸又克死爷爷。我怕你看不起我才骗人。"

张扬心疼得很，原来自己骂了半天，每次都是戳小光心窝呢。

"咳……没看不起，别瞎想。"张扬脾气不好也不会哄人，脸色也很不好看。他酒量一般，喝多了大舌头。

"别多想啊，往后有三哥，三哥罩你。"尽量控制好发音准确，张扬把最后一口酒吞了。

番外·二

张钊的录取通知书是 8 月初收到的——北体大，竞技体育学院。一张通知书实现了他的誓言，也预告了接下来几年他都要在跑道上燃烧。

苏晓原的录取通知书比他早两天，在 7 月 31 日上午稳稳当当落到手中。691 分，超了人大录取分数线整整 40 分，朝区与和区一中的应届文科第一。

除此之外，他们还得到一个好消息：苏景龙被捕了。之前陈琴去报警，但由于证据不足，警察也没有什么好办法，只能观察苏景龙，不让他再骚扰苏家。但没想到，调查之后，警察发现，之前隔壁市一起没能侦破的打架致人残疾的恶性事件，凶手正是苏景龙！在收集了充足的证据之后，警察立刻逮捕了苏景龙。

皆大欢喜，如愿以偿。

苏运躺在沙发里用手机看游戏直播，左边是凯撒，右边是莉亚。

莉亚是苏运自己要养的狗，品种哈士奇，血统不是很纯，混了一点萨摩耶。冰蓝色的眼和凯撒很像，但耳朵和鼻子没有那么尖长。

它有 5 个半月大，很会欺负凯撒。

张钊看他就来气。当初把狗放在苏家是为了看门，结果养着养着，自己的狗就变成苏运的狗。中考成绩出来后，苏运以中考成绩成功挤入朝区前 50 为由，问他哥哥要 3000 块钱买狗。

连价格都问好了，有备而来，弟弟行为。

苏晓原当然不拒绝，他的钱就是弟弟的。当晚苏家多了一条拉稀的奶狗，吓得苏晓原立马打电话搬救兵，等张钊赶到，气得不行。

不用问，苏运肯定是随便找了不规范的犬舍，买了一条最便宜的哈士奇。没良心的狗贩看他还是个孩子，干脆给他一条病狗。一般小病都有潜伏期，这倒好，回家之后莉亚病发了。

结论，这个傻弟弟办事不靠谱，买狗 3000，治病 5500。好在苏运手里有自己的小金库，不然张钊真让他打借条。

"喂，你屁股是黏沙发上了吗？"张钊正帮着苏晓原打扫新家的卫生。虽说苏晓原现在已经可以大方地面对自己的腿了，但住宿舍多少还是有些不便，于是向学校说明了情况，在大学附近租房子住。

"别看了，帮忙干活！"张钊把一块抹布扔到苏运跟前的桌子上。

"我将来又不住这屋，我干吗干活啊？你住你干呗。"

凯撒在旁边翻着肚皮睡，尾巴时不时甩一下，给莉亚当玩具。

张钊从未见过如此厚颜无耻之狗，太二了，哈士奇太二了："你不住你干吗来，嫌屋里人不够多啊。"

苏晓原受不了他俩开火，躲进厨房切西瓜。

"我哥将来也住这屋，凭什么我不能来？我好歹得看看环境吧。"苏运面无表情，"我可警告你，敢欺负我哥，放狗咬你。"

"我还真怕你放狗？"张钊只想一个胡抡把他扔出二里地，"还有你养狗能不能有自己的创意，我养哈士奇，你也养哈士奇？"

"你别想多了，我家莉亚真看不上你家凯撒。"苏运马上就是高中生了，语气中带着不屑，"凯撒太二。"

张钊又扔一只拖鞋过去："找打是吧？起来擦地！"

"我不擦，我就来看一眼。"游戏玩到紧要关头，苏运没有还手，嘴里却没有好听的，"什么破屋子啊，连个像样的家具都没有。"

张钊忍了又忍，实在难耐。趁苏晓原没看见，把他弟按在沙发上猛揍一顿。

刹那间狗毛纷飞，让你嘴欠，钊哥教你做人。

苏晓原端着西瓜出来，张钊瘫在沙发里看手机，小运正蹲着擦地。

"别擦了，来吃西瓜。我买了个大甜西瓜。"

苏运朝张钊的方向翻了个白眼："哥，我累死了。"

"快来歇歇，多吃点。"

"累就对了，不知道劳动辛苦就不会珍惜劳动果实。这是你成为高中生之前必修的一课。"张钊很幼稚，用牙签和苏运抢西瓜，他要扎哪块，自己也扎哪一块，再时不时给凯撒喂一口。

下午，张钊陪苏晓原去商场买家具。打车到了目的地，苏晓原的眼神充满茫然，才告诉张钊自己从来没逛过这里。

张钊先是惊讶，接着笑了笑，揉了一把他的头发："没事，跟着钊哥走绝对不会丢。"

"我不是怕丢，又不是小孩子了。"苏晓原一步一瘸，"因为这商场太大，我要是累了有地方休息吗？"

张钊拉着他上扶梯，无视周边的注目礼。一个小瘸子，不管在哪里走路都会被人盯几眼。起初他还生气瞪回去，再后来直接屏蔽。

"有，里面都是床。再不济……"张钊拉了一辆手推车来，"苏哥坐车，我推着！"

"你胡说！"苏晓原直接拒绝，"我又不是小孩儿。我比你还大呢。"

张钊忍俊不禁："是，苏哥最大了，我在你面前就是个弟弟。"

两个小时过去了，张钊推着车，车里坐着小小一团的苏晓原，怀里抱着锅碗瓢勺。

这个不行，那个太贵，总之性价比不高，精打算盘金牛座，华而不实的东西一概不要，直奔正题。

逛到一半苏晓原主动要求坐推车。原因是人太多，他真的很难往前挤。好在他瘦，坐在里面也不占什么地方。

"等着啊，我去买东西！"结完账，张钊把大包小包扔下，朝人群最密集的地方跑过去，几分钟之后举着 5 个圆筒冰激凌回来。

"你怎么买这么多？"苏晓原伸手接住，"浪费。"

"这是逛家居的必备项目，必须吃圆筒。"张钊想法简单，只想把他没经历过的全部补上，"你绝对喜欢，因为便宜，一块钱。"

"什么！"小金牛两眼放光，"一块钱就能买？"

"真的，单色一块，双色两块，圣代三块。"张钊拉他到人少的地方，"尝尝。"

苏晓原嘬了一口，很纯的牛奶味，性价比超高。

回到家，屋里没有人，地上也没有狗。

"咦，我弟呢？他书包还在呢，人呢？"

"肯定是遛狗去了。"张钊发现狗链不在。

正说着，苏运推开了门。他进屋先把狗链解开，然后冲进厨房找东西。

"小运你找什么？哥帮你。"

"欸我棒球棒呢！"苏运抱着蔫头耷脑打哆嗦的莉亚心疼不已，"我闺女被楼下大狗给咬了！"

张钊叹气了一声，这二货弟弟。

苏晓原从厨房跑出来："咬哪儿了？给我看看。"

"脖子！"苏运心疼不已，仿佛自己被咬了，一把塞给他哥，"什么人啊，遛狗也不拴，没公德心！"

"你别急，哥先检查检查。莉亚乖啊，哥哥抱，哥哥抱。"苏晓原抱着莉亚左哄右哄，凯撒急得左转右转。哆嗦的奶哈很快安静下来，一个劲儿要抱抱。

"看来是给咬坏了。"苏晓原心里冰凉，"你看它都吓成这样了，带它去医院吧。"

"我看看。"张钊洗过手，从苏晓原怀里接过狗，很有经验地先揉耳朵，"是吓坏了，刚才怎么回事？"

提起来苏运就满脸怒气："还能怎么着，我带着它俩跑得好好的，不知道从哪儿冲出来的大狗，上来就扑，直接把莉亚压下面了，叫的声音都变了！"

张钊是养狗老手，知道怎样安抚受惊的奶狗。确实是咬着了，脖子那圈颈毛被叼湿一块，可是莉亚太紧张，根本不让碰，一碰它就要假装回身咬，还哼哼。

它一哼哼，凯撒直接不干，冲着天花板嗷嗷，还带拉长尾音。

"凯撒没受伤？"张钊抱着莉亚颠来颠去，"它没跟着打架吧？"

"差点咬起来，要不是我拉着它呢。"苏运心有余悸，否则两条大型犬撕咬起来那可不是随便能分开的，"你别颠我莉亚了，一会儿晕了，快给我。"

张钊也就是心疼狗，否则真不想管。哄了半天莉亚才勉强不叫，张钊耐心地掀开一层一层毛发，检查皮肤。

"没咬破，只是被叼了一口。"最后他把莉亚还给苏晓原，"没流血但是肯定吓着了，好好照顾两天。这一周先别带它下楼，我怕它见着大狗有应激反应，长大之后脾气暴躁，跟你弟似的。"

"我脾气暴躁？"苏运暴躁地说，"你别抹黑我啊。"

"这还用抹黑？你自己觉得能洗白吗？洗衣粉都洗不白。"张钊弯腰去摸凯撒，"你要是不放心，可以带它去医院看看，我只能看出没咬流血。内脏方面的……我看不出来，万一严重了别怪我没说。"

苏运抓抓头发："那我带它做个身体检查去吧。"

苏运带着莉亚离开，凯撒失了魂似的，让张钊大呼痛心："养你这么多年，白眼狼是吧？我当初是怎么救你的，你好好回忆回忆。

你太让我失望了。"

凯撒跃上沙发蜷成一个大球，静静地思念着莉亚。

"钊哥你别生气，凯撒只是太孤单了，突然有个同类比较新鲜。"苏晓原拿出热狗，"饿了没？"

"饿，早饿了。"张钊用长腿钩了一张椅子。

苏晓原眯眼笑起来："好吃吗？"

"好吃。累死，可算把你那傻弟弟轰走了。带孩子真累。"

"你别和小运计较。"

"他那么幼稚，我才不和他一般见识！"

刚好天空打了一声闷雷又划亮了一道大闪电，这是要下大暴雨。

苏晓原看看窗外，听听风声："要不你今晚就睡这儿吧，外面下大雨了。"

"哦……是啊，下大雨呢。"张钊答应得挺痛快，先摸手机，"我给我哥打个电话报备一下。"

张扬接电话的时候正在树林里散步消食，顺便活动筋骨。堂弟不回家住他倒是不担心，张钊这个孩子吧，搞体育搞得比较执着，没什么恶习。他大部分时间都在训练，网吧都没去过几次。他要说睡在朋友家里了，没什么可蒙人的。

第二天是个大晴天，张扬带着小光、张钊、苏晓原和凯撒去划船。苏运也非要跟着，没想到蒋岚也来了。

"你怎么来了？"张钊不解。

蒋岚穿牛仔背带热裤，露出一双古铜色的长腿，笑声爽朗："去划船啊，不是师父约我们一起北海游吗？"

张钊把审视的目光投向苏运。苏运把宠物背包挎在胸前，抱着奶哈，视线极力远眺仿佛能看到 5000 米之外。

哼！骗我徒弟！

天气炎热，苏运背着闺女在后面走，手里拿着一个电动小风扇给莉亚降温，同时没话找话："你多高啊？"

蒋岚知道小原子被弟弟欺负过，头也不偏地说："我没名字啊，你你你的。"

苏运碰了壁，捏着莉亚的肉爪又说："蒋岚你多高啊？"

"蒋岚是你叫的吗？高中还没上的小屁孩儿直接叫名字，懂礼貌吗？"

苏运沉默，一路和蒋岚试图搭话均以失败告终。

车停在什刹海，天气好，苏晓原想逛一逛湖边。

苏晓原一步一瘸，上回来什刹海还是腿没坏的时候。妈妈挺着大肚子，说生完弟弟就带他来划小鸭船。

没过多久，他就被一支冰冷的针头扎瘸了腿。等再站起来他已经上了小学，离开了北城。

"看什么呢？"张钊背着书包，拿着冰水，牵着凯撒，陪他慢慢溜达。

"看湖里的野鸭子。"苏晓原笑着说道，"小时候我妈还带我滑冰车呢，那时候冰车可以到野鸭湖，现在不知道行不行。"

"蒋姐你多高啊？"苏运还在锲而不舍地搭讪。

"我有那么老吗？"蒋岚鄙视的眼神十分明显，"净身高 1 米 78，不服？"

"有 1 米 78 吗？"苏运站直了比比，1 米 80 的身高优势可以忽略不计，"人家都说女生太高了不好找男朋友。"

蒋岚继续放冷箭："呵呵，女生太高好不好找男朋友，我不知道。我只知道直男嘴欠的话这辈子注定孤独一生，只能当个孤独的人类。"

苏运无话可说，抬眼看张钊正用凯撒讨好他哥，双臂笔直把莉亚递给蒋岚："玩儿狗吗？"

　　这个还不错，毛绒玩具似的，蒋岚一把接过来揉搓："嗯，可以。你家狗可比你强多了。嘴巴不会说话就别要了，不要的嘴可以捐给需要的人，谢谢。"

　　"我没说你找不着男朋友。"苏运抿了个一字嘴解释。莉亚嗷呜一声，支棱起小耳朵，亲得蒋岚一脸毛。

　　"有一点你比你家狗强。"蒋岚铁嘴毒舌碾压群雄，"你至少不掉毛。"

　　苏运找回些面子，刚要张口。

　　"但是未必你20年后不掉毛，万一是秃头也说不定。听说嘴上积德保发际线。"

　　苏运再次陷入沉默。

　　张扬不喜欢晒太阳，怕皮肤受不了紫外线的伤害长斑长皱纹，超黑大墨镜顶在脸上，金头发，比谁都扎眼。

　　"就这里！"杨光带路，指向老北城风格的装修店面，"青哥在吗，青哥？"

　　一个光头摇着大蒲扇回头问："您哪位？"一听就是老北城，非常礼貌，开口称您。

　　"我……我找青哥。"杨光退了半步，光头不认识自己，自己可记得他，当年万宁桥上挨打就有这一位，"青哥不在店里？"

　　光头摇了摇头："不在，说是出去躲躲，我这儿替他看店呢。您租船？"

　　躲躲？躲谁啊？杨光一行人环视四周，玻璃橱柜里满当当的冰刀鞋最显眼，每一双都不一样。旁边是国家颁发的非物质文化遗产证书。

　　"这么多冰刀鞋？"苏晓原对一切运动好奇，因为他什么都没尝试过，"张跑跑你会滑冰吗？"

　　张钊很想点头，但这个真不行："我初一那年被春哥拎进校队，只会跑步。除了篮球其他运动没怎么碰过。”

蒋岚可不同意，连忙给张钊抬面子：“师父那叫专攻，我们队里好多女生崇拜他。还有你们班那个祝杰，还有跳高队里那个陶文昌。都说你们高三（9）班体特帅呢。”

张钊内心暗自高兴。

苏运抱着闺女躲在电风扇正下方降温，不屑一顾地哼了一鼻子：“会跑步有啥用。”

“跑步能脱单。”张钊立马回了句。

十几分钟之后杨光听到门外有响动：“青哥！你干吗去了？”

“臭小子，要不是你今儿带人来，我就不回来了！”串儿青一身军装绿，一张脸阳刚气十足，他扔给光头一把钥匙，“给小光开 8 人座的鸭子船，不用押金不走账。”

杨光拿着手机过来扫码：“不行不行，我不给你钱我哥肯定骂我。青哥你刚才躲什么呢？”

“躲……”串儿青冷峻的眉挂着一串汗珠，撞上从店门口进来的姑娘，“姑奶奶，您别逮我了行吗？”

“小光！石头和你哥什么时候回国啊？”梁语柔没想到能撞见小光，抱着“蹂躏”一通，“不逮你，我上哪儿找你去？”

“柔柔姐你怎么来了啊？”杨光变回乖弟弟，“这是我三哥，我带朋友来划船。”

“我逮老青啊。”梁语柔继续揉搓杨光的脸，“老青你赶紧收拾，我跟我爸妈说好了，今晚吃饭。”

串儿青被折磨得苦不堪言：“姑奶奶咱能缓缓吗？我一租冰刀租船的，你爸妈科学院老院士真看不上我。我年底肯定上你家提亲行吗？带着什刹海的房契去。”

“怎么看不上了，我跟他俩说你是搞文化遗产保护和幼儿教育的。”梁语柔绕着店面来回看，“挺好，冬天租冰刀开溜冰课，夏天租船开游泳课。"

"小姑奶奶，我这都随便闹呢，你怎么不和二老说我就一收房租的啊？"串儿青翻抽屉找码头的钥匙，店里只有一艘8人座，"光，钥匙给你，带朋友玩儿去！"

光头准备出去开船，看见了梁语柔，梁语柔眉毛一挑，光头立马赔笑："柔姐好。"

"叫错了。"梁语柔冷笑，"重新叫。"

光头倒戈："青嫂好！"

"乖，下个月让老青给你涨工资。"梁语柔放开小光，进去逮串儿青，"你不换衣服也行，就这身吧，我大院长大的有军人情节。"

"你这不就是欺骗老人嘛，我就一本科文凭还……"串儿青一屁股坐在藤椅里，"服你了，小丫头片子。"

"就让你打个过场，反正我爸妈的话我也不听。"梁语柔自来主意大，"就问你，去不去？不去往后没机会了。"

串儿青向"恶势力"低头了："去，到时候二老不同意你可别哭。不过这种场合我穿哪一身合适啊？"

"青哥你可以穿西装……"杨光被张扬捂着嘴，一把拽走。

8人座的脚踏船很少，什刹海就这么一艘。苏晓原肯定不蹬，举着小风扇给大家喊加油。

"钊哥，吃水果。"小白手递过来剥好的橘子。

张钊伸直长腿将船踩到湖心："某人行为别总那么幼稚，不出力干吗来了？"

苏运已经不想开口说话了，说一句就会被蒋岚精准打压："你不体特生嘛，腿长有劲儿还用我干吗？"

"腿不用的话可以锯下来送给需要的人。"蒋岚一时嘴快，回头道歉，"小原子对不住啊，我不是故意说你弟弟。师父你罚我吧，夏训你说跑多少就多少。"

苏晓原笑笑，继续分发水果："不要紧，你吃不吃哈密瓜？"

"谢谢原原。"蒋岚自己吃一口，喂给凯撒一口，"撒撒啊，听说你是有媳妇儿的狗子了？"

苏运冷冰冰说："我们莉亚才看不上它呢。别做梦。"

张扬抱着奶哈，翘着腿像个贵妇："光啊，往后别老让这姐姐那姐姐的摸你，你又不是小孩子了。"

"生气了啊？"杨光小声地问，"那我以后注意。柔柔姐是我发小的嫂子。"

苏晓原忙得转不过来，一口喂凯撒，一口喂张钊，盘子里的水果越来越少。

"钊哥可以了，歇歇吧。"

张钊停下动作看着他。人生有无数路口，好在高考的十字路口上他遇见这么一个人。

"看我干吗？"苏晓原又喂了一颗提子，眼神清澈。

张钊接住："苏哥高兴吗？"

"高兴。"苏晓原笑笑，"人生必做清单上又少了一项，自行车也学会了。"

"还有什么想做的？"张钊算着军训时间，"赶紧的，陪你做完。"

苏晓原按了按脑袋上翘起的头发，说："还有好多好多呢，估计军训之前做不完。过几天可以去北城动物园逛逛，小时候妈也说带我去来着，就没去成。"

苏运懒洋洋地踩脚踏。蒋岚就在边上，他琢磨怎么开口。

"蒋姐，一般体育生都练什么啊？"

蒋岚玩着莉亚回道："跟你说你也听不懂。"

苏运不信邪："那体特生都喜欢什么类型的？"

蒋岚继续玩莉亚："喜欢巨能跑步的。"

"看吧，我就说他没戏。"张钊摇摇头对苏晓原说，短短一年，自己已经从一名吃喝打诨的学渣变成准大学生运动员了，"过几天去动物园，等我军训回来，找时间教你打篮球。"

"打篮球？"苏晓原两眼放光，"我想学投三分，我做梦都想学。"

"嗯，肯定教。"

湖心水波荡漾，岸边柳树摇曳，蝉儿鸣绿了八月天，果然是一个格外热闹的盛夏。

独家番外
Dujia Fanwai

"她们又说男生女生都一样，要勇敢地做自己。"

大学的盛夏

开学之前，苏晓原从没想过大学的课业会如此繁忙。

再怎么说，自己也是在南城上过高中的人，还是重点高中，和自己竞争名额的同班同学都是准名牌大学的高才生，早已适应了高强度的学习模式，可是……一上了大学，他还是不太习惯。

"晓原，你今天参加社团活动吗？"室友已经在书桌前忙了一早上，现在仍旧紧盯着电脑，"开学已经一个月了，有没有参加什么社团啊？"

"啊……我暂时还没想好。"苏晓原并拢双腿坐直，端庄的样子还是和高三时差不多，"你呢？"

"我啊，加入了电脑社和滑板社，这不，正准备学生会竞选的演讲呢。"室友指了指电脑屏幕，拿起旁边的冰咖啡大喝一口，"竞争太激烈了，咱们学校真是高手如云啊！"

苏晓原点点头，确实是高手如云。自己的大学是全国重点，每一位学生都是高中时期的顶尖学霸，很有可能是省状元、校状元。这些人大部分都和自己的室友相同，并不是书呆子。

大家都有自己独特的优势，学习成绩好只是一方面。无论是社交还是融入新环境的速度，都比自己强太多。

就好比自己的室友，从开学到现在，没有一天是闲着的。室友学习成绩顶尖，每天按时上课，课余时间还能玩转两个社团。现在他又准备竞争学生会的一席之位，这样的人，将来必定是精英中的佼佼者。

"你要用英文演讲吗？"苏晓原走过去问，站在了他的身后。

电脑屏幕上全是英文，室友正在考虑："想，用英文演讲会有加分，但是我也要考虑投票人的英语能力。我现在才上大一，这么锋芒毕露不太好，开头还是谦卑一些，一步步来吧。"

"也对，反正英文能力的展示不在这一时，你这种想法真的……"苏晓原再次感叹，"换位思考，真的太好了。你为什么各方面都这么优秀啊？"

"我？"室友没反应过来，"我没有各方面都很优秀啊，我倒是羡慕你呢，总能安安静静高度集中注意力，我每天都想着折腾别的。这不，今天刚和几个朋友商量过，发现学校没有无人机社团，我们准备自己弄一个，当社长。"

哇，参加两个社团和学生会都不觉得累，还能再新建立一个社团，这种精力可太像体育生了。苏晓原羡慕极了，看着他的时候，就会想起自己的高中同桌，那个实实在在的体育生，张钊。

他也是这样，风风火火，闹闹腾腾，只要有他在就永远不会冷场。要是他在学校里，一定会大笑着拍自己的肩膀，带着自己熟悉学校的每个角落。

可是现在，他不在，他考上了北体大，苏晓原忍住给他打电话的念头。这个时间，他一定在训练，因为下周是开学后的第一场比赛，对他来说很重要。

好吧，这是自己的大学生活，一定可以慢慢适应的。苏晓原收拾好自己的书包，又看了看自己的腿。

命运和自己开玩笑，拿走了自己一条健康的腿，拿走了自己奔跑的能力。但是自己没有认输啊，好好学习，考上了全国重点大学，就读王牌专业，而且张钊还教会了自己骑自行车。不能认输，大学生活才刚刚开始，人生才刚刚启航。

这么想着，苏晓原一步一瘸地走向自己的衣柜，拿出一个还没拆开的大包裹，快速塞入书包，离开了宿舍。

这时候正是学校社团开展活动的高峰期，琳琅满目的社团还在招揽新生，大家都使出看家本事，吸收新鲜血液。苏晓原穿行而过，抽空给张钊拍了照片，发了过去。

照片当中，学校里热热闹闹，阳光明媚，天空碧蓝，校园内像热闹的游园会，每个人脸上都洋溢着自信的笑容。

张钊刚才还发微信问自己，这周心情有没有好一点，现在苏晓原就把照片发过去，用这种方式告诉他，自己一切都好。

虽然有点骗人的成分，但是总不能让那个长跑大男孩儿天天担心自己。他一担心就骑着自行车来了，而两所学校离得很远。

上周周末，苏晓原和张钊、陶文昌他们聚餐，张钊心细，一眼就看出来苏晓原情绪不高，一问才知道，他有些不适应大学生活。

结果到了周一午饭时，张钊就发微信说他已经骑车到学校正门了，要带自己出去吃饭。能见到他固然高兴，可是……自己也要学着交到新的朋友，适应新的生活。

现在书包里放着他偷偷买来的衣服，穿过热闹的人群，苏晓原来到了一张桌子面前。这里相对安静，所有人都穿着另外一个朝代的衣服，仿佛时间穿越。

"你好。"苏晓原鼓起了勇气，"请问……请问……"

"你好。"正在登记表格的女生抬起了头，额头上的花钿夺目。

她一说话，周围其他的女生也看了过来，头上的步摇也随之摆动。

"你好。"苏晓原羡慕地看着她们，好有勇气啊，她们都不在乎别人的眼神，只穿自己喜欢的衣服，"我想……我想加入汉服社，请问你们……收男生吗？"

他以为人家会考虑一下，社团活动日的第一天他就关注到汉服社了，从来没见过男生。没想到几个女生从惊讶到展露笑容，瞬间围了过来，将他围在了当中。

她们都好高啊，有两个甚至和苏晓原一样高，再加上头顶的假发，倒显得单薄的苏晓原弱小又无助。

"好可爱啊！他长得好可爱啊！"

"怎么会比我还白啊？将来化了妆一定很好看！"

"是哪个系的啊同学？我们都是大三的，要叫学姐哦。"

"我叫苏晓原，是新闻系的，大一的新生。不过我腿不太好。"苏晓原没想到这些学姐如此热情，一个接一个地掐自己脸蛋，像是对待小朋友，"那我这就算……入社了？"

"是啊！你可是我们汉服社唯一的一个男生，咱们先登记，一会儿给你介绍社团，从汉服文化开始。"学姐拉住苏晓原，刚才他走过来的时候她已经看出端倪，他有一条腿不方便。这更激起了她们的保护欲，将他按在了椅子上。

"我自己买了一套，我不懂，随便买的，不知道自己买的对不对。"苏晓原受宠若惊，左右前后全部都是美人姐姐，活像时空穿越，"我……"

"没关系的，你别着急，我们慢慢给你介绍，以后你就是我们汉服社的人了，包你每天都美美的。"

苏晓原点了点头，心里一阵兴奋。看来这一步也不是很难嘛，自己这就算跨出去了。

北体大的训练场上热火朝天，都在为了下周的队测做最后的努力。体院的每一个人都是体考的佼佼者，胜负欲拉到极限，谁也不愿意在第一场测试中落败，都想要一鸣惊人。

张钊正戴着一个黑色的面罩跑步，每一步都要用尽全力。5000米是他的强项，也是他每天必练的项目，哪怕不冲时间，也要匀速地跑下来，让每一块肌肉熟悉这个过程。

长跑很累，也很磨人。特别是上了大学之后，这种感觉越发明显。和区一中固然是非常有名的体育试点校，可是水平参差不齐，自己就算顶尖的了。大学完全不同，全国各地的优秀体育生聚在一起，曾经可以随随便便跑出全校第一的长跑成绩在这里并不突出。

要更快更强才能胜出，这对张钊来说是挑战，也是一个兴奋点。

对竞技体育的热爱让他宁愿用受苦的方式去提升身体技能，戴着专业的口罩去模拟高原环境，制造缺氧条件，让肺部和心脏以为自己真的缺氧了。

人的潜能只有在面临生死危机时才会被逼出来，每个运动员都逃不过这一关，濒临崩溃才会强化，才能有更强的心肺，每秒运送到血液里的氧气才会更多……张钊一边想一边机械性地跑步，他已经进入最后200米，可以冲刺了。

可是，好累，他的肺部要炸掉了。

那种疼火烧火燎，在每一次呼吸的时候提醒他需要休息。张钊试图张开嘴巴，吸入更多氧气，但由于面罩的关系，他什么都吸不进去。

越来越疼，越来越憋，汗水倒灌入面罩，嘴唇上方的汗液流过了唇线。10月份的天气还不够凉爽，张钊迈开双腿，向着最后50米冲刺。

开始加速了，应该要加速了。张钊的理智告诉他，身体却跟不上了。这一次的成绩大概不会进步多少，他最后没有用全力，只用了冲刺一半的速度过线。

"怎么回事？慢了十几秒！"教练捏着表问。

张钊摇摇手，又指指喉咙，意思是自己说不出一句话来。他摘掉防毒面具一样的面罩，呈大字形躺在跑道内侧的休息区，看着蓝蓝的天，终于吸进了氧气。

重新呼吸的感觉真爽，张钊大口大口吞入，像吃空气。胸口的起伏快得像风箱，时时刻刻被人踩动。

腹肌撕裂了一样，是腹肌代偿了胸口的承受力。

核心力量不强的人跑不了多久，力量不在中段全在腿上，只会越跑越沉。可现在他来不及考虑这些，只想好好享受。

长跑累到极致，就是濒死感。

"没事吧？还能不能站起来？"教练对这种状况见怪不怪，新生大部分都有这个过程。这帮孩子，上高中时每一个都是学校里最闹腾的孩子，可是上了大学，现实就要教他们做人。

"能，我……再缓缓。"张钊每说一句话就要歇几秒，"我再缓缓，我没事，我还能跑。"

"别跑了，今天你的训练到此为止。"教练立刻发话，"不能把自己逼太紧，你最近心太急。"

能不急嘛，运动员原本就是最争强好胜的那一批，强强相遇必有输赢。张钊吃力地坐起来，看向自己晒黑的小腿，面罩在他手里，已经被汗水浸透。

算了，今天就听教练一次，先休息。他又躺了几分钟才能坐直，再站稳，走向自己的运动包。

运动包刚一拉开，就看到一小包红双喜包装的大虾酥。他赶紧拿出一颗含在嘴里，又拿出手机，看到了苏晓原给自己发的照片。

"挺热闹啊……"张钊自言自语，不自觉挂上笑容。这照片一看就是学校的社团活动日，苏晓原去了，一定是已经成功融入集体了。

这件事也是他最近心烦的事，他怕苏晓原适应不了大学。尽管他是一个高才生，但是在这方面还是不如自己。

自己在军训时就已经成功和同学打成一片，成了一起挨罚一起挨骂的死党。但现在看来，他应该是没问题的。

张钊给苏晓原打电话，约他下周来看自己比赛。

"下周我比赛，我去接你过来，你别自己来。"

苏晓原本来是同意的，现在又改了主意："你别来，我要自己去。"

"我打车去。"张钊强调，"不骑车。"

"不用，我想自己去，给你一个惊喜。"苏晓原偷偷地笑，"你把精力放在跑步上，我一定会让你找到的，只要你往看台上看，一定可以看见我。"

"你不用给我惊喜，随便一站，我肯定第一眼看见你。"张钊又含了一块大虾酥，刚才的疲惫和沮丧瞬间消失，还能再练几十圈。

第一次队测的时间定在下周五，张钊周末没有离校，留校准备，没觉得怎么着呢，时间一眨眼就到了。

虽然已经到了 10 月份，可是金秋并没有送爽，汗水还是停在每一个人的额头。

测试上午 10 点准时开始，张钊 7 点起床做准备，提前吃好早餐。跑步前不能太饱，但又不能缺少能量，一切都要好好计划，要刚刚好。

张钊这段时间心里也有个疙瘩。以前，这个人只生活在自己的保护之下，身边最擅长体育的人就是自己。虽然苏晓原和昌子、何安甚至薛业都认识，可是张钊相信自己是那个最厉害的。

可现在，苏晓原的室友也是一个狠角色。人家会运动，但是不是体育生，学习成绩直逼 700 分，还帅，还有领导能力。张钊第一次感觉到有点自卑。他有些担心，上大学之后大家身处不同的环境中渐渐地就会疏远了。

"准备得怎么样了？"教练和他擦肩而过。

"还行。"张钊这时候比较谦虚，其实心里想的是，我就是天下第一。

时间一分一秒地推进，距离队测时间也越来越近了。

"喂！你到哪儿了？我跑过去接你！"张钊正在换鞋。

"你别来，我自己去。"苏晓原刚刚下车，拒绝了张钊的帮助。

"我怕你不方便啊，天气又这么热。"张钊有些担心，体院的人风风火火，说话和做事有时候不经过大脑。他怕走路不方便的苏晓原被别人给碰了，要是撞一下子，小仙鹤估计能飞出 8 米远。

还有，他也怕别人好奇地看苏晓原。

体院的人都是什么人啊，身体和精神经过双重磨炼，从上小学起就展现出了超高的运动天分。每个人都有一副好体魄，八块腹肌是标配。可是苏晓原呢？

一个学习尖子，可可爱爱，脑袋上总有几根头发翘着，还是一个小瘸子。

在本校学生眼里，这样的男生太不一样，从没见过，可能会盯着他的腿和奇怪的走路姿势看。

"还是我去接你吧。"张钊站了起来，从训练场跑过去也不算太远，加速 20 分钟的事。有自己在身边打掩护，至少那个人心里还会好受些。

"不要不要，你千万不要来，我马上就能进你们学校了。"苏晓原知道他是担心自己，周围所有的目光现在都集中在自己身上，他稍稍低了下头，"你好好测试，我站在看台上，给你喊加油。"

张钊身边的人已经开始集合了，就算现在去接，恐怕也来不及。"你真行啊？可千万别勉强……要是……"他犹豫了一下说，"要是不方便你就找地方等我，我很快跑完，跑完就去接你！"

"不要。"苏晓原再次拒绝，快步朝着北体大的主训练场走，但他的快，在体育生眼里还是很慢，步伐明显有问题。周围确实有人看自己，但大多都没有恶意，苏晓原鼓起勇气："我会站在看台最明显的地方给你喊加油，张跑跑，你要加油，等你拐弯的时候，一定可以看到我。"

他这样说了，张钊也不好再坚持，别看苏晓原身体单薄，其实性格倔强得要命，他想做的事，别人阻挠不了。

"那好吧，我好好测试，拐弯的时候就在看台上找你。"他又笑了，"不行，你必须给我好好加油！"

"你……我每次都给你好好加油了啊。"苏晓原出了好多汗。

"好好好，我去准备，你慢慢走，别急。"教练在远处吹哨集合，张钊也不便再多说，急忙挂断电话，去测试小组登记。

别看只是一个队测，但是在北体大一点儿都不含糊。从检录到准备，再到分组抽签上跑道，每一个环节都无限靠近职业比赛。张钊不敢马虎，认真对待，长跑队员一组 5 个，他平时成绩很好，所以被分在 A 组。

A 组被其他队员称为"死亡之组"，5 个人实力相当，都是大一长跑新生当中的佼佼者。

这对张钊来说是一场硬仗。

长跑之前要进行彻底的热身，张钊在跑道上原地交换腿小跳，再用弓箭步将大腿的筋拉开。他最近跑量足够，又充分享受阳光，皮肤晒黑不少。

专属于长跑运动员的腿，在阳光下发光。

想起来真是奇迹，一个热爱长跑的体育生和一个走路不太方便的尖子生成为好友。张钊经常觉得这是天意，苏晓原不能跑步了，所以自己要替他跑完，跑完两个人的跑量。

"钊哥！"后面的人忽然叫住他，"今天有把握赢吗？"

"我哪天没把握？"张钊的笑容犹如盛夏的光，"今天我哥们儿都过来给我加油了，你钊哥必胜。"

"行，那我们就看你表演了啊！"那人猛地拍了张钊一下。张钊也没客气，大咧咧地回拍了一下，手劲儿不小。

这也就是对自己同队的队员，要是拍苏晓原，怕是只敢保留五分之一的力道。

A 组得到了上场许可，张钊将自己的学号报给检录员，和另外 4 个人站到了起跑线上。

中长跑和长跑一律采用站立式起跑，他站在白线的后侧方，最后一次检查鞋带。

这双鞋还是军训之前苏晓原陪着自己去买的，当时是一双荧光橘色的全新跑鞋。可是经历完军训测试和开学第一个月的训练，它已经走到了报废的边缘。

这十几年，张钊都不知道自己跑废了多少双长跑鞋，每一双都是全新穿起来，最后光荣退役。它们陪着自己，跑量一再积累，从一个喜欢靠跑步发泄多余体力的小学生，变成了一个职业的运动员。

只是……张钊不确定自己在苏晓原的心里，是不是还是那个独一无二、勇往直前的圣斗士。他的学校里有许许多多的高才生，而且人家还不是书呆子，有可能体育方面也是高手。而自己只是一个会跑步的长跑永动机。

张钊很少这样，在别人面前，他一直自信满满。

"你怎么了？"A组的赵明明拍了他一下。

张钊抬了下头，看到了赵明明和李力。这两个都是自己的竞争对手，平时训练时和自己难分伯仲。

"没事啊，我正静心呢。"张钊将脚腕活动开，身体逐渐热了起来，"一会儿可别留情，第一次队测，输了的人请吃饭。"

"你上周随堂训练可没赢过。"李力朝他笑了笑。

等到热身结束，裁判吹哨宣布A组最后准备。张钊看向看台搜索了一遍，苏晓原还没到。

没事的，他腿不好，走路难免慢一些，他一定会朝着自己的方向坚定不移地走过来。

"A组！"裁判这时举起了信号枪，"各就各位！"

张钊看向橡胶跑道，调整呼吸，自己面前是5000米的跑量，必须要一步一步来。

"砰"一声，信号枪打响。A组5名运动员冲出跑道，向着他们的终点一圈圈靠近。

5000米，400米的跑道，12圈半。

和高中的运动会不同，每个人都和张钊一样，有着绝佳的身体条件，都是从小锻炼。当他们统一迈开长腿，从看台上看，真像是一匹匹马儿。

野性和生命力蕴藏在他们的大腿肌肉里，胯部带动大腿骨的摆动，小腿尽量靠近大腿后侧。呼吸频率只是开始加快，但离张钊的上限还有很远。

通过短暂的一个月强化，人是可以明显感觉到进步的。张钊对此深有感触，身体的各部分他都当作机器来打磨。前 400 米只是用来调整呼吸和节奏的，一共 5 个人，他不想当领跑。

因为大家冲得都比较猛，这时候领跑肯定找死。张钊将自己排在第 3 位，第 2 位是李力，第 4 位是赵明明。

明眼人一看就知道怎么回事，实力最强的 3 个选手都在跟跑，想等到后期爆发。

呼吸的调整开始了，张钊平视前方，三步一呼一吸，这是他最惯用的节奏。双腿还是非常轻松，肌肉没有出现僵硬。继续跑，跟着前面李力的背影，张钊稳步前行。

一般来说，第一次极点会出现在五六圈的时候，2000 米之前对张钊来说都是很舒服的，甚至可以说是享受。

没错，他完全享受竞技，享受长跑。很快 800 米就跑完了，两圈过去，张钊也就是微微加快了呼吸。

跑到弯道处，猝不及防地，张钊看到了看台上的那个人，苏晓原。

是他，真的是他，他的脸他绝对不会认错，小小的，圆圆的，永远那么干净，那么阳光，让人联想到干干净净的小仙鹤，浑身都是洗衣粉的香味。头顶上还总有一绺头发不听话，不老实地翘着。

现在他的头发也翘着一绺呢，迎风飘扬。可是他穿的衣服……

张钊瞪圆了眼睛，差点在大平地上跌倒。苏晓原没穿便装，他穿着的是……古代人的衣服。

一袭白衣，长袖飘飘，天气那么炎热，他用古代人的衣服把身体裹了起来。那身衣服足够显眼，看台上站满了人，自己果然可以一眼认出他。

张钊刚好准备过弯，情不自禁地朝那边招了招手。

看台上，所有的人都在看这个汉服男生。这样的装扮本身就很异类了，更何况出现在体院里。这个男生不高，很单薄，和高高大大的运动员全然不同，虽然他是现代的短发，没有戴假发，可是又和这套衣服搭配，毫不违和。

"张钊！加油！"苏晓原知道好多人在看自己，可是他只看着跑道，"张跑跑！加油啊！你最棒！"

张钊听到了，脸上控制不住浮现出笑容。他好想回头，看看苏晓原穿那身衣服到底什么样，一定像个谦谦公子，像古装连续剧里一样，让人移不开眼睛。

张钊压抑不住嘴角的笑，朝前面跑去。

随着跑量的增加，张钊也逐渐接近自己的第一次极点。他的心肺功能非常好，极点往往在普通体育生出现之后才有反应，可是上了大学，身边的人都是调整时间极短的长跑选手，这方面的优势变小，不再是一秒两秒能分出差别了。

他需要自己硬抗。

从速度和 A 组队员的表情上分辨，教练能够很清楚地看出所有人在同一时间接连抵达极点。很好，这是一帮长跑永动机，将来都是北体大的优秀长跑选手。宝剑出鞘，指日可待。

"呼，呼，呼……"张钊保持着极点的呼吸频率，这时候怎么呼吸都会觉得累，他紧盯着李力的背影，李力的实力十分强大，转弯时甚至看不出他有任何痛苦。

张钊紧随其后，在绕过第 5 圈的时候，余光里多出来一个人。

赵明明。

差点忘了，这也是一个高手，而且他有本事加速，这显然是一个信号，他已经调整好了，最先一个进入了第二次呼吸。张钊的优势变得很小，因为他的调整还没结束。

这时候只要一乱就完了，状态会被影响，乱糟糟地一直跑到结束。但是这决不能成为自己的绊脚石，张钊没采用突然加速，而是用余光判断着赵明明的跑速，开始缓慢地加速。

赵明明果断放弃匀速，同时也推进了李力的跑速。3个人像是达成了某种默契，同时按下了开关，开始甩人。

苏晓原在看台上直着急，哪怕自己不是运动员，但是看多了也能看出门道。他们整体在调整步速，张钊的两条腿拉开了步距。

从前张钊的极点出现在第4圈和第5圈之间，现在推远到第6圈，2400米左右，直接强化到赛程的一半。但相应地，他调整的速度也必须加快，在进入第7圈半之前，必须顺利滑入机械式的迈步。

这时候又一个转弯，张钊看到了苏晓原。

苏晓原穿着汉服来给自己加油，也不知道他热不热，估计很热吧。

张钊心里涌起一阵暖意，因为腿的关系，苏晓原很害怕成为大家的焦点。可是他始终在努力突破自己的极限，不惧外界的眼光和评判。从某种意义上讲，苏晓原也是生命的竞技运动员，他在和自己竞技。

迈步越来越成了下意识的行为，是每一块肌肉留下的记忆，每一条神经锻炼过的证据。心肺开始第一次拉响警报，张钊一边想着苏晓原那身汉服，一边平视前方，极点，极点，他苦苦等待的极点，马上就要来了。

坚持住啊，苏晓原可在上面看着呢，输了简直没有面子。

前面的李力也相当吃力，而且这时他带头超越了领跑。一组人总会有领跑，如果大家都压速不当，那整组一起完蛋。当李力超越之后，张钊面前有两条路，继续在第3位等待极点，但是有可能落下速度，后半段超不过李力。

或者直接超越，保持优势。

他选择第二种。

当张钊成为第2位的时候，苏晓原也在看台上心跳加速。张钊每一次比赛他都不敢看，长跑太累，太辛苦，他都不敢想象5000米要跑多少步。

今天脸上还被汉服社的学姐们化了妆，涂了粉底，画了眉毛和眼线，稍稍涂了一点腮红和口红。他突破自己加入了社团，就是想证明自己的勇敢。

但是正在跑步的那个更勇敢。

"呼，呼，呼……"张钊从右侧超越，等着调整呼吸，两步一呼，要等自己的二次呼吸。

节奏，节奏，教练总是强调长跑的节奏重要性。张钊刚才打乱了1分钟，现在正努力挽救回来。

大脑逐渐变成一片空白，仿佛在用这种方式阻断跑步者其他器官的能量消耗，全部供氧给肺部。可是需氧量仍旧在增加，怎么都补不上这个空缺，除非停下。

可不能停，必须要扛住，要等到适应，张钊跟在李力身后，直到第9圈，他的二次呼吸开始了。

曙光来了，但同时也是痛苦极致。

"张跑跑，你加油！你是最厉害的！"苏晓原在张钊距离自己最近的时候喊他，明知道他可能听不到。场上已经分出了两部分，前面有3个人，张钊排第2个，后面还有两个，看样子一时半会儿追不上。

其实张钊听见了，只是没工夫回应。李力、他和赵明明构成了第一梯队，持续高速向前推进。只是他的身体记忆被拉回训练期，回忆起了戴面罩的痛苦。

他快要无法呼吸了。

这时候喘气犹如上酷刑，只要还跑着就不会舒服。身体里像长了尖刺，能把自己的肺泡和气管划破。痛苦开始呈几何倍数增长，汗水疯了一样往外冒，他戴着运动发带，但还是能感觉到脸部已经湿了。

他舔舔嘴唇，好咸啊，都是汗。

但他丝毫不慌，自己难受，别人也难受，李力和赵明明和自己差不多。这时候没别的，就是扛。扛得住就出众，扛不住就出局。

胯部一下都没有知觉了，成了跑步机器人。可如果真是完全的跑步机器人就好了，偏偏只有一半。上半身可不是这样，疼得无数次想让人放弃。

9圈、10圈……越来越逼近最终结果，可现在自己还是第2位。拐弯时，张钊又看到了苏晓原。

跑吧，张钊瞬间迈开大步，将呼吸频率调整好，改变了两步一呼。他仿佛被埋进了土里，胸口以下全面感受到挤压，而且一埋就埋了好几个小时。

缺氧了，缺氧了，身体的警铃一直在敲响。全身的超负荷工作让张钊感受到了最熟悉的疼痛，他被地心引力拉住，只剩下勇往直前的意志力。

这时，教练旁边的检录员将数字翻过11，最后的最后，开始冲刺！

"张跑跑加油！你……你一定赢！"苏晓原好担心，担心张钊辛辛苦苦跑的成绩被人超越。这种超出凡人的意志力简直是钢铁铸造。而他也清楚张钊的秘密武器——他的天赋，一旦身体习惯了二次呼吸，就还能加速。

一定要习惯啊，张跑跑你没问题。苏晓原攥紧了小拳头。

张钊已经没力气计算跑量，他只剩下照顾心肺的能耐，并且极力忍耐其他器官的抗议。心肺是长跑的重中之重，他咬紧牙关，稳定加速，和地心引力做最后抗争。

要是能甩掉重力就好了，张钊开始往右侧外道挪，李力察觉到了他的意图，也跟着加速。这种情况没有其他应对方式，加速，一步一呼，超了他！

喉咙完全发紧，连呼气都成了一种困难。但是，也就是在这一刻，张钊感受到了平时训练的意义。

戴着面罩，模拟缺氧状态，把自己往痛苦深渊逼，才有了现在的超越。他的身体终于适应了极度缺氧，心肺稳定了，能够在低氧状态下运行。

他用一副低氧训练出的身体开始拼速度，汗水已经不知道流了多少。张钊甚至怀疑自己的袜子早已全部湿透。自律和刻苦成了他交替的两条腿，他在场上狂奔。

超越李力在最后 200 米，跑过他之后，张钊的耳朵里开始尖叫，是耳鸣。痛苦之后的喜悦席卷全身，他仿佛跑过了重力，跑过了埋到胸口的土壤，他脱颖而出，挣脱出来。

他自由地奔跑。

"啊啊啊！赢了！张钊赢了！"苏晓原看着张钊冲线，激动地跳了两下，抓住旁边一个不认识的学生开始大叫，"张钊他赢了！就是刚才冲线的那个！他是我同学，他是第一名。"

陌生学生也跟着点头，但是忍不住打量了他几眼。

苏晓原立刻放开了他，差点忘记自己现在的状态，重回内敛腼腆的样子，看着张钊由冲刺状态变为慢跑，绕着操场休息。他跑得真快啊，快到让苏晓原也跟着喘气，好像重新回到了那个夏天的晚上，自己第一次坐在张钊的自行车后座上，逆风而行。

张钊捂着自己的胃，一步一停地往跑道旁边走。刚刚自己去登记成绩，检录员和教练告诉他，自己的成绩又快了两秒。

两秒，这对于普通人来说只是两次呼吸的事，可是对运动员，这就是一个质的飞越。是他在跑量上做到了足够，在训练上做到了极限，才有这宝贵的两秒。

"可以啊你！"李力气喘吁吁地说，"还以为你最后冲不上去了呢。"

"必须的。"张钊歇了将近半分钟才将身体站直，"你……你也挺厉害的。"

"还是你厉害，不过下次……"赵明明刚刚站起来，"下次就不一定了。"

"下次钊哥照样赢你。"张钊抬起头，想去找看台上的古装人，结果却被阳光晃了一下。仿佛他们的盛夏还没结束。

成绩已经录入，张钊和教练打过招呼就跑了。身体恢复后，他又变成了可以奔跑的人。苏晓原也离开了看台，正在主训练场旁边的社团活动中心等他。

苏晓原买了两瓶饮料等着张钊过来，站在炎炎烈日下，像个小玉人。

"你……"张钊朝他跑过去，"你怎么穿成这样了？"

"我加入了学校的社团啊，我们是汉服社。"苏晓原原地转圈，给张钊展示了一番，"好不好看？这套衣服是我特意……穿来给你加油的。"

张钊围着他好好看了一会儿，这套衣服，他根本叫不出名字，只知道是古代人的。里面一定有好几层，最外层的袖子上，画着青绿色的竹子。

"好看，你穿好看，竹子也好看。"张钊目不转睛，一直以来，他都觉得苏晓原和竹子的气质很相符，"只是……"

他很担心，原本苏晓原的情况就非常显眼了，又穿成这样……

"只是会被好多人看到，是不是？"苏晓原咕咚咕咚地喝着汽水，再笑起来时，眼睛里多了些明媚，"我一开始也不敢，是社团的学姐鼓励我的。她们都会穿汉服上街、拍照，我说我是男生，她们又说男生女生都一样，要勇敢地做自己。"

张钊赶紧点头："学姐们说得对。"

"大不了……就是看几眼，可是我想穿。"苏晓原鼓起勇气，"我想着，你每天都能突破自己的体力去训练，我也要走出这一步了。一直以来我都想当个合格的大学生，现在我觉得自己准备得差不多了。做自己喜欢的事，像……像个运动员，要勇敢。"

张钊听得怪不好意思的，苏晓原这不就是变相夸他嘛。

"你今天来，我特别高兴。"张钊拧着手里的冰饮料，赢了队测，又听完苏晓原的话,这些天在心头萦绕不散的阴云也散开了,"那……走吧,去吃饭。"

他往前走,走得慢慢的,特意等身后的小玉人。苏晓原慢慢地跟着,笑眯眯地看着张钊湿透的赛服,和他们高三时一模一样。

"你说,一会儿会不会有人找我拍照合影啊?"苏晓原拿出袖口里的折扇,一下一下扇着,给自己扇两下,还给张钊扇风。

张钊闻到了扇子上的檀香味:"肯定会啊,你这么好看。"

"好,那我一定勇敢地同意,我现在是加强版的苏晓原了。"苏晓原轻轻地说,给自己打气。忽然,头顶的阳光没了,只剩下一片阴凉。他抬头一瞧,张钊正用他北体大的队服给自己当伞,撑开后,投下了阴影。

他再看向张钊的脸,仍旧是那么的阳光。

两个人再次并肩同行,慢慢悠悠地往前走,明明已经入秋,可是张钊和苏晓原的盛夏还未结束。

- 番外完 -

图书在版编目（CIP）数据

惹你生气，有点开心 . 2 / 晒豆酱著 .

— 武汉 : 长江出版社 , 2022.7

ISBN 978-7-5492-8269-2

Ⅰ . ①惹… Ⅱ . ①晒… Ⅲ . ①长篇小说 – 中国 – 当代

Ⅳ . ① I247.5

中国版本图书馆 CIP 数据核字 (2022) 第 052722 号

惹你生气，有点开心 . 2 / 晒豆酱 著

出 版	长江出版社			
	（武汉市解放大道1863号 邮政编码：430010）			
选题策划	漫娱图书 唐新雅			
市场发行	长江出版社发行部			
网 址	http://www.cjpress.com.cn			
责任编辑	江 南			
特约编辑	张 劲			
总 策 划	重塑工作室	开 本	889mm×1230mm 1／32
装帧设计	吴琪 倪争	印 张	7.75
印 刷	武汉鸿印社科技有限公司	字 数	215千字
版 次	2022年7月第1版	书 号	ISBN 978-7-5492-8269-2
印 次	2022年7月第1次印刷	定 价	42.80元